KU-419-837

MROCZNA SERIA

MARCIN WROŃSKI IV

SKRZYDLATA TRUMNA

ydawnictwo w.a.b.

Copyright © by Grupa Wydawnicza Foksal, MMXII
Wydanie II
Warszawa

Greenwich Libraries	WO
15557	
38028020760671	
Polish	

Basi — za wszystko

Desperat

Lublin, lato 1936 roku

Bajgle, bajgele, dwa za piątkę, cztery za dziesiątkę, bajgle, bajgle, bajgele...

Ubrany tylko w podkoszulek i podwinięte do kolan spodnie, podkomisarz Zygmunt Maciejewski tego dnia jeszcze mniej niż zwykle przypominał kierownika Wydziału Śledczego lubelskiej policji. Odwrócił się od pokrzykujących Żydówek i spojrzał nieufnie na wąskie kajaki ułożone rzędem obok mostu przy stacji pomp. Zygę tym bardziej trafiał szlag, że w zakolach spokojnie meandrującej rzeki pewnie spały leszcze, a toń aż prosiła, by przyjść tu z wędką i piwem. A już na widok roześmianych gąb trzydziestu paru facetów, gotowych uczcić na Bystrzycy zaślubiny Polski z morzem, skręcało go gorzej, niż gdyby rano omyłkowo łyknął wody kolońskiej.

Durny zakład! Lecz słowo się rzekło...

Popatrzył ponurym wzrokiem na przodownika służby śledczej Witolda Fałniewicza, który wyróżniał się wśród kajakarzy wzrostem i koszulką jeszcze gorzej ukrywającą tuszę niż trykot Maciejewskiego.

No po co mu było się upierać?! Ale czy wcześniej kiedykolwiek się pomylił? Kartotekę wydziału zawsze miał w głowie. A mimo to przed tygodniem dał się zaskoczyć.

– Mówię panu kierownikowi, że Ala, nie Ola. Ala Mineciara – twierdził z przekonaniem wywiadowca Tadeusz Zielny. – W całym Lublinie nie ma żadnej dziwki Oli. No chyba że daje od niedawna i po cichu! Wszystkie Ole tak porządne, że nawet się nie zbliżam.

– Zielny, to ja kartoteki nie znam? – Maciejewski poklepał z męską czułością stary regał z licznymi szufladami. Mebel jęknął cicho, chociaż nie z rozkoszy. – A ty, Fałniewicz? Ola czy Ala?

– Mnie też się zdaje, że Ola. – Postawny tajniak otarł wielką chustką spocone czoło. – Ale gorąc!

– Gorąc, to głowy nie pracują – prychnął Zielny, poprawiając węzeł jaskrawego krawata. Mimo upału nie zdjął marynarki. – Fałniewicz, przecież byliśmy kiedyś u niej, i to służbowo. Sam ją spisywałeś.

– Mam zajrzeć w kwity? – Zyga wysunął jedną z szuflad.

– A niech pan kierownik zagląda! – Wyelegantowany wywiadowca wzruszył ramionami. – A co, jak mam rację?

– A to! – Maciejewski podsunął mu pod nos poranny „Express" otwarty na rubryce sportowej. Notkę o szykujących się regatach kajakowych zdobił rozmazany ślad spoconej dłoni. – Będziemy ci kibicować.

– To ja będę kibicował panu kierownikowi – uśmiechnął się cwaniacko Zielny. – Razem z Fałniewiczem stworzy pan regatową dwójkę wagi ciężkiej. Sportową dumę Policji Państwowej! No i co tam pan ma w kartotece?

No i miał Alicję Mikułę, lat dwadzieścia siedem, zamieszkałą Szambelańska 5…

Na sygnał startera najpierw ruszyli biegiem wzdłuż rzeki, która jak na złość robiła w tym miejscu malowniczy zakręt, dobrze widoczny z oficyn przy Dolnej Marii Panny. W oknie jednej z nich stał, paląc papierosa i popijając piwko, starszy przodownik Tadeusz Zielny.

– Gazu, Witek! – wydarł się do Fałniewicza.

Postawny tajniak przyspieszył, Zyga Maciejewski trzymał się krok za nim. Myślał wyłącznie o jednym: by nikt go nie rozpoznał.

W tym względzie miał powody do zadowolenia, zresztą sam by się nie rozpoznał, gdy po kilku próbach spuścili kajak na wodę i cholernie ubłoceni, jakoś się w nim umieścili. Komisarz siadł z tyłu, co z kolei okazało się wyborem fatalnym, bo Fałniewicz nie tylko zasłaniał Maciejewskiemu widok na rzekę, ale zalewał mu oczy, niezgrabnie machając wiosłem. Ich kajak, felerny chyba, kręcił się jak gówno w przerębli, podczas gdy pozostałe dwójki gładko płynęły w dół rzeki. Zanim dotarli do mostu na Piłsudskiego, na którym stało i pluło przez poręcz kilkunastu kochających sporty wodne uliczników, dwa razy omal nie zaryli w brzeg.

– Uważaj z tym wiosłem! – krzyknął komisarz, kiedy znów struga wody spłynęła mu po twarzy.

Fałniewicz chyba kiwnął głową, ale kolejny ruch ramion postawnego tajniaka przyniósł tylko taki skutek, że najpierw na Zygę spadło tyle wody, jakby ktoś chlusnął z wiadra, a zaraz potem dziób kajaka wbił się w nadbrzeżne chaszcze…

*

Lublin, styczeń 1945 roku

Nie było Bystrzycy, kajaków, lata ani Fałniewicza. W drzwiach stał dozorca więzienny z pustym kublem i wyszczerzoną w uśmiechu chamską mordą. Odrutowana żarówka na suficie lodowatego karceru ledwie bździła.

– Wstawaj! Do wyjścia! – wrzasnął klawisz. Nie ruszył się jednak ani o krok. Nie chciał ubrudzić butów w sięgającej kostek brei na posadzce.

Zyga stanął w niej na drętwych nogach. Nie czuł już nawet smrodu gówna, grząskie zimno oblepiło mu bose stopy.

– Panie oddziałowy – zaczął, najwięcej wysiłku wkładając w to, by nie szczękać zębami. Nie dać gnidzie tej satysfakcji... – osadzony Maciejewski melduje celę...

Klawisz przerwał mu, waląc kubłem w ścianę. Zgrzyt metalu i nieprzyjemne dzwonienie wwiercały się w uszy.

– Do wyjścia, mówiłem! A ten mi będzie meldował, hitlersyn pierdolony! *Raus!* Sznel!

Pierwsze kroki w wąskim ciemnym korytarzu były męką, jakby zamiast nóg miał dwa zmartwiałe kikuty. Potem mięśnie przestały boleć, jednak sztywność pozostała i ciężko wspinając się po schodach, Zyga co chwila czuł na plecach uderzenia pękiem kluczy.

Zastanawiał się, co z Fałniewiczem... Byłego tajniaka, rannego podczas strzelaniny z bezpieczeństwem i milicją, wzięli w obroty już na dzień dobry, zupełnie jakby podniecała ich krew. Przez tydzień miał kulę w nodze, zanim przyszedł lekarz, bo było już całkiem źle. Tylko co rana się podgoiła, znowu ledwie żywy, majączący Fałniewicz wracał do celi po kilkunastogodzinnych przesłuchaniach.

Czwarty miesiąc bez postawienia zarzutów. Chyba czwarty... Maciejewski nie był pewien, bo w karcerze nie ma dni ani nocy, nie ma czego liczyć. Zanim trafił na Zamek, zwiedził w Lublinie wszystkie miejsca godne wroga wyzwalanej Polski – poza sowieckim Smierszem, ulokowanym w dawnym gmachu gestapo i Kripo na Uniwersyteckiej, dobrze mu znanym, w końcu pracował tam za okupacji. Ale żadnych stójek, wieszania za kciuki, bicia po jądrach… Nic, tylko karcer. No, jeszcze dwa obluzowane zęby przy powitaniu na Krótkiej i ucho naderwane na Cichej.

Dozorca cisnął nim o ścianę.

– Ręce na głowę! – rozkazał.

Zazgrzytały klucze, powiało świeżym, mroźnym powietrzem. Zyga dopiero teraz poczuł smród fekaliów, potworny, jakby nie tylko oblepiały nogi i spodnie, ale ktoś napchał mu gówna do nosa.

Na progu oślepł. Słońce świeciło ze wszystkich stron, kłując w oczy.

– Dalej! – Kopniak klawisza pchnął go w śnieg. Dozorca walił kluczami raz z lewa, raz z prawa, jak przed wojną popędzał pewnie krowy.

Maciejewski zamrugał kilka razy. Ostre jak reflektor słońce odrobinę przybladło. Widział teraz z prawej strony okrągłą wieżę, a przed sobą budynek kuchni. Klawisz, przecinając na ukos pusty spacerniak, poganiał więźnia ku północnemu skrzydłu. Były komisarz dobrze je znał jeszcze sprzed wojny. Cele śledcze, przynajmniej wtedy.

Poślizgnął się i byłby upadł na lodzie zamaskowanym kilkoma centymetrami świeżego śniegu, ale usłużny kopniak pomógł mu odzyskać równowagę.

– Dalej! Kalekę będzie zgrywał! Chcesz okuleć? Jak ten drugi skurwysyn?

Szedł, dopóki nie dostał kluczami w tył głowy.

– Do ściany!

Zobojętniały, wypełnił rozkaz. Czekał na zgrzyt klucza w kolejnym zamku, tymczasem nic takiego nie usłyszał. Dozorca nie ruszył się, stał za nim może dwa, może pięć kroków.

Rozwałka!, przemknęło Zydze przez głowę. I nagle z całą wściekłością uświadomił sobie, że wciąż nie jest mu wszystko jedno. A powinno, nie żył już od czterech miesięcy!

Śnieg zaskrzypiał pod czyimiś butami. Zgrzytnął metal. Zamek karabinu?

Zamiast wystrzału Maciejewski usłyszał syk wody i w tej samej chwili ostry lodowaty strumień zdzielił go w potylicę, a potem przejechał po plecach. Czuł, że zamarza na stojąco; gdyby nie oparł się dłońmi o mur, upadłby i popękał jak sopel.

– *Czistyj uże* – usłyszał obcy głos.

– Gdzie *czistyj*? Świnią *woniajet*! – sprzeciwił się klawisz, który zabrał go z karceru. – Odwróć się, ścierwo!

Maciejewski zdążył zasłonić rękami oczy, strumień wody chyba by mu je wyłupił. Zachwiał się jak po prawym prostym i dopiero teraz poczuł, co to jest prawdziwe zimno. Trząsł się, obluzowane zęby niebezpiecznie dzwoniły jeden o drugi. Miał wrażenie, że każdy z nich trzyma się tylko na przeraźliwie rwącym nerwie. Mimo to chciał spojrzeć w twarz klawiszom, zwłaszcza temu ruskiemu, którego wcześniej nie widział. Przed oczami miał jednak ni to mgłę, ni to szron.

Chliewom woniajet sobaka,
a sobakom smierdit cwiet,
a ja takij-to jebaka,
szto mnie pizdom wkrug pachniet!

– usłyszał zaimprowizowaną na poczekaniu czastuszkę i musiał czekać, aż polski dozorca wyrechocze się do końca. Zyga był pewien, że minęły godziny, zanim kolejny kopniak, tym razem w kość ogonową, wepchnął go do nowej celi.

– O mój Boże, jaki pan zziębnięty!

Czyjeś ręce zaczęły rozpinać mu koszulę.

– Bo zapomniałem szalika – jęknął Maciejewski, starając się opanować ból biegający po kręgosłupie w tę i z powrotem.

Kiedy już przed oczami przestały mu latać czerwone plamy, zobaczył, że znalazł się... no po prostu w hotelu. Cela jakieś trzy metry na dwa i pół, przedwojenna izolatka. Mały stół, dwa taborety, kibel, piętrowa prycza. I niski facet z rzadkimi szarymi włosami, lepiącymi się do łysiny, który ściągał z Zygi mokre ubrania. Lewe oko, powiększone przez grubą soczewkę, zdawało się jak kurze jajko, prawe, gdzie w okularach brakowało szkła, znaczyła siatka czerwonych żyłek.

– Zdejmę panu kalesony – uprzedził, skrępowany.

Były komisarz kiwnął głową i po chwili dygotał pod szorstkim, ale promieniującym ciepłem kocem. Okularnik przysiadł obok na stołku.

– Ma pan szczęście, niedługo przyniosą zupę, to rozgrzeje się pan, panie komisarzu.

Komisarzu?! Maciejewski próbował zmusić się do myślenia, ale policyjna kartoteka w jego głowie opustoszała. Nie przypominał sobie człowieka. Co to za menda usłużna? Kapuś?

– Nie poznaje mnie pan – domyślił się wreszcie współwięzień.

– A powinienem? – Zyga zaszczękał zębami.

– No jak to! – Okularnik uśmiechnął się tak promiennie, jak na Zamku mógł się uśmiechać wyłącznie klawisz, śledczy albo kompletny idiota. – Przecież ja jestem Adam Duski. Spotkaliśmy się w trzydziestym szóstym...

*

Warszawa, 7 listopada 1936 roku

Kapitan inżynier Roman Popescu, nim zapiął pasy, rozejrzał się po imponująco wygodnej kabinie dowódcy prototypowego bombowca LWS „Żubr".

– Dużo miejsca – zauważył po francusku.

– To pierwotnie miał być samolot pasażerski – powiedział nawigator, podporucznik Szrajer.

Popescu uśmiechnął się. Godzinę wcześniej wyglądał przez prostokątny iluminator rejsowej LOT-owskiej „Elektry", ale bardziej niż pole wzlotów Okęcia absorbowały go loki ślicznej blondynki siedzącej o dwa fotele bliżej kabiny pilotów. Kółko ogonowe podskoczyło delikatnie, jasnowłosa piękność kurczowo zacisnęła palce na oparciu fotela, a kapitan, udając, że poprawia krawat, dotknął przez koszulę srebrnego krzyżyka z Chrystusem Spasitielem. Na szczęście.

Niestety gdy zgasły silniki, a pasażerowie lotu Bukareszt––Warszawa zaczęli wstawać, Rumun spostrzegł, że blondynka, nawet gdyby zdjęła pantofle na obcasach, wciąż byłaby od niego wyższa o głowę. Poczuł się jak czeska avia przy junkersie, mimo to nadal nie rezygnował.

– Pozwoli pani zapytać, czy podobał się pani lot, *mademoiselle*? – Lotnik włożył w swój uśmiech całą paryską galanterię, którą studiował we Francji równolegle z aeronawigacją.

– *Es tut mir leid, ich spreche kein Französisch.* – Kobieta spojrzała na niego chłodno i Roman Popescu z miejsca stracił nią zainteresowanie. Słowiańska piękność okazała się Niemrą! Widział ją jeszcze przez chwilę w hali portu lotniczego, jak rzuca powłóczyste spojrzenie polskiemu kapitanowi z odznaką pilota myśliwskiego, a potem wsiada do czarnego mercedesa z chorągiewkami III Rzeszy.

Później już o niej nie myślał, nazbyt zaskoczony propozycją Polaków, żeby skorzystać z okazji i odbyć lot prototypem, chociaż to było przewidziane dopiero na poniedziałek. Gdyby to od niego zależało, wykręciłby się, ale jego dowódca, komandor podporucznik Mihail Pantazi, za bardzo lubił takie niespodzianki. Popescu nie, odkąd po wypadku prototypu IAR-a jedenastki, najpiękniejszego myśliwca, jaki kiedykolwiek skonstruowano, zobaczył średnio wysmażone ludzkie mięso w strzępach kombinezonu swego kuzyna Romea. Tego samego Romea, który w dzieciństwie zaraził Romana szkarlatyną, a dziesięć lat później pasją latania.

Jednak pewność siebie Rzewnickiego, który rozlał gościom po kieliszku – bardzo *à propos* – żubrówki i zapalił papierosa w palisandrowej cygarniczce, zupełnie zaczarowały komandora. Lubił takie dzieci szczęścia i sam miał paru podobnych w ukochanej „Czerwonej Eskadrze". Popescu najlepiej znał swojego dowódcę i dobrze wiedział, że teraz w żaden sposób nie odwiedzie go od lotu.

Zwłaszcza że „Żubr" robił wrażenie. Lufy kaemów, sterczące nad przeszkloną kabiną dowódcy i nawigatora, przypominały krótkie czułki trzmiela, zaś kabina pilota, umieszczona asymetrycznie niczym zawadiacko przekrzywiona czapka, pozwalała precyzyjnie przyziemić. Sylwetkę maszyny psuły jedynie potężne gondole silników.

Kapitanowi wpadła też w oko maszyna sanitarna, stojąca w głębi hangaru. To był Lublin R XVI, dopieszczany przez kilku mechaników. Lśnił białą farbą, a poczerniałe od smarów kombinezony personelu wyglądały przy nim niestosownie, jak brudne ręce na świeżym obrusie.

– Wchodzimy powoli na tysiąc metrów – dobiegła ze słuchawek gładka francuszczyzna pilota, porucznika Rzewnickiego.

– Fort Okęcie, fort Włochy… – Szrajer niczym rasowy przewodnik wskazywał grupy różnokolorowych budynków, a Popescu kiwał głową i uśmiechał się, udając zainteresowanie.

Niepokoiły go drzwi. Mógł je zobaczyć, gdy odchylał głowę, a przecież wcale nie powinno ich być. Właśnie nimi chciał wsiąść Pantazi, ale Rzewnicki, ten niezniszczalny pilot, który wyszedł cało z kilku katastrof, nie pozwolił.

– Nie, nie, tylnymi! Tych – wskazał laską przednią część kadłuba – nawet nie dotykamy, pod żadnym pozorem! – dodał stanowczo. – Relikt wczesnej wersji prototypu. Po zamontowaniu większych silników, pegasusów, znalazły się zbyt blisko obrotów śmigła. Ale spokojnie, panowie oficerowie – Rzewnicki pogładził wystający podbródek maszyny, nadający jej zaczepnego i nieco despotycznego wyglądu – w wersji seryjnej nie są w ogóle przewidziane.

Jakie jeszcze niespodzianki kryła wersja nieseryjna? Tego nie zdradził.

– Czechowice… – kontynuował wycieczkę krajoznawczą Szrajer.

Rumun znowu kiwnął głową, choć nazwy miejscowości sojuszniczego kraju, których raczej nie przyjdzie mu bombardować, nieszczególnie go interesowały. Co innego mruczący miarowo „Żubr"! Zdążył już zaimponować kapitanowi krótkim startem oraz nowoczesnym wyposażeniem radiowym. Co prawda nawigator nie był w stanie zaprezentować działania radionamiernika, ponieważ Okęcie nie posiadało jeszcze radiolatarni, ale zarówno ów aparat, jak i drugi – do lądowania bez widoczności, systemem Lorenza – dawały wyobrażenie nowoczesnej, technicznej wojny, z myślą o której skonstruowano ten bombowiec. I na który ostrzyło sobie zęby lotnictwo wojskowe Królestwa Rumunii.

– A co się dzieje z pułkownikiem Rossowskim? – usłyszał w słuchawkach pytanie Pantaziego. Zapomniał czy umyślnie nie wyłączył łączności wewnętrznej? – Podobno też oblatuje. Razem dostaliśmy w dwudziestym czwartym krzyż Korony od Ferdynanda I.

– Być może... – mruknął Rzewnicki. – Minęliśmy Czechowice.

– Żartowałem wtedy – nie ustępował Pantazi – że Rossowski zostanie jeszcze szefem departamentu.

– Szefem departamentu jest generał Rayski. – Jak odgadł Popescu, Rzewnicki teraz wolałby wykazać się zupełną nieznajomością francuskiego. Za późno, niestety. – Na godzinie jedenastej za chwilę pan komandor zobaczy Michałowice.

– A co ciekawego jest w Michałowicach?

– Zupełnie nic.

Kapitan Popescu przez ramię Szrajera obserwował wskazania przyrządów. Maszyna pewnie szła w górę, dzięki swej masie zupełnie odporna na lekkie podmuchy wiatru. Kulka chyłomierza stała w miejscu, wskazówki prędkościomierza i wariometru drgały lekko.

– Chce się pan zamienić? – Podporucznik wstał. – Bardzo proszę!

– *Merci*. – Rumun kiwnął głową i zajął miejsce przy pulpicie dowódcy, a zarazem bombardiera i nawigatora. Odruchowo zerknął na mapę okolic Warszawy. Sądząc po wskazaniach żyrokompasu i dobrze widocznej linii kolejowej, lecieli precyzyjnie.

– Kurs *ouest-sud-ouest*? – upewnił się Popescu. Przyrządy mogły przekłamywać, a znający okolicę lotnik, zwłaszcza przy tak dobrej widoczności, był najlepszym kompasem.

– Dokładnie, panie kapitanie – przytaknął Szrajer, siadając za nim w znacznie mniej wygodnym fotelu radiotelegrafisty.

I nagle, gdy wolno obracająca się strzałka wysokościomierza przekroczyła tysiąc metrów, obaj poczuli gwałtowne szarpnięcie. Gdyby za sterami siedział Mihail Pantazi, Roman Popescu uznałby to za jeden z jego kawałów. Straszenie pasażerek śmiałym lotem nurkowym albo dla odmiany koszącym mołdawskich wieśniaczek robiących pranie nad Prutem... Jednakże nie tym razem!

– Zapiąć pasy! – rozkazał pilot pół sekundy po tym, jak rumuński kapitan i polski podporucznik zrobili to sami, całkiem odruchowo.

Lewy silnik nie grał już tak pięknie; jego monotonna, uspokajająca muzyka przeszła w niezdrowy charkot. Po chwili zakrztusił się i zgasł.

Popescu ze współczuciem pomyślał o pilotującym „Żubra" poruczniku Rzewnickim. Odmawiający współpracy motor zdarza się najlepszym konstrukcjom, ale w sytuacji, gdy na pokładzie są zainteresowani kupnem? Po prostu blamaż panny na wydaniu.

Nie spuszczając z oka przyrządów (wszystkie wskazówki dygotały, podobnie jak kulka chyłomierza), kapitan inżynier Popescu czekał na zwiększenie obrotów prawego silnika i ustabilizowanie lotu. W głośnikach panowała cisza, najwidoczniej nawet zwykle gadatliwy komandor zlitował się nad pilotem, potrzebującym teraz przede wszystkim skupienia.

Stało się jednak coś całkowicie niezrozumiałego. Rzewnicki zmniejszył ciąg i drugi motor także zgasł. Samobójca?! Nie, ktoś, kto raz już wyszedł cało z katastrofy, nie zgłupiałby w takiej sytuacji!

– Matko Boska! – jęknął po polsku Szrajer.

Popescu nie zrozumiał go, jednak bezwiednie dotknął krzyżyka i wyszeptał pierwsze słowa modlitwy Pańskiej. *Tatăl nostru care eşti în ceruri...* Co ten Rzewnicki wyprawia?! Kapitana wgniotło w fotel, gdy pozbawiony napędu samolot wszedł w lot nurkowy, a w głośnikach wybuchła kakofonia polsko-rumuńskich przekleństw.

Przepustnica, zwiększ obroty!, krzyczały myśli Romana Popescu. Co on robi? Próbuje przedmuchać silnik? To była jedyna rozsądna diagnoza, jaka mu przyszła do głowy. Ale to samo mógłby przecież zrobić w bezpiecznym locie poziomym...

Kręcąca się jak głupia wskazówka wysokościomierza zeszła już na trzysta metrów, kiedy wreszcie zagrał motor, najpierw prawy, potem także lewy. Popescu nie miał przed sobą tachometru, ale wystarczyło posłuchać silników, by wiedzieć, że obroty są bliskie górnej granicy bezpieczeństwa. Jednakże maszyna, drżąc i kolebiąc się na boki, powoli wracała do właściwego położenia. Zarys samolotu na tle sztucznego horyzontu zbliżał się do niebieskiego pola, a ziemia, doskonale widoczna przez wszystkie okna przeszklonej kabiny, już nie rosła tak szybko. Popescu odetchnął.

Sekundę później usłyszał głośniejszy od hałasu motorów jęk drewnianego szkieletu skrzydła. Lewe! Odwrócił głowę w stronę bocznych drzwi kabiny. Były na miejscu, zamknięte! Jęk się powtórzył.

– Kurwa mać! – dobiegło polskie przekleństwo z kabiny pilotów.

– Jezus Maria... – wyszeptał podporucznik Szrajer.

Samolot przechylił się na lewe skrzydło i wtedy Roman Popescu zobaczył coś, czego żaden lotnik bezkarnie nie ogląda: tuż przed kabiną nawigacyjną przeleciał wyrwany silnik z wciąż obracającym się śmigłem.

Spadochron!, pomyślał inżynier. Ten był pod fotelem, prze-
pisowo, ale gdyby go nawet założyć i dopaść tych zakazanych
drzwi, wyskakując, rozbiłby sobie głowę o skrzydło. Właściwie o tę jego połowę, która wciąż sterczała z kadłuba, podczas gdy druga, skrajna, rozsypywała się w drzazgi na oczach
lotników.

Maszyna zadarła ogon i weszła w korkociąg. Popescu, wciśnięty przeciążeniem w fotel, prawą ręką rozszarpał węzeł
krawata. Pod serdecznym palcem poczuł drobną wypukłość –
czaszkę Praojca Adama, której na jego krzyżyku dotykał stopami Chrystus Spasitiel.

Ziemia wirowała coraz szybciej i bliżej.

*

Lublin, 8 listopada 1936 roku

W nadchodzącem tygodniu na dziedzińcu Zamku Królew-
skiego w Warszawie gen. Edward Śmigły-Rydz odbierze z rąk
Prezydenta Mościckiego buławę marszałkowską. W uroczy-
stości wezmą udział ministrowie, biskupi, attaché wojskowi
i przedstawiciele pułków, w tym z Lublina dowódca 8. Pułku
p. płk. Jan Załuska.

Kierownik Wydziału Śledczego, podkomisarz Zygmunt
Maciejewski, złożył sobotnio-niedzielny „Express Lubelski" i wrzucił do kosza. Mało obchodził go nowy marszałek,
zwłaszcza że z zasady nie przepadał za marszałkami. W ogóle
ostatnio był drażliwy i zrzędliwy, cóż jednak dziwnego, skoro
nie miał nawet worka do boksowania, a ulubieni sportowcy
uparli się psuć mu humor...

Czekał na ten olimpijski rok 1936 ze szczerymi nadzie-
jami kibica, tymczasem poszło fatalnie: Heniek Chmielewski,

geniusz nie bokser, oddał walkowerem pojedynek o brązowy medal w Berlinie. Wściekły Zyga przełączył wtedy radio na muzykę, bo dla niego było już po olimpiadzie. Tylko Róża, z którą mieszkał, odkąd wyszła z odwyku, ucieszyła się jak dziecko z nieoczekiwanego prezentu.

A kilka tygodni później przodownik Anińska z obyczajówki z jednego z mało skutecznych, lecz zawsze cieszących prasę nalotów na burdele przy Grodzkiej, przyniosła puderniczkę z białym proszkiem.

– Może pan komisarz wie, co to jest? – zapytała.

Ręce latały mu tak, że o mało nie wysypał zawartości. Co to jest?! Wiedział dobrze, jeszcze nim wziął odrobinę na język. Gdy Róża znalazła się w Tworkach na przymusowym leczeniu, zaczął czytać wszystko, co tylko po polsku i niemiecku wyszło na temat morfinizmu, kokainizmu, eteryzmu, łącznie z *Narkotykami* Witkacego. Co tydzień przeglądał też „Wiadomości Literackie", bo o dziwo właśnie to pismo zamieszczało najwięcej interesujących artykułów o uzależnieniach.

Dziwka, potem kolejna i kolejna, u których również znaleziono podobne puderniczki, maglowane o to, skąd miały kokainę, umiały powiedzieć tylko, że od klienta, a przyciśnięte podawały sprzeczne rysopisy.

– I co z nimi, panie komisarzu? – zmartwiła się Anińska.

– Co najwyżej przyszyć utrudnianie śledztwa – wzruszył ramionami. – Niech pani weźmie na język, byle nie za dużo, i nauczy się, jak poznać kokainę. To się jeszcze nieraz przyda…

I przydało się niecały miesiąc później, w połowie października.

To była zwykła lakierowana okuta walizka, o tyle może szczególna, że ze szczeliny między zawiasami uparcie sączył się przezroczysty płyn. Bagażowy przyniósł ją na komisariat kolejowy, bo jak zapisał w protokole starszy przodownik Lepiński, *wymieniony Lipak Józef z uwagi na swoją kryminalną przeszłość, za którą poniósł już karę, chce trzymać się z daleka od podejrzanych spraw.* Zaczęło się od pasażera pociągu z Warszawy do Lwowa, tego dnia wyjątkowo zatłoczonego. Bagażowy *nieostrożnie uderzył swoim wózkiem w walizkę wysiadającego z pociągu mężczyzny, na wygląd którego wymieniony nie zwrócił uwagi, w wyniku czego zawartość walizki uległa rozbiciu i wylała się.* Bagażowy, sądząc, że stłukł butelkę wódki, zaofiarował się nawet wyrównać stratę. Pasażer kazał mu zaczekać, wrócił do wagonu i już się nie pojawił. Gdy zaś Lepiński otworzył scyzorykiem zamknięte na kluczyk zatrzaski, zobaczył *częściowo rozbite fiolki morfiny, niemieckiej produkcji, i biały proszek w nieoznakowanych opakowaniach.*

Walizkę przewieziono do I Komisariatu i przodownik Anińska bezbłędnie rozpoznała kokainę. Trop jednak się urwał. Gorzej, w ogóle go nie było! Maciejewski mógł więc działać wyłącznie prewencyjnie.

I działał, pod nieobecność Róży przeszukując jej rzeczy. Jeszcze gdyby od kilku tygodni nie wydawała mu się taka ożywiona, radośniejsza, przyjaźniejsza... Nawet rzadziej urządzała awantury, jak zachlał po służbie. A to już było wręcz groźne.

Wziął się za swoje notatki, po raz kolejny próbując chociażby przez prawdopodobieństwo uchwycić wspólny mianownik w rysopisach. Znów wychodziło mu tylko jedno: albo było kilku klientów, albo facet był nijaki.

Za to dzwonek telefonu, który odezwał się z biurka, był bardzo irytujący i nie w porę.

– Halo, mówi Borowik z Urzędu Śledczego. Dyżurny, możecie podesłać kogoś do fabryki Plagego i Laśkiewicza? Mamy tu samobójcę, wisielca.

– Serwus, Stachu, kopę lat. – Maciejewski nie spytał, dlaczego jego konkurencja z Komendy Wojewódzkiej zajmuje się taką sprawą. Sprawą przecież wagi średniej, a nawet lekkośredniej. Skoro się zajmuje, to ma w tym swój interes. Czego więc chce? – Wychodzi na to, że znowu się spotkamy.

– To ty, Zyga? – zdziwił się Borowik i zamilkł. Przez chwilę tylko jego oddech świadczył o tym, że telefonistka w centrali nie przerwała omyłkowo połączenia. – Myślałem, że podkomisarz może sobie ustawić wolne na niedzielę.

– Co poradzić, grypa szaleje w Lublinie. Też bym pokichał na wszystko. A wasi pracują? Jak widać, złego diabli nie biorą – zaśmiał się Maciejewski.

– Ciało się fotografuje, miejsce sam opiszę. – Borowikowi żart chyba nie przypadł do gustu. – Przyjeżdżaj. Czekam w biurze księgowego.

Maciejewski patrzył chwilę na odłożoną słuchawkę, kołyszącą się na widełkach starego aparatu, zanim sięgnął po płaszcz. Komenda Wojewódzka mówi „przyjeżdżaj", to przyjedzie, skoro jednak Staszek sam się zaofiarował zacząć czynności, pilne to nie było. Denat też nie będzie bardziej martwy, niż gdy go zdejmowano z pętli…

*

Lublin, styczeń 1945 roku

Kierownikiem wydziału w Wojewódzkim Urzędzie Bezpieczeństwa Publicznego był dopiero od Nowego Roku, a już niemal każdy klawisz na Zamku ze strachem nasłuchiwał odgłosu silnika czarnego pogestapowskiego citroena, potem ciężkich kroków na więziennym korytarzu. Upchnięci w celach kolaboranci i wrogowie nowej władzy jeszcze nie zdążyli poznać nowego śledczego. On jednak znał już prawie wszystkich. A na pewno wszystkich, którzy go interesowali.

Przydzielony mu sierżant więziennictwa poderwał się do postawy zasadniczej, gdy tylko oficer bezpieczeństwa wszedł do gabinetu urządzonego w dawnej rozmównicy.

– Melduję, towarzyszu majorze, jest ten stenogram – zaraportował.

– Czego nie patrzycie mi w oczy? – syknął bezpieczniak. – Macie coś do ukrycia?

– Nie, towarzyszu majorze! – Sierżant podniósł głowę, ale ledwie wytrzymał spojrzenie wyłupiastych czarnych oczu, a już szczególnie widok krwistoczerwonej skóry pokrywającej całą twarz i łysej czaszki przełożonego. Wyglądał jak odarty do żywego mięsa, jak poszarpany przez psy trup.

– W kartotece znaleźliście mi coś?

– Niewiele, towarzyszu majorze. Nic istotnego.

– Nic istotnego? – Oficer pokiwał z politowaniem głową. – Nie macie zupełnie nic, co najwyżej nasrane w kalesony! Szukać dalej! Maciejewski Zygmunt, tylko to ma wam chodzić po głowie, czy jecie, czy jebiecie, *poniał*?!

– Tak jest! – wyprężył się strażnik. Major, trzasnąwszy drzwiami, zamknął się w ciasnym pomieszczeniu.

Nie zdejmując nawet płaszcza, zaczął chciwie czytać przywiezione mu właśnie dokumenty z przesłuchania Anińskiej Natalii, przedwojennej przodownik policji obyczajowej, rozpoznanej przez bojowca Armii Ludowej jako agentka Kripo, aresztowanej i przekazanej bezpieczeństwu przed dwoma tygodniami. Pierwsze strony tylko przerzucił, zatrzymał się na czwartej.

Śledczy: Jakie stosunki łączyły was przed wojną z MACIE-
JEWSKIM Zygmuntem?

Odpowiedź: Stosunki służbowe jako z kierownikiem Wydziału Śledczego.

Śledczy: Co wiadomo wam na temat jego życia prywatnego?

Odpowiedź: Nie interesowałam się życiem prywatnym przełożonych.

Śledczy: Czy to ma znaczyć, że odwołujecie swoje zeznania
złożone wcześniej w śledztwie?

Major wykrzywił w uśmiechu swoją przeżartą Syberią
twarz, aż plamy odmrożeniowe nabrały żywszej barwy.
Raporty, protokoły to dobre dla sanacyjnych sądów! Ze
stenogramu wyłania się prawdziwy człowiek w całej ohy-
dzie. Doświadczone oko widzi jego próby lawirowania jak
na oświetlonej reflektorami scenie. Gdy doda się do tego
dźwięk i obraz... A jeszcze zapachy: smród strachu, kwaśną
woń potu...

Odpowiedź: Potwierdzam je. Ale znam życie prywatne
Z. MACIEJEWSKIEGO tylko o tyle, o ile byłam świadkiem
niektórych zdarzeń.

Śledczy: Więc jakich zdarzeń byliście świadkiem?

Odpowiedź: W 1931 byłam jeszcze przodownikiem w sekcji
kobiecej i dla nieletnich w Kom. Pow. P. P. w Lublinie.
Przeniesienie do Warszawy otrzymałam...

Śledczy: Mówcie o zdarzeniach w Lublinie.

Śledczy? Gówniarz nie śledczy! Niechby mówiła, niechby
coś chlapnęła, to miałby gotowy punkt zaczepienia na na-
stępne przesłuchanie! Spieszył się do baby czy jak? Major

zerknął na pierwszą stronę i zanotował nazwisko przesłuchującego. No to się towarzysz minister ucieszy! Sięgnął po papierosa i czytał dalej:

Odpowiedź: Wiosną albo latem 1931 aresztowana została za kradzież morfiny z ambulatorium, gdzie pracowała, dawna kochanka komisarza, Róża MARCZYŃSKA, pielęgniarka. Zawiadomiłam go pierwszego w celu umożliwienia mu poufnej rozmowy z zatrzymaną. MACIEJEWSKI, który był wówczas kierownikiem II-go Komisariatu, zaraz przyszedł do komendy i zostawiłam ich samych w celi.
Śledczy: Czy tak stanowił regulamin?

Nie tylko gówniarz, ale idiota! Major zacisnął zęby na kartonowej gilzie biełomora. Co to mają być za popisy? W pizdu z sanacyjnym regulaminem! Powiązania z kontrwywiadem wojskowym, tłumienie demonstracji robotniczych, inwigilacja przeciwników politycznych, ostatecznie łapówki – to były sprawy, które go interesowały. On tu potrzebował stworzyć skruszoną, zbitą po mordzie, przerażoną i przez to wierną agenturę, własną agenturę, a tamten co? Udowadnia, że przed wojną panował faszyzm i bezprawie?! To akurat wynika z czystej dialektyki walki klas!

Bezpieczniak pominął kilka dalszych popisów mniej doświadczonego towarzysza i odwrócił stronę.

Odpowiedź: MARCZYŃSKA jakoś uniknęła procesu albo też był to bardzo krótki proces, tego nie wiem. Została skierowana na leczenie odwykowe do zakładu zamkniętego, ale również nie wiem gdzie. Wyszła w 1933 albo na początku 1934, nie pamiętam. MACIEJEWSKI wtedy wrócił do niej z niezrozumiałych dla mnie przyczyn, ponieważ Marczyńska wykorzystywała jego stanowisko i swój z nim związek, gdy handlowała narkotykiem i sama była morfinistką.

Śledczy: Wyjaśnijcie to dokładniej.

Odpowiedź: MARCZYŃSKA, rozprowadzając narkotyki klientom, zabiegała o to, by towarzyszył jej oficer policji, najlepiej umundurowany. To dawało pozór, jakoby jej proceder był pod ochroną policyjną. W rzeczywistości MACIEJEWSKI o niczym nie wiedział i sądził, że to wizyty czysto towarzyskie. Mieliśmy wtedy niewielkie doświadczenie w walce z tego typu przestępczością.

Śledczy: Nieudolność sanacyjnej policji kryminalnej nie jest przedmiotem śledztwa. Mówcie o tym, co ma związek z MACIEJEWSKIM.

Odpowiedź: Gdy wyjeżdżałam z Lublina w 1937, wciąż mieszkali razem. Wcześniej prowadziłam kilkunastoosobową siatkę konfidentek w Komisariacie I-szym w związku z przestępstwami obyczajowymi, nieletnich i narkotyków. To był wywiad uliczny i środowiskowy, z którego docierały też informacje o MARCZYŃSKIEJ i komisarzu MACIEJEWSKIM. Mówiło się, że załatwił jej posadę w szpitalu dziecięcym. W tym celu miał nakłonić poszkodowaną w wypadku z udziałem samochodu dyrektora szpitala do wycofania skargi. To były takie pogłoski, ale ja te informacje likwidowałam.

Śledczy: Co to znaczy, żeście likwidowali?

Odpowiedź: Niszczyłam.

Śledczy: Dlaczego?

Odpowiedź: By nie zaszkodziły komisarzowi MACIEJEWSKIEMU.

Śledczy: Na czyje polecenie?

Odpowiedź: Nikt nie wydawał mi takiego polecenia.

Śledczy: Po tym, coście już zeznali w śledztwie, możecie teraz chyba wyjawić otwarcie, jakie stosunki łączyły was z Maciejewskim.

Odpowiedź: Stosunki służbowe.

Dalej nic. Nic, czego major by już nie wiedział z protokołów przesłuchań Fałniewicza Witolda, hitlerowskiego kolaboranta, przed wojną wywiadowcy policyjnego. Z przyjemnością zerknął jednak na podpis Anińskiej, na drżące litery i wyraźny ślad krwi w miejscu, gdzie ręka dotknęła papieru. Odkręcił skuwkę wiecznego pióra i zanotował na pierwszej stronie:

Kontynuować rozpracowanie Maciejewskiego Z. po linii życia prywatnego. Szukać spraw drażliwych, niewygodnych dla w/w. Rozpytywać także w kierunku powiązań z Fałniewiczem Witoldem (w dyspozycji W.U.B.P. w Lublinie) i Zielnym Tadeuszem (nie żyje).

Tak, to brzmiało wystarczająco ostrożnie. Akurat by towarzysze pomogli, ale nie pomyśleli przy tym, że ten Maciejewski wydał się bezpieczniakowi najbardziej interesującym okazem na Zamku. Gdyby go odpowiednio ujeździć, przydatnym.

Tych wszystkich reakcyjnych męczenników, o których pisano od sztancy: „Na podstawie całokształtu okoliczności sprawy, w szczególności na podstawie ujawnionych w śledztwie wyjaśnień oskarżonego oraz zeznań świadków, ustalono, że należał do organizacji A.K., mającej na celu obalenie demokratycznego ustroju Państwa Polskiego, na podstawie czego, nie dając wiary wyjaśnieniom oskarżonego złożonym na rozprawie, kierując się art. 200 K.P.K., Sąd Wojskowy

Lubelskiego Garnizonu orzekł oskarżonego uznać winnym dokonania zarzuconego mu przestępstwa i na mocy art. 1 Dekretu P.K.W.N. o ochronie Państwa z dnia 30.X.1944 r. oraz art. 3 lit. b Dekretu w zbiegu idealnym z art. 236 § 1 k.k. skazać na karę śmierci", zaczynał już mieć dość.

Wystarczyło więc podpisać notatkę: *major J. Grabarz.*

*

Lublin, 8 listopada 1936 roku

Maciejewski obrzucił wzrokiem przedpokój. Zerknął od spodu na drzwiczki szafki z licznikami prądu i gazu: wciśnięty w szparę kawałek zapałki tkwił na swoim miejscu. Pokój dzienny pominął, wszystkie wazony i kredens sprawdził przed dwoma dniami, a tydzień wcześniej obejrzał dokładnie ziemię w doniczkach z kwiatami. Zresztą i tak zawsze najbardziej niepokoiła go sypialnia, nos mu podpowiadał, że jeżeli Róża chowa gdzieś morfinę, to blisko łóżka.

Otworzył bieliźniarkę, zajrzał pod ułożone kolorami majtki i halki, każdy stos nacisnął dłonią i wygładził. Szafa? Szafa w porządku, cieńszy koniec jego czarnego krawata tkwił w szparze, tak jak go przyciął wieczorem. Zerknął jeszcze na kolekcję porcelanowych figurek, ale nie było żadnej nowej, a te, które znał, nie miały otworów. Radio? Śrub nie odkręcała, gładziutkie i błyszczące łebki były dokładnie w takich pozycjach, w jakich je pozostawił: na za kwadrans trzecia. Podwinął ludowy kilim na ścianie, lecz i tam nie odkrył nic poza maleńkim, szybko uciekającym pająkiem. Maciejewski rozdusił go kciukiem i strzepnął w kąt.

Zza ramy łóżka wyglądał prawie niewidoczny rożek gazety, więc i tam niczego nie schowała. Wrócił do przedpokoju i znów spojrzał na zegarek: najdalej za pół godziny powinien być u Plagego i Laśkiewicza. Zdąży jeszcze zrobić kuchnię.

Szafka z garnkami, lodówka? Tam mógł zajrzeć i Róża o tym wiedziała. Pominął też paczkę z kawą, za to sięgnął po puszkę z cukrem. Wysypał go do rondla, zamieszał... Nic! Ostrożnie napełnił z powrotem puszkę i odstawił na miejsce. Sięgnął po drugą, z herbatą, jednak zamknięcie nie chciało ustąpić. Zyga pociągnął mocniej i setki zwiniętych czarnych listków posypały się na podłogę.

– Cholera! – Wziął spod zlewu szufelkę i zmiotkę. Nie, za wiele było na niej kurzu! Na klęczkach zaczął zbierać herbatę i wrzucać z powrotem do puszki. Na koniec zamiótł podłogę, otworzył kubeł na śmieci...

Na samym wierzchu na przetłuszczonym papierze po twarogu w towarzystwie kilku niedopałków leżały szklane okruchy. Fiolka, był tego pewien, pozostał nawet strzęp nalepki.

– ...fin... – przeczytał głośno widoczne litery. Morfina?!

Zapominając, że sam przed chwilą zamiatał kuchenną podłogę, wyrzucił całą zawartość kubła i począł grzebać w popiele papierosowym, obierkach ziemniaków, fusach...

Minęło kilka minut, zanim odetchnął z ulgą. „Poli... ic... J... liu...s... ka... K... pl... In... z... emc...", zrekonstruował z odnalezionych odłamków szkła i fragmentów nalepki. Apteka Poliszewicza Juliusza i Nawrockiej Władysławy. I krople Inoziemcowa. Gdyby w szkole bardziej przykładał się do nauki łaciny, wychwyciłby od razu, że *morphinum* pisze się przez „ph". A nieszczęsne „fin" okazało zatartym „liu", co stwierdził z całą pewnością, kiedy podniósł odłamek fiolki bliżej oczu.

Usiadł na zimnej posadzce oparty plecami o kuchenkę i wsadził sobie do ust papierosa. Potrzebował ochłonąć, zanim znowu weźmie się za zmiotkę i szmatę.

Strażnik na bramie Lubelskiej Wytwórni Samolotów najpierw długo oglądał legitymację Maciejewskiego, potem zastanawiał się, czy może wpuścić komisarza razem z dorożką. Zyga już był gotów zapłacić i do biur fabrycznych dojść na piechotę, ale i dryndziarz miał swoją ambicję.

– E, panie ważny! – Machnął w stronę strażnika końcem bata. – Pan to masz łeb. Ja tam tajemnic państwowych nieciekawy, za to moja kobyła z ojca szlezwigera. Wiadomo to z taką, czy dla Niemca nie szpieguje?

Mężczyzna podrapał się pod służbową czapką i podniósł szlaban.

– Tam, na końcu, na pierwszym piętrze – wskazał, wyciągając rękę tak daleko, że o mało nie upuścił karabinu.

Jakby był nabity, to przynajmniej kogoś by facet przestraszył, złośliwie pomyślał Zyga.

Dorożka wjechała na wewnętrzną brukowaną drogę. Z lewej minęli pusty, pocięty tylko błotnistymi koleinami plac z przylegającym do niego niskim magazynem, z prawej trzy niewielkie hangary. Dalej, za wieżą kontrolną, zaczynały się budynki biurowe i konstruktorskie, a z drugiej strony hale fabryczne. W uchylonych wrotach jednej z nich, między ceglanymi filarami, można było dostrzec leżące na drewnianych kozłach szkielety budowanych skrzydeł i przechadzającego się pomiędzy nimi umundurowanego policjanta.

– Gdzie jest komisarz Borowik? – Maciejewski wychylił się z dorożki.

Mundurowy zasalutował.

– Tam, w biurze, w pokoju głównego księgowego. – Zamaszystym ruchem wskazał dwupiętrowy biały budynek przed bocznicą kolejową i dwoma ogromnymi hangarami. Rzeczywiście stał na końcu drogi, tuż przy torach na Kowel.

Dorożkarz potrząsnął lejcami, a Zyga sięgnął do kieszeni.

– Tak po gołej taksie? – Rozczarowany dryndziarz zważył na dłoni dokładnie odliczone złoty osiemdziesiąt.

– Bo dla ojczyzny. – Maciejewski z niechęcią wygrzebał z kieszeni jeszcze dwadzieścia groszy i wcisnął mu w łapę.

Minutę później wbiegał na pierwsze piętro, gdzie mieścił się kantor głównego księgowego. Bez pukania nacisnął klamkę i pchnął pomalowane na biało drzwi.

– …nie będzie miało wpływu na zamówienia, panie dyrektorze – usłyszał zaraz na progu. – Chwilowo nowy stróż i tak niepotrzebny, policja pilnuje budynku. Tak, sprawdzimy dokładnie… – mówił szczupły mężczyzna o zmęczonej szarej twarzy, na tle której lśniły okrągłe szkła okularów.

– Zyga, do jasnej cholery, ciebie to po śmierć posłać! – napadł na przybyłego podkomisarz Borowik. Również chudy człowieczek popatrzył wymownie.

– Nie powiedziałeś, że to pilne, Stachu – mruknął Zyga, ale gdy rozejrzał się po kantorku, zaczął rozumieć, skąd wzięło się zniecierpliwienie kolegi z Komendy Wojewódzkiej, zwykle traktującego z humorem policyjne przeciwności losu. Oparty nonszalancko o biurko, ze znudzoną miną oglądał wyglansowane czubki swych oficerek wysoki szczupły lotnik z trzema gwiazdkami na epoletach. Z jasnymi, lekko kręconymi włosami cherubinka kontrastowała pociągła twarz i ostre spojrzenie niebieskich oczu.

– Przepraszam pana kapitana, że musiał pan czekać. – Maciejewski zdjął kapelusz. – Pana również. – Popatrzył na mężczyznę, który właśnie zakończył rozmowę telefoniczną. – Rozumiem, że jest pan świadkiem…

– Adam Duski, główny księgowy – przedstawił się okularnik. Nerwowo chwycił teczkę leżącą na krześle. – To ja panów zostawię… Będę w kancelarii na dole.

Wojskowy odprowadził wzrokiem księgowego, odwrócił głowę ku Borowikowi, ponownie zlustrował wzrokiem Zygę, by na koniec utkwić pytające spojrzenie w śledczym z Komendy Wojewódzkiej. To ma być ten Maciejewski?!, Jego mina bardzo oficersko wyrażała zdumienie pomieszane z pogardą.

– Kapitan Henryk Korcz-Jasnocki – zaprezentował lotnika Borowik. – Poniekąd nasz kolega…

Więc Dwójka, kontrwywiad wojskowy! Zyga z niechęcią podał kapitanowi rękę. Co najgorsze, wojskowy miał nie więcej niż trzydzieści lat, na piersi ani ciemnoniebieskiej wstążki namiętnie rozdawanego pilotom Virtuti Militari, ani amarantowej Krzyża Walecznych, ani w ogóle nic. No to oficerek będzie się chciał wykazać!… Zyga spojrzał spode łba na Borowika.

– Miło poznać pana pod-komisarza – zaakcentował lotnik. Jego usta naprężył lekki, bez wątpienia drwiący uśmiech.

Maciejewski ścisnął mocniej jego dłoń, przejrzał się w błyszczących butach oficera i podniósł głowę.

– I mnie pana… nadporucznika – zaszarżował.

Lotnik sięgnął po papierośnicę.

– Pan ma do mnie niechęć tak po prostu służbowo? – zapytał, częstując policjantów egipskimi.

– Do pana? – Komisarz zaczął szukać w pudełku niespalonej zapałki. Borowik poratował go zapalniczką. – Do pana w żadnym wypadku! Ale było dwóch takich oficerów w Zamościu w dwudziestym piątym. Pobili policjanta na służbie, bo śmiał im zwrócić uwagę, że jest po północy, a oni w miejscu publicznym śpiewają głośno *Pierwszą Brygadę*. Zanim dotarli na kwaterę, ktoś nakładł im po gębie. Sprawcy, niestety, nie wykryto. To moja wielka porażka, panie kapitanie.

– To mnie pan uspokoił. – Korcz-Jasnocki dmuchnął aromatycznym dymem. – Bo już się bałem, że któryś lotnik odbił panu narzeczoną.

Zyga skrzywił się. Prawie żeś zgadł, draniu!

– Nie przypominam sobie – odparł.

– W takim razie na pewno będzie nam się dobrze razem pracowało. – Ku zdziwieniu nader oszczędnego Zygi kapitan zdusił dopiero co zapalonego drogiego papierosa w popielniczce. – Kolega wprowadzi pana w szczegóły. Będę przy hangarach, Staszek. – Skinął głową Borowikowi i wyszedł, zabierając z wieszaka swoją nieskazitelnie utrzymaną rogatywkę i rasowo powycierany czarny skórzany płaszcz.

– Boże, mój Boże, cóżem ci uczynił? – jęknął teatralnie Maciejewski.

– Nie zgrywaj ukrzyżowanego, Zyga, za stary na to jesteś – skrzywił się Borowik. – Chodźmy.

W stolarni z haka nad szafką na narzędzia wciąż zwisał kawałek liny, jednak samobójcy nie było.

– Kto późno przychodzi, sam sobie szkodzi – zaśmiał się Staszek na widok zdziwionej miny Maciejewskiego. – Przecież będziesz miał raport mój i lekarza. Po co ci oglądać denata?

– Żartujesz? A bruzda strangulacyjna? A pętla?

– Będzie w raporcie, Zyga. Przecież ci wytłumaczyłem, co masz robić.

Rzeczywiście, schodząc powoli po kolejnych stopniach budynku biurowego, Borowik wyjaśnił, czego powinien się trzymać Maciejewski: zwykły desperat, żadnych śladów walki, chociaż i żadnego listu pożegnalnego. To miało być poprowadzone bez zarzutu śledztwo w sprawie zamachu samobójczego, byle nie przemęczać się, nie wnikać, nie robić trudności i trzymać pismaków z daleka, żeby nic nie wyciekło przed oficjalnym komunikatem. Dwójka nie lubi rozgłosu zbyt blisko spraw, którymi się zajmuje. A czym zajmuje się Dwójka na terenie święcie przynależnym Maciejewskiemu? Tym właśnie, wbrew swojej naturze, nie powinien się interesować.

– No to zacznę od dyrektora – zdecydował Zyga.

– Nie zaczniesz – zgasił go Borowik. – Już z nim rozmawialiśmy. Ten księgowy Duski uśmierzał jego gospodarskie obawy, gdy łaskawie się zjawiłeś. Na miejscu masz biuralistów, majstrów, konstruktorów, robotników, strażników fabrycznych. Będą akurat.

Wyszli na zewnątrz i skierowali się ku hangarom.

Komisarz sięgnął po papierosy, ale zaraz szybkim krokiem podszedł do nich umundurowany strażnik.

– Proszę pana, tu nie wolno palić! – zarządził surowo, pokazując tablicę ze stosownym napisem.

Zyga spojrzał na niezapalonego jeszcze sokoła, później na Korcza-Jasnockiego. Strażnik całkiem nieźle udawał, że nie widzi, jak ten, oparty wygodnie o ścianę hangaru, z lubością wydmuchuje ustami i nosem błękitny dymek. Obok niego Duski obracał w palcach niezapalonego papierosa.

*

Mimo niedzieli pracownicy fabryki stawili się niemal w komplecie. Zgodnie z instrukcjami kolegi z Komendy Wojewódzkiej, Maciejewski nie dociekał, kto dokonał takiej sztuki, czy raczej kto tak sprawnie zarządził mobilizację. Śledztwo miało się oprzeć na solidnych podstawach, zeznaniach licznych świadków, więc się oprze, proszę bardzo! Zwłaszcza że według Borowika trup był jak należy, każdy policjant z jako takim doświadczeniem poznałby wisielca.

– Pan Madej, Zenon Madej, tak? – Podkomisarz odwrócił kartkę w notesie. Za oknem Korcz-Jasnocki i Borowik oglądali samolot, który kilku znudzonych mechaników wytoczyło dla nich z hangaru. – Pan jest tu strażnikiem?

– Pilnuję w dzień. – Skinął głową postawny czterdziestolatek w szarym uniformie. Wyraźnie unikał wzroku Maciejewskiego i śledczy wcale mu się nie dziwił. Zobaczyć kogoś, komu się niedawno nie dało zapalić papierosa, za biurkiem i w bardzo urzędowej roli? Arcynieprzyjemna sytuacja! – Ja przychodzę, Susek wychodzi – dodał.

– Ale dziś nie wyszedł. – Zyga stłumił ziewnięcie.

– Bo to jest tak: jeden strażnik na bramie, jeden na budynkach, jeden na polu wzlotów. – Madej poprawił czapkę wciśniętą na kolano. – Ja jestem na budynkach, tak jak Susek. Znaczy jak był Susek.

– Gdzie pan go znalazł?

– No jak to? – zdziwił się strażnik. – Tam, gdzie wisiał, w stolarni.

– W stolarni – zanotował Maciejewski. – Jak pan stwierdził, że nie żył?

– Że niby jak stwierdził? – Mężczyzna podniósł wreszcie wzrok. Widać zbyt trudny problem przemógł wcześniejsze zażenowanie.

– Skąd pan wiedział?

– Wisiał przecież. – Madej wzruszył ramionami.

– Trzeźwy pan był? – zapytał Maciejewski.

– No jak inaczej na służbę? – Strażnik spojrzał na niego zniesmaczony.

– Na pewno? Po sobocie?

– Służbę miałem.

– Dobrze. – Zyga kiwnął głową. – Pan wszedł, pan Susek wisiał. Jak wysoko?

– No tak jak ta skrzynka była. O tak! – Świadek uderzył kantem dłoni w nogę biurka na dwóch trzecich wysokości. – Musiał na nią wejść i się powiesił.

– I co pan zrobił?

– Zatelefonowałem po kierownika.

– A potem? – ciągnął podkomisarz.

– Przyszedł kierownik i musi zatelefonował na policję.

– Która była godzina?

– Musi dziewiąta, po dziewiątej...

Zgadzało się. Maciejewski spojrzał za okno. Lotnik otworzył kabinę i coś pokazywał wielce zaintrygowanemu Borowikowi. Ten to ma wycieczkę!

– Ostatnia rzecz... – zaczął śledczy, a strażnik westchnął z ulgą. Doskonale rozumiał Madeja, sam też miał go dosyć. – Domyśla się pan, dlaczego się zabił?

– Dziwny był, panie komisarzu – znowu wzruszył ramionami Madej.

Zyga zanotował adres dozorcy i kazał mu wezwać do biura ostatniego świadka.

– Pan Adam Duski, księgowy, dobrze... – Maciejewski otworzył jego teczkę personalną. – Dziękuję, że pofatygował się pan mimo niedzieli.

– Jak mogłem się nie pofatygować, skoro przełożony wezwał!

Komisarz spojrzał badawczo na buchaltera. To, co powiedział, z pozoru brzmiało jak żart, i to w guście Zygi. Jednakże Duski miał poważną, kamienną twarz Bustera Keatona.

– W niedzielę przełożony może pana co najwyżej uprzejmie poprosić – zauważył Maciejewski i z miejsca pożałował tej uwagi. Co go podkusiło, by akurat teraz myśleć o prawie pracy?! Krew pepeesowskich rodziców w nim zawrzała?

– Fabryka to dla mnie, panie komisarzu, patriotyczny obowiązek. Przecież nie po to wyszliśmy z kryzysu, nie po to ten zakład został przejęty przez państwo od prywatnych właścicieli, bym sobie wybierał, czy niedziela, piątek czy świątek! Dla mnie to jest poważna sprawa, a takie wydarzenia jak dzisiejsze… – Duski zrobił pauzę, za krótką jednak, by można mu było płynnie wejść w zdanie. – Ja się poważnie zastanawiam, czy nie chodzi tu o rzucenie cienia na wytwórnię. Żydowska prasa już doprowadziła naród do takiej dezorientacji, że nic prostszego jak z samobójczego zamachu jakiegoś niezrównoważonego człowieka zrobić wielki skandal! A to by się odbiło na obronności i…

Udając, że słucha, Maciejewski jeszcze raz zajrzał do akt księgowego.

– Czy pan pracował w zakładzie pod poprzednią firmą? – przerwał Duskiemu. – W Zakładach Mechanicznych Plage i Laśkiewicz?

– Nie, dopiero w LWS-ie, tak jak jest w aktach.

Zyga przewrócił stronę. Rzeczywiście, data podpisania umowy o pracę była o dwa tygodnie późniejsza niż wszystkich pozostałych świadków. Czy raczej kandydatów na świadków… Krótki życiorys Duskiego jako poprzednie stanowisko wymieniał oficjalistę w majątku pod Hrubieszowem.

– Znał pan wcześniej Feliksa Suska?

– Kogo? – szczerze zdziwił się buchalter.

– Wisielca – wyjaśnił Maciejewski. – Tego człowieka, z którego powodu przełożony wezwał pana w świętą niedzielę – dodał z irytacją.

– W ogóle go nie znałem, panie komisarzu. Raz w miesiącu przychodził pokwitować wypłatę. Ja przecież jestem urzędnikiem, a on tylko...

– Dobrze, dziękuję panu. – Zyga zamknął akta.

– To wszystko? – Księgowy zastygł ze zdziwioną miną. Już nie przypominał Bustera Keatona, bardziej Chaplina. – Mogę służyć wiedzą o interesantach fabryki oraz odwiedzających...

– Oczywiście gdyby pan sobie coś istotnego przypomniał... Istotnego, czyli o Feliksie Susku, nie o interesantach – sprecyzował Zyga, wstając i biorąc z wieszaka okrycie – to proszę łaskawie zatelefonować do Wydziału Śledczego Komendy Powiatowej na Staszica. – Zaczął zapinać płaszcz.

– Nie da mi pan wizytówki? – znów zdziwił się Duski, ale na szczęście też wstał.

– A pan nie ma w biurze książki telefonicznej? Do widzenia.

Księgowy nacisnął klamkę, niestety zatrzymał się i odwrócił. Na jego szczupłej, mysiej twarzy malował się głęboki namysł.

– Nie zapytał pan, czy ofiara była z kimś skonfliktowana, panie komisarzu.

– Bardzo uprzejmie panu dziękuję, że mi pan o tym przypomniał. – Maciejewski nie ukrywał ironii. Mimo to usiadł i otworzył notes. – Z kim więc był, jak to pan fachowo zauważył, skonfliktowany Feliks Susek?

– Z Madejem, tym, co wyszedł przede mną. Nie pamiętam dokładnie, ale kilka dni temu słyszałem, jak się kłócili.

– O co? – Pióro komisarza zawisło nad kartką.

– A tego to ja już nie wiem. Ostatecznie jestem tu urzędnikiem, nie będę przecież…

– Tak, nie będzie pan przecież słuchał grubiańskich słów, jakich nie szczędzi sobie skonfliktowana klasa robotnicza. – Komisarz rzucił okiem na zegarek. Powinien skończyć niedzielną służbę ponad godzinę temu. – Dziękuję panu za pomoc.

Duski ukłonił się i wyszedł. Zyga zaczął upychać papiery w teczce. By zgodnie z życzeniem Borowika sporządzić protokoły, wysłać mundurowego po podpisy i z czystym sumieniem urzędnika państwowego skierować sprawę do umorzenia, miał kwitów aż nadto.

Dezinformacyjna rola prasy

Lublin, styczeń 1945 roku

Źle mnie pan wtedy potraktował – wypomniał Adam Duski.

Kucający nad kiblem dawny buchalter przypominał żałosną karykaturę skoczka narciarskiego. A jednak Maciejewskiemu nie było do śmiechu. Duski, osiem lat wcześniej namolny i nudny, teraz był upierdliwy i podejrzany. Dlaczego siedzieli tylko we dwóch, niemal w tak luksusowych warunkach, jakie stanowił regulamin więzienny z trzydziestego pierwszego? I dlaczego Duski nie miał nawet jednego sińca, zupełnie jakby przyszedł tu w gości?

– Nie trzeba było cytować *Protokołów Mędrców Syjonu* jak ksiądz Trzeciak – powiedział spokojnie Zyga, chociaż nie miał najmniejszej ochoty wracać do tamtej sprawy. W ogóle nie miał ochoty gadać z Duskim, musiał go jednak wybadać.

– Ja cytowałem *Protokoły*? – Współwięzień zastygł z kawałkiem gazety w prawej ręce.

– Tak, mówił pan o dezinformacyjnej roli prasy żydowskiej.

Księgowy podtarł się wreszcie i nad kiblem umył palce odrobiną wody.

– Teraz pan – zachęcił Maciejewskiego, podciągając spodnie.

– Co ja? – Zyga spojrzał na niego jak na niedorozwiniętego.

– Teraz pan odda stolec, bo najpewniej zaraz będą nam kazali iść opróżnić kubeł.

– Kibel – mruknął były komisarz.

– Niech panu będzie, że kibel. Proszę zrobić, jak mówię. Inaczej cały dzień będzie śmierdzieć. No proszę! – Duski wskazał sracz takim gestem, jakby proponował honorowemu gościowi najwygodniejszy fotel.

Maciejewski posłusznie kucnął i ściągnął spodnie. Niestety, nie odczuwał żadnego parcia. Nawet na pęcherz.

– Czasami nie każą opróżniać. Zapominają, czy ja wiem… Ale strzeżonego Pan Bóg strzeże! – Współwięzień uśmiechnął się bardzo z siebie zadowolony. Zupełnie jakby dostał właśnie gryps, a razem z nim piłkę do metalu. – Klapa od kubła, to jest kibla, jest pogięta, jak się źle położy, to cuchnie strasznie… Nie, nie, niech się pan nie martwi, i na to mam metodę. Pokażę panu. Trzeba po prostu przyłożyć równo klapę…

– Niech się pan zamknie, do jasnej cholery! – jęknął Zyga.

– Jest pan jeszcze bardziej niecierpliwy niż przed wojną – spokojnie powiedział Duski. – Ja to przecież panu tłumaczę dla naszego wspólnego dobra. Przykłada pan klapę równiutko, dociska i nie puszczając, przekręca w lewo. Ale ciutkę, tak jakby pan cofał zegarek o jakieś pięć minut. To można wyczuć, bo zgrzytnie ciszej niż…

Po ścianie pełznął w górę szarozielony liszaj, by bliżej sufitu rozprysnąć się w pojedyncze wykwity, zupełnie jak kiście winogron. Na wydrapane w tynku daty, nazwiska, modlitwy i pierdoły o wolnej Polsce Zyga starał się na razie nie zwracać uwagi. Jeszcze nieraz przyjdzie mu je czytać dla zabicia czasu. Skupił się. Na nic! Nie miał w bebechach nic do wysrania.

Z korytarza rozległo się nagle przeraźliwe wycie bitego człowieka. Po jądrach, uznał Maciejewski. Napiął mięśnie, by zmusić kiszkę stolcową do większego wysiłku. Katowany więzień wrzasnął znowu. Jakież to było znajome, jak krzyki z gestapowskiego piętra, których Zyga jako oficer Kripo słuchał przez kilka lat.

W tym samym czasie major Grabarz, ostrożnie napinając poznaczoną bruzdami i czerwonymi plamami wciąż niewygojonych odmrożeń skórę głowy, golił się żyletką w hotelu „Europejskim". Piekło cholernie, ale major powolnymi, metodycznymi ruchami pozbywał się kłujących, boleśnie wrastających mu w czaszkę włosków za uszami i na ciemieniu. Zebrał pianę ciepłym ręcznikiem, po czym wstrzymał na chwilę oddech, nim zanurzył głowę w miednicy.

– Skurwysynu!… – sapnął, kiedy podniósł się i złapał powietrza.

Sole z Morza Martwego podobno miały działać cuda. Cuda, Morze Martwe, Ziemia Obiecana, bladź jego mać! Ziemia Obiecana majora była tutaj, w Polsce, może nie w prostej linii, ale pod wieloma względami w połowie drogi między Palestyną a Syberią. Tylko musiał ją najpierw wytłuc jak pyskatą, pijaną kurwę i dobrze schwycić za ryj! A do tego nie wystarczą mu tacy przebrani w mundur knajacy jak Saszka czy choćby wierny towarzysz z łagru, pułkownik Ziemlianin. W jego przyjaźń Grabarz nie wątpił, podobnie jak w to, że o każdej ich rozmowie następnego dnia wiedziało NKWD. Jeśli miał w tym kraju stanąć na własnych nogach, potrzebował własnych ludzi… Gdzie tam ludzi?! Psów!

Będziesz psem, Maciejewski, obiecał mu w myśli major. Miał już nawet opracowany plan tresury swojego przyszłego konfidenta. Nabrał powietrza, zamknął oczy i znów zanurzył głowę w swej emaliowanej miniaturze Morza Martwego.

A nieświadomy tego Zyga sięgnął po schowane za kiblem kawałki gazet. I nagle oklapł, a jego uda otarły się boleśnie o brzeg kubła. Gazeta wyglądała znajomo, to był „Nowy Głos Lubelski" z czterdziestego drugiego.

– Na wschodzie zniszczono jedną armię i cztery dywizje sowieckie – przeczytał na głos jeden z nagłówków.

– Jak pan skończy, to proszę spróbować, dokładnie jak powiedziałem – zignorował prowokację Duski. – Najpierw klapę równiusieńko...

*

Lublin, 9 listopada 1936 roku

Maciejewski chybotał się, stojąc w rozkroku na krawędzi muszli sedesowej. Koszulę miał już całą mokrą, mimo to wciąż grzebał w rezerwuarze, próbując na ślepo złączyć urwany zawór spłuczki. Róża Marczyńska opierała się o drzwi toalety z rękami splecionymi na piersiach i liczyła w myślach od jednego do dziesięciu, a potem wspak.

Kula zaworu opadła z głuchym brzęknięciem, woda przestała płynąć między nogami Zygi. Kiedy jednak pociągnął za łańcuch spłuczki, nie wydarzyło się nic.

– Musisz tu stać? – warknął, odwracając się ze złością. Zmęczone po całonocnym dyżurze oczy Róży spojrzały na niego wrogo.

– A musiałeś się tego dotykać, skoro nie umiesz naprawić?

– Mówiłem ci, że woda źle leciała. – Z nerwowym skupieniem na twarzy znów zanurzył ręce w rezerwuarze.

– Jakoś nie zauważyłam. – Chciała jeszcze dodać, jaki to cud, że czyszcząc swój rewolwer, jak dotąd ani razu nie strzelił sobie w nogę, ale zdecydowała się zmienić temat: – Pamiętasz o jutrzejszym pogrzebie?

Tymczasem Maciejewski zdołał chyba uchwycić dwie części mechanizmu, które jego zdaniem winny być połączone, bo wspiął się lekko na palce i wstrzymując oddech, zanurzył lewą rękę po łokieć. Z rezerwuaru spłynęła struga wody i rozchlapała się na posadzce.

– Jakim... uch, ty cholero!... pogrzebie? – sapnął Zyga. – Przynieś obcęgi.

– Przecież była tu wczoraj Kapranowa – przypomniała Róża. – Powinieneś pójść.

– No to pójdę, ale teraz nie chcę żadnych pogrzebów, tylko obcęgi! – wycedził przez zęby.

– A gdzie ci je znajdę? – Wzruszyła ramionami, naprawdę jednak była coraz bardziej przestraszona, że Zygmunt się nie poddał. Gotów zepsuć spłuczkę jeszcze bardziej. Poza tym zmarł przecież jego dawny sąsiad, kompan od łowienia ryb, a przede wszystkim mąż tej starej plotkary, która przez lata prowadziła Maciejewskiemu dom. Nie być na jego pogrzebie to po prostu świństwo!

– W kuchni, chyba gdzieś nisko w kredensie. Przecież przyniosłem od siebie, z Rur Jezuickich. I młotek! – dobiegło z toalety, gdy szukając narzędzi, wyjmowała garnki z dolnej szafki.

Cholerny idiota!, klął się tymczasem w myślach komisarz. Gdy wrócił z LWS-u, Róża znowu była jakaś taka dziwnie radosna i zadowolona. Nie przeszkadzało jej nawet, że z powodu choroby koleżanki musiała wziąć nocny dyżur, czyli czeka ją tylko kilka godzin snu i znowu do szpitala. Zamiast jak zwykle się skarżyć, oglądała kolumny z modą w „Mojej Przyjaciółce" i „Kobiecie Współczesnej". Z tą ostatnią w ręku zasnęła i kiedy Zyga wyjął jej pismo z dłoni, zauważył zrobione ołówkiem na marginesie obliczenia, ile będzie kosztowała Marczyńską nowa sukienka. Nie pamiętał jej w tak dobrym nastroju od lat, a to było podejrzane. I wtedy w gliniarskiej głowie zrodziła się przebiegła hipoteza: że przecież idealnym miejscem do ukrycia ampułek z morfiną jest rezerwuar w toalecie! A tego miejsca jeszcze nie sprawdził.

I balansując w pozie linoskoczka, był tak wściekły, że gdy tylko namacał dłonią w zimnej wodzie coś, co wydało mu się przemyślnym uchwytem ukrytego tam pakunku, bez namysłu pociągnął. Zepsuł, to naprawi, nie będzie płacił jakiemuś partaczowi złotówki za pięć minut roboty!

Dopiero teraz uzmysłowił sobie, że Róża, niższa od niego o półtorej głowy, w żaden sposób nie zdołałaby sama zdjąć klapy spłuczki, a potem schować czegoś w środku…

– Nie ma nigdzie obcęgów, ale jest młotek. – Marczyńska znowu stanęła w drzwiach.

– Daj! – wyciągnął prawą rękę, podczas gdy mokry łańcuch przytrzymujący zawór próbował wyśliznąć mu się z lewej.

Zyga trzymał jednak mocno. Ostrożnie odłożył młotek na skraj rezerwuaru i manipulując obiema rękami, oparł przerwany łańcuch na tylnej ściance. Jedno celne uderzenie powinno zapiąć ogniwo…

Walnął na ślepo. W pierwszej chwili nie zrozumiał, skąd się wziął ten promieniujący ból, aż młotek wypadł mu z dłoni i uderzył o dno rezerwuaru. Sekundę później huknęła też kula zaworu, a Maciejewski zachwiał się i runął plecami na ścianę.

Marczyńska podtrzymała go w ostatniej chwili. Prawa noga znalazła oparcie na brzegu muszli i nie wpadł do środka. Maciejewski czuł, że z tyłu głowy rośnie mu guz, ale to było nic w porównaniu z puchnącym kciukiem.

– Pokaż rękę! – zażądała Róża.

Zaczęła obmacywać stłuczony palec, założyłby się, że z czystej babskiej złośliwości. Bolało jak cholera.

– Kości całe, paznokieć też – odetchnęła z ulgą. – Zrobię ci opatrunek, to opuchlizna będzie mniejsza.

– No i widzisz? – mruknął Zyga, kiedy już siedział na stołku w kuchni i pozwalał się bandażować. – Gdybyś mnie nie zagadywała, bym to zreperował. Ale teraz, cholera, jak z tym palcem?... I spóźnię się na służbę.

Nie spóźnił się jednak bardziej niż zwykle, wpadł do gabinetu zaledwie kwadrans po dziewiątej, na którą to wyznaczył odprawę Wydziału Śledczego. Jego zastępcę, podkomisarza Eugeniusza Krafta, bardziej zastanowił wygląd przełożonego. Gdy ten zdjął płaszcz, spod marynarki ukazała się całkiem mokra koszula i wilgotny krawat.

– Pan kierownik topielca ratował? – zaśmiał się wywiadowca Zielny. Jego niezbyt wprawdzie czysty, za to modny garnitur i równo zawiązany krawat zakrawały na wrogą prowokację.

– W pewnym sensie. – Maciejewski poruszył lewym kciukiem grubo owiniętym bandażem. – Naprawiałem spłuczkę.

Słoniowaty tajniak Fałniewicz oderwał wzrok od gazety.

– Uszczelka czy pływak? – spytał rzeczowo.

– Gdybym wiedział, zostałbym hydraulikiem, a nie gliną. – Maciejewski usiadł za swoim zarzuconym papierami biurkiem. Zgarnął je na brzeg blatu, formując nierówną stertę. – Na początek mamy nową sprawę, na szczęście prostą. Wczoraj, gdy panowie święcili Dzień Pański lub grzali się pod pierzyną, w fabryce samolotów było samobójstwo. Denat nazywał się Feliks Susek, lat...

– Ale to przecież wiadomo, panie kierowniku – przerwał mu Fałniewicz. – Jaki w tym haczyk?

– Haczyk? – Maciejewski zmarszczył czoło. – I niby skąd wiecie? Nie zdążyłem przecież założyć sprawie teczki.

– Z gazety. – Słoniowaty tajniak podał mu pachnący jeszcze farbą „Express Lubelski".

– Nie czytamy może „Wiadomości Literackich" jak pan kierownik – dorzucił złośliwie Zielny – ale miejscowe dzienniki jak najbardziej.

*

FATALNA MIŁOŚĆ NOCNEGO STRÓŻA

Lublin – W niedzielę nad ranem 8 b.m. w przejętych niedawno przez skarb państwowy zakładach lotniczych L. W. S. (wcześniej Plage i Laśkiewicz) rozpoczynający dzienną służbę stróż fabryczny Zenon Madej dokonał makabrycznego odkrycia. Zaniepokojony faktem, iż jego poprzednik z nocnej zmiany, Feliks Susek, nie odpowiada na wołania, udał się na inspekcję pomieszczeń i zastał swego kolegę powieszonego. Wezwany na miejsce lekarz pogotowia ratunkowego stwierdził zgon.

Szybkie dochodzenie Wydziału Śledczego P. P. ujawniło, że Feliks Susek, kawaler l. 32, od kilku tygodni starał się o względy pięknej panny Krystyny o nazwisku – nomen omen – Kusik, z zawodu krawcowej, l. 24. Z racji lekko zajęczej wargi amantem filmowym być nie mógł, miał za to dobre serce i stałą, nie najgorzej płatną posadę. Nie mogąc znieść obojętności wybranki, targnął się na swoje życie.

Jednych zdziwi, że historia jak z dawnego romansu miała miejsce w jednej najnowocześniejszych fabryk naszego miasta, L. W. S. Innych, że prosty stróż okazał się postacią tragiczną niczym z tragedji Szekspira. Jeszcze innych, że śmierć nieszczęśliwca nie była bynajmniej protestem przeciw wygryzieniu z interesu dotychczasowych właścicieli fabryki.

– Groził, że się zabije, ale czy ja mogłam wiedzieć? – powiedziała nam femme fatale z Bronowic.

Drogie Panie, nie bądźcie tak zimne, bo niektórzy stróże nie rzucają słów na wiatr!

Zbigniew Drobiński, sekretarz redakcji „Expressu Lubelskiego i Wołyńskiego", raz jeszcze popatrzył na podetknięty mu artykuł z najnowszego numeru i podniósł głowę. Oczy komisarza Maciejewskiego były czerwone, może z niewyspania, ale może i z wściekłości.

– Kto to napisał? – syknął śledczy.

Drobiński odetchnął w duchu.

– Myślę, że pan Gralewski, redaktor naczelny – odparł, cedząc słowa.

Komisarz nachylił się nad biurkiem, gniotąc łokciami makietę nowego numeru, i otworzył szerzej przekrwione oczy.

– Będzie pan zatem łaskaw poprosić tu pana Gralewskiego – powiedział, a redaktor nie mógł się oprzeć wrażeniu, że wraz z każdym słowem na blat biurka kapie niewidoczny jad.

– Kiedy dziś go nie ma… – Drobiński rozłożył ręce. Pamiętał polecenie swojego szefa i kompana od wieczornych wódeczek: „Jakby ktokolwiek pytał, skąd mamy stróża wisielca i jego piękną krawcową, kręć i idź w zaparte, choćby kołem łamali, rozumiesz?". Kiedy mówił to poprzedniego dnia, sekretarz redakcji nieszczególnie się przejął: takich sensacyj mieli po kilka w tygodniu i nikogo nie obchodziły. Widać jednak tym razem było coś na rzeczy.

– Gdzie mieszka ta Krystyna Kusik? – burknął Maciejewski, odchylając się na oparcie krzesła, które skrzypnęło cicho.

– A ma pan nakaz?

Zyga spojrzał na dziennikarza spode łba. Drobiński, który zadał swoje pytanie tonem niemalże zmartwionym, wciąż minę miał współczującą, bo przecież chciałby zadowolić każdego petenta, tylko nader często nie mógł, no nie mógł po prostu!

– Niestety nie – westchnął Maciejewski. – Mam za to przyjaciół w wydziale cenzury. Krzywdy wielkiej pewnie nie zrobią, to nie są wysoko postawieni przyjaciele. – Pokiwał głową ze smutkiem. – Mimo to uprzykrzyć życie potrafią – zakończył, mrużąc oczy. Teraz nie wyglądały już na przekrwione, raczej jak dwa ciemne otwory luf rewolwerowych.

Sekretarz redakcji nie dał tego po sobie poznać, jednak zaczął się niepokoić. Wacek Gralewski by wiedział, czy to blef, czy komisarz faktycznie może zaszkodzić gazecie. Drobiński pożałował, że wyskoczył z tym nakazem, zamiast udać głupiego. Po co mu była ta ułańska fantazja?!

– Niech pan posłucha – śledczy nachylił się nad biurkiem – w gazecie napisaliście dość, bym bez pańskiej pomocy znalazł tę Krystynę Kusik, chociaż zajmie mi to nieco czasu. Jeśli więc mi pan pomoże, nie zdradzi pan żadnych poufnych informacji. Po co ma pan mieć wroga w wiernym czytelniku? – Maciejewski podniósł i z namysłem obrócił w palcach mosiężny przycisk do papieru. Róg makiety wtorkowego numeru „Expressu" skorzystał z okazji i zwinął się w okamgnieniu. – Chyba że owa kusicielka nocnych stróżów to blaga od początku do końca... – mruknął komisarz pod nosem.

Drobiński zaniemówił, bo właśnie taki wykręt przyszedł mu do głowy pół sekundy wcześniej, zanim policjant wypowiedział te słowa.

– To by konkurencja miała używanie! – Śledczy wyprostował papier na biurku i przygniótł przyciskiem. – To by się „Głos" ucieszył!

Sekretarz redakcji sięgnął do szuflady po notes.

– Chlewna 6, mieszkania 6 – wymamrotał zgnębionym tonem, wiedział jednak, że Wacek Gralewski będzie zadowolony: najważniejszego pytania, skąd mieli informację, glina nie zadał.

*

Maciejewski wysiadł z „piątki" zaraz za mostem na Czerniejówce, przy budującym się nowym bronowickim kościele. Żelbetowa wieża udająca gotycką dzwonnicę sięgała już co najmniej ośmiu pięter i bez wątpienia roztaczał się z niej nader przygnębiający widok na wymarły park angielski, fabryki po obu stronach ulicy i kiedyś podobno wzorcowe osiedle robotnicze z czerwonej cegły i białego wapniaka.

Wciąż był wściekły. Podczas gdy on prowadzi śledztwo w sprawie śmierci dozorcy Feliksa Suska, dokładnie jak Dwójka i Komenda Wojewódzka sobie życzą, trzyma gębę na kłódkę, nagle pojawia się przeciek. A to całkiem zmieniało postać rzeczy. Można wiele spraw zrobić byle jak, byle szybko, kiedy jednak zaczynają pisać o nich gazety, ktoś gotów sprawdzić dyletanckiego śledczego. On w każdym razie nie podarowałby sobie służbowej reprymendy, gdyby to Zielny albo Fałniewicz nie obejrzeli ciała, nie przesłuchali dyrektora zakładu, przyjęli wszystko na wiarę jak dogmat o nieomylności papieża. No i ta Kusik: żadnej młodej krawcowej nikt z nim nie uzgadniał!

Na Bronowickiej już szarzało. Maciejewski ruszył wzdłuż parkanu, przez który zwieszało gałęzie kilka brzóz poszarzałych od fabrycznego dymu. Minął łaźnię miejską, przypominającą kształtem raczej dworek albo gospodę, i dla gliny mało przydatną operacyjnie, bo jak wynikało z raportów

III Komisariatu, częściej niż polujący na młodych chłopców czynni homoseksualiści chadzali tu złodzieje palt i co lepszych butów.

Spojrzał na zegarek i przyspieszył kroku. Przed jeszcze bardziej niepasującym do dzielnicy nowoczesnym budynkiem szkoły powszechnej skręcił w lewo, w stronę rzeki. Tak, to były Bronowice, jakie pamiętał! Tylko już nie budziły prorobociarskich skojarzeń wyniesionych z pepeesowskiego domu, teraz z podejrzliwością patrzył w okna oświetlone słabą, oszczędnościową żarówką albo nawet taniej: lampą naftową. Sam też widocznie wyglądał podejrzanie, bo na jego widok jedenasto-, może dwunastoletni chłopiec przestał pompować wodę z ulicznej studzienki i obejrzał komisarza od stóp do głów.

– Pełno lej – burknął Maciejewski – bo matka każe dwa razy obracać!

Dzieciak pogardliwie wzruszył ramionami, machnął jeszcze kilka razy rączką pompy i ruszył z wiadrem ku piętrowym komórkom lokatorów na podwórku. Komisarz wszedł za nim przez bramę, ale udał się w drugą stronę, gdzie stała niewiele wyższa od komórek wąska kamienica ze ściętym dachem. Komisarz pchnął jedyne drzwi, tuż obok namazanego kredą napisu: „Unia gola!" Z piwnicy czuć było ziemniakami i marchwią. Mieszkania 6… Rozejrzał się i wszedł na skrzypiące schody.

U ich szczytu, na pierwszym piętrze, stał i wlepiał w komisarza swe zielone ślepia rudy kot. Żarówka na suficie zamrugała niecierpliwie i ostrzegawczo, po czym zgasła na kilkanaście sekund. Maciejewski zrobił krok, drugi, widząc w mroku tylko zielone opalizujące ślepia. Żarówka znów rozbłysła mdłym światłem. Zwierzę lekko poruszyło końcówką sztywno postawionego ogona, ale nie uciekło. Przeciwnie, zaczekało, aż Zyga wejdzie na piętro i z wyraźnym zadowoleniem ocierając się o łydki, przemaszerowało mu między nogami.

To nie było normalne. Owszem, czarne koty przebiegały mu nieraz drogę, żaden się jednak nie łasił. Nigdy.

– Kici, kici… – Komisarz wystawił rękę.

Kot rozpoznał w nim wreszcie glinę, bo prychnął i szurgnął na dół. Maciejewski wzruszył ramionami. Rozejrzał się: mieszkanie numer 6 znajdowało się po lewej stronie. Znad progu widać było smugę światła, słyszał też stukot maszyny do szycia.

– Już, już, proszę! – odpowiedział na jego pukanie kobiecy głos.

Maciejewski nacisnął klamkę i wszedł do obszernej kuchni ze stołem zarzuconym skrawkami materiałów i stojącą pod oknem maszyną Singera. Właścicielki mieszkania wciąż nie widział, zobaczył za to szeroką suknię w brzydkim brązowym kolorze, którą ktoś podniósł powyżej swojej głowy.

– I jak się pani podoba, pani Wałczykowa?

Komisarz odchrząknął. Suknia zjechała niżej i odsłoniła twarz młodej, dwudziestoparoletniej blondynki z uroczymi loczkami okalającymi pełną twarz, wręcz stworzoną do uśmiechania się.

Ale zamiast uśmiechu dostrzegł na niej nieprzyjemne zdziwienie. I uznał, że nie od rzeczy będzie je pogłębić.

– Kusik Krystyna? – zapytał służbowym tonem.

– Tak. – Suknia zjechała jeszcze niżej i Maciejewski mógł się przyjrzeć rozpiętej na dwa guziki poniżej pełnego falbanek kołnierzyka białej bluzce w ciemnozielone grochy. Bardziej subtelny znawca zauważyłby z pewnością, jak ta barwa koresponduje z kolorem oczu, Zyga jednak zwrócił uwagę przede wszystkim na poruszający się w nerwowym oddechu biust. – A pan w jakiej sprawie?

Róża!, pomyślał. Róża dziesięć lat wcześniej... Odgonił tę myśl, wyjął blachę identyfikacyjną i powiedział coś z zupełnie innej beczki:

– Służba śledcza.

– Ale u mnie już był dzielnicowy, panie przodowniku!

Przodowniku... Podkomisarz rozpiął płaszcz i nie czekając na zaproszenie, przysunął sobie stołek. Nigdy mu aż tak bardzo nie przeszkadzało, gdy brano go za glinę niższej rangi, nawet przy Zielnym albo Fałniewiczu. Idiotyzm, co mu się uroiło we łbie, że teraz akurat życzyłby sobie być tytułowany inspektorem?!

– Podkomisarzu – sprostował. – Podkomisarz Maciejewski, Wydział Śledczy. Dobrze pani znała Feliksa Suska?

– Feliksa Suska? – powtórzyła. – No tak, przychodził do mnie. – Kapryśnie wydęła usta. – Niby coś przerobić, poprawić, ale tak naprawdę, żeby się zalecać.

Zyga rozejrzał się po kuchni, służącej też za pracownię. Maszyna, jakieś wykroje, materiały, no i ta suknia dla Wałczykowej... Nawet przy jego skąpstwie zdarzało mu się chodzić do krawców. Zawsze widział znacznie większy bałagan.

– A pani pewnie lubi, kiedy mężczyźni się zalecają? – mruknął Maciejewski, wyjmując notes.

– No... – Usiadła naprzeciwko, wciąż trzymając przy sobie dopiero skończoną suknię. – No chyba każda lubi! Ale on mi się zupełnie nie podobał. Niby na państwowej posadzie, ale zawsze to stróż...

– Strażnik – poprawił ją Zyga.

– A bo to wielka różnica? – wzruszyła ramionami.

Różnica faktycznie nie była wielka, może tylko taka, że Suskowi ktoś zamiast miotły dał do ręki karabin. Jak między „zalecać się" a „nadskakiwać". Maciejewski nieczęsto bywał na Chlewnej, założyłby się jednak, że każda tutejsza dziewczyna użyłaby tego drugiego słowa. Może dlatego coś mu mówiło, że Krystyna Kusik nigdy w życiu nie widziała Feliksa Suska.

– A jak wyglądał?

– No zwyczajny był, jak to mężczyzna.

– Usta miał ładne?

– Usta jak usta… Pan władza to poważnie?

– Dużo pani szyje? – Komisarz znów rozejrzał się po kuchni, tym razem ostentacyjnie.

– Nie, ale… – zastanowiła się, podążając za jego wzrokiem – …bardzo modnie!

– I z tego pani żyje?

Krystyna Kusik wygładziła suknię, spuściła głowę. Jej śliczne blond loczki rozdzielały się na czubku głowy, tworząc tam gniazdko, które można całować, chłonąc zapach włosów. Też zupełnie jak u Róży…

– Proszę odpowiedzieć! – warknął Maciejewski. Sam nie wiedział, co złościło go bardziej: że za chwilę przyjdzie po swoją suknię Wałczykowa i przerwie nieźle rozwijające się rozpytanie czy że ta dziewczyna bardziej niż zmysł śledczy zaczynała drażnić pozostałe.

– Dostaję prezenty – powiedziała. – Od mężczyzn… No ale nie pieniądze, ja się szanuję, panie komisarzu!

Teraz poczuł się, jakby miał trzy, a nie tylko dwie gwiazdki. I ze sto złotych więcej co miesiąc.

– Słusznie, szanować się trzeba… – Pokiwał głową z cynicznym uśmiechem. – Ale pieniądze czy prezent, zawsze to korzyść materialna. Zaświadczenie sanitarne poproszę.

– Jakie znowu zaświadczenie? – Niebieskie oczy krawcowej zrobiły się duże jak pięćdziesięciogroszówki. – Przecież ja mam warsztat krawiecki...

– Nie tylko warsztat krawiecki. – Zyga zdjął skuwkę z pióra, stalówka zawisła nad czystą kartką notesu. – Zawodowe prostytutki winny mieć książeczkę sanitarną i badać się dwa razy w tygodniu. Okazjonalnym, takim jak pani, wystarczy raz na tydzień. Mam pisać wezwanie?

– Ale panie władzo! – Palce Krystyny Kusik zacisnęły się na sukni. Zanim Wałczykowa ją włoży, trzeba będzie wyprasować. – Panie władzo, ja bardzo słabo znałam tego Suska. Ja miałabym z nim spać?!

– Bo nie dawał prezentów? – Maciejewski odłożył pióro.

– No coś tam dawał...

– Proszę pokazać, co dał!

– Teraz? – Krawcowa rozejrzała się niepewnie. – Musiałabym poszukać. Ale dlaczego właściwie pan mnie tak maltretuje?! – Nagle nabrała tchu. – Czy to ja go zabiłam? Ja przecież nie chciałam! Może to i ładnie, że ktoś się dla mnie zabił...

– Może i ładnie – przerwał jej komisarz. – Tak – zerknął do notesu – miał bardzo ładny wytrysk nasienia. Niestety narobił też w spodnie, a to już nie jest ładne – ciągnął, ani na chwilę nie spuszczając oczu z coraz bledszych policzków Krystyny Kusik. – Podobnie jak fałszywe zeznania...

*

Feliks Susek mieszkał tak blisko roboty, że na jego miejscu każdy by dostał jeśli nie myśli samobójczych, to przynajmniej melancholii. Wystarczyło pójść przylegającą do hangarów i pola wzlotów Wrońską, potem przez tory i zaraz po drugiej stronie nasypu kolejowego zaczynała się ulica Szklana, gdzie w parterowym domu fabryczny strażnik wynajmował sublokatorski pokój.

– Ale co tu patrzeć, panie wywiadowco! – Zażywna gospodyni po raz kolejny wytarła ręce w fartuch. Palce jednak wciąż miała białe od mąki, mimo że materiał wzbogacił się o kolejną jasną smugę. – Dzielnicowy już był i patrzył. I nic nie wypatrzył. Pan Susek tu miał nie po kolei – popukała się w czoło – i tyle.

Komisarz przekroczył próg pedantycznie wysprzątanej izby.

– A pani wynajmowała wariatowi i nie bała się?

– Żebym ja wiedziała, że wariat! – westchnęła kobieta. – Tyle dobrego, że się u nas nie powiesił, bo to i sprzątać trzeba, i komorne obniżyć... Kto by chciał mieszkać po samobójcy?!

Zyga nie chciałby na pewno. Już mniejsza, czy duch desperata nie przyjdzie go straszyć, ale ten antyseptyczny porządek przywodził na myśl raczej ambulatorium niż pokój dorosłego mężczyzny. Żadnych śladów popiołu z papierosów na podłodze, żadnej pustej butelki, miednica bez zacieków.

– Pani tak tu posprzątała, pani Plewikowa? – zapytał, chociaż domyślał się, co usłyszy. Sądząc po karaluchu, który przed chwilą biegał sobie nieniepokojony po kuchni, podczas gdy baba zagniatała ciasto, do uzyskania takiej sterylności była zupełnie niezdolna. Dogadałby się z nią, to pewne.

– Wie pan władza co? – Kobieta w zamyśleniu zmarszczyła czoło. – Ja to żem wcześniej myślała, że na pieniądze zachłanny, dlatego sam sobie sprząta. Ale nie, nie, on już wtedy był nie ten tego... No bo co? Żaden hrabia, a wszystko mu śmierdziało.

– Co robił, jak był w domu? – Komisarz otworzył szafę, by zobaczyć tam trzy równo wiszące koszule, płaszcz, marynarkę i resztę garderoby ułożoną w równą kostkę.

– Spał. – Plewikowa wzruszyła ramionami. – Bo przychodził, aby spać, znaczy się rano. Jak się wyspał, to wychodził, a jak wracał, to tylko by się ubrać do roboty.

– A jakaś rodzina, narzeczona?

– Która by go chciała, panie władza! – Babsko zaśmiało się, odsłaniając aż pieńki popsutych zębów trzonowych. – Ani to przystojny, ani przy forsie, ani żeby co do śmiechu powiedział. Wódki nawet nie pił, da pan wiarę?

– Co też pani nie powie… – Zyga spojrzał na nią z poważną miną.

– Nie pił, jak Boga kocham. – Huknęła się pięścią w obfitą pierś. – Nawet w świętą Wielkanoc.

Maciejewski zajrzał pod materac, potem pod łóżko i wyjął leżącą tam walizkę. Bez śladów kurzu, a jakże! Ku jego zdumieniu również w środku była nie tylko czysta, ale i zupełnie pusta. Żadnych osobistych drobiazgów, choćby zdjęcia czy najmarniejszej widokówki. Zupełnie jakby Feliks Susek wcale nie musiał się wieszać, bo i wcześniej go nie było.

– Chodzi o to, że nie wiadomo kogo powiadomić o tym… nieszczęśliwym wypadku – wyjaśnił gospodyni. – Albo komu przekazać pieniądze – dodał.

– Zostawił pieniądze? – Spytała niby obojętnie, nie umiała jednak dobrze udawać, za bardzo świeciły się jej oczy. – Płacił regularnie, nie powiem, ale ile zarabiał, ile odłożył…

– Sądzi pani, że coś odłożył? – przyszpilił ją Zyga.

– No niby miał książeczkę PKO, ale ja tam nieciekawa…

Tak, pewnie, nieciekawa, myślał komisarz, metodycznie rozgrzebując pościel Suska, na pieniądze każdy łasy, nawet taki anioł jak Krystyna Kusik… Chociaż podkomisarz żył już dość lat na świecie, by wiedzieć, że uosobieniem dobra zazwyczaj wcale nie są ci skłonni pomagać bliźnim, ale ci, którzy nie wtrącają się w nieswoje sprawy. Właśnie, aniołem to był on, Zyga Maciejewski: nie zbawiał świata, tylko w trudzie i znoju porządkował swój kawałek odrodzonej ojczyzny. No nie, był wyjątek, nazywał się Róża Marczyńska... Nie zostawił jej, codziennie wtrącał się w sprawy swojej kochanki, codziennie obmacywał jej rzeczy, tak jak teraz poduszkę tego biednego Suska, i nikt nie był przez to szczęśliwszy: ani ona, ani on.

– A pan to długo będzie rewidował? – zniecierpliwiła się Plewikowa. – Bo pierogi same się nie zrobią.

– Nie trzymam pani – burknął.

– Ale tam, nie trzymam! A jak pan władza coś znajdzie?

– To wezmę do kieszeni, wiadoma rzecz. – Maciejewski zostawił poduszkę i zajął się kołdrą. Miał nadzieję, że może chociaż w pościeli facet trzymał jeżeli nie trochę forsy, to przynajmniej coś osobistego, różaniec albo pornograficzne zdjęcie.

Niestety, najwyraźniej zadowalał się pracą, no ale musiał gdzieś, do cholery, trzymać forsę, skoro nie wydawał jej na prezenty dla Krystyny Kusik! Ta przyznała się, że nie tylko jej nie nadskakiwał, ale że nawet go nie spotkała. Przyszedł jakiś człowiek, na schodach podarował złoty pierścionek, a kiedy śliczna krawcowa już prawie była gotowa rozłożyć nogi, oznajmił, że potrzebuje od niej raptem niewinnego kłamstewka. „No przecież głupia by nie chciała, tak sobie myślałam. On przecież i tak nie żyje. Skąd mogłam wiedzieć, że będą z tego kłopoty?". Owego człowieka Kusik nie potrafiła opisać, poza tym, że miał szare ubranie i mrużył oczy, jakby go ta migocząca żarówka na klatce schodowej piekła żywym ogniem.

Potem niestety przyszła po swoją suknię gruba Wałczykowa, a zastawszy u krawcowej obcego mężczyznę, zaczęła stroić miny starej ciotki. Pożegnał się więc. I tak nieźle poszło. Nawet Zielny ze swoją brylantyną i słynnym w całym wydziale podejściem do bab nie wyciągnąłby więcej.

– Listy jakieś dostawał? – Maciejewski przeszukał ostatni możliwy schowek, szafę, i zrezygnowany usiadł przy stole z równiutko rozłożoną serwetą. Na wszelki wypadek i ją obmacał.

– Dzielnicowy pierwsze co to o listy zapytał – z satysfakcją oznajmiło babsko. – No ale on to doświadczony policjant, jeszcze za cara służył.

Zyga spojrzał na zegarek. Szlag by to trafił, zmarnował prawie godzinę.

– A pani co odpowiedziała dzielnicowemu?

– Że mnie to niby obchodzi, czy ktoś dostaje listy, skoro płaci regularnie i...

– Pani Plewikowa, tak czy nie, bo nie mam czasu! – Maciejewski dźwignął się i stanął przy niej, tak że zadzierając głowę, mogła akuratnie obejrzeć jego niedogolony tego ranka podbródek.

– Nie dostawał. Od kogo niby taki miał dostawać listy?! – zaśmiała się.

– Taki, pani Plewikowa? – Maciejewski spojrzał na nią uważnie. – Czyli jaki?

– Niby pracował, pieniądze jakieś miał... Ale ani żeby sobie co kupił, ani wypił, ani do kościoła. Dziwny taki... I mruk – dodała poważnie. – Nie żeby mnie obchodziło, bo póki ktoś...

– Tak, wiem, póki ktoś płaci regularnie, to jest pani uosobieniem taktu i dyskrecji. – Komisarz uchylił kapelusza. – Do widzenia, pani Plewikowa.

*

Zyga zapatrzył się na widoczne z oddali szarobure zabudowania fabryki eternitu, ożywione nieco przez wieżę ciśnień z czerwonej cegły. Z wysokiego komina snuł się niemrawy, wiszący w wilgotnym powietrzu dym.

Maciejewski mimo skąpstwa przywołał przejeżdżającą dorożkę. Chciał mieć już z głowy tych świadków, zwłaszcza że robiło się późno, a zamierzał wpaść jeszcze przed wieczorem do klubu sportowego i w końcu poboksować z workiem.

– Na Majdan Tatarski – rzucił woźnicy i rozparł się na siedzeniu. – Tam pan poczeka.

Dryndziarz kiwnął głową i zaciął konia. Koła dorożki z najwyższą niechęcią, skrzypiąc resorami, przejechały przez tory i od razu zapadły się w szuter pokrywający drogę.

Przylegająca do lotniska niebrukowana ulica była pełna kałuż, a stojące przy niej budynki coraz rzadziej przypominały kamienice, a coraz częściej wiejskie chałupy. Jeśli nawet wszystkie drogi prowadzą do Rzymu, nie dotyczyło to tej jednej: nieuchronnie prowadziła w kartoflisko. Zaś Maciejewski czuł, że i to śledztwo nie oznacza niczego dobrego. Wyciągnął z kieszeni paczkę papierosów, zaczął grzebać w zapałkach.

W sprawie domniemanego samobójstwa strażnika z LWS-u miało nie być żadnych przecieków, mimo to „Express" o tym napisał. Czy jednak powinno go to obchodzić, chociaż umawiał się z Borowikiem całkiem inaczej? Ostatecznie artykuł prezentował prawie dokładnie taką wersję wydarzeń, jaką należało ustalić. A po co było drążyć głębiej, skoro nie życzyła sobie tego Komenda Wojewódzka ani kontrwywiad wojskowy? Prawie czterdziestka na karku, powinien był się nauczyć żyć z urażoną ambicją i chować dumę do kieszeni. Może dochrapałby się wtedy tej trzeciej gwiazdki…

Kusik została przekupiona, tylko cholera wie przez kogo! Na pewno nikogo nazbyt bystrego ani przewidującego, bo skoro wysypała się tak szybko, najwyraźniej nie ustalili dobrze zeznań. Albo liczyli, że skoro śledztwo ma być wyłącznie formalnością, to nikt nie będzie za bardzo pytał. Również pokój Suska nie wyglądał na mieszkanie desperata, za czysto tam było, za porządnie… Komisarz nie miał więc wątpliwości, że prawie wszystko zostało w tej sprawie ustawione. Nie wiedział tylko, czy zainscenizowana została także sama śmierć strażnika. I czy wobec tego komuś bardziej przeszkadzał Susek żywy czy martwy…

Maciejewski zaciągnął się resztką papierosa i pstryknął niedopałkiem daleko w pole.

– Jeszcze kawałek. Chyba tamten dom. – Wskazał grupę budynków stłoczonych po lewej stronie drogi.

Woźnica z wyraźnym obrzydzeniem skręcił i wprowadził konia w błotnistą, mlaskającą pod kopytami kałużę. A Maciejewskiego, gdyby nie był od rana trzeźwy jak świnia, ogarnęłoby bez wątpienia poczucie *déjà vu*, ponieważ dom Zenona Madeja jako żywo przypominał jego własny na Rurach Jezuickich. Też zdawał się zapadać w rozmiękłym lessie, a brud tak oklejał okna, że nie trzeba było wieszać w nich firanek. Mimo to Zyga wątpił, by świadek okazał się bratnią duszą.

– Pan poczeka. – Komisarz stanął na stopniu dorożki i rozejrzał się za jakimś miejscem na tyle suchym, by błoto nie połknęło mu butów.

– A długo będzie tego czekania? – Dryndziarz zsunął z czoła futrzaną czapkę. – Znaczy czy przykrywać konia, czy nie przykrywać?

– Mnie pan pyta? – Maciejewski zeskoczył na spłachetek wyschniętej trawy. – Przykryć, przykryć... I niech pan poświeci.

Karbidowa latarka rzuciła nieco światła pod nogi komisarza. Zyga, uczepiony płotu, dotarł do furtki, szerokim łukiem ominął szarpiącego się na łańcuchu kundla, wreszcie zapukał.

Drzwi otworzyła dwudziestoparoletnia niechlujna kobieta z jednym dzieckiem uczepionym jej szyi, a drugim mimo listopadowego chłodu bosym i nie licząc przykrótkiej koszulki, całkiem gołym, trzymającym matkę za spódnicę.

– Czego? – zapytała, krzywiąc jeszcze bardziej swoją nieregularną twarz z wąską, sterczącą brodą.

– Policja. – Maciejewski pokazał jej swoją blachę. – Do Zenona Madeja.

Starszy chłopiec zadarł koszulkę i z otwartą szeroko gębą podrapał się po genitaliach. Matka trzepnęła go w ciemię, cofając się do przedsionka, a mniejsze dziecko załkało krótko.

Gdy kobieta stanęła w smudze światła padającej z otwartego pokoju, Zyga zrozumiał, dlaczego jej twarz wydała mu się tak brzydka. Oprócz haczykowatej brody deformował ją wklęśnięty nos syfilityczki od urodzenia i niedomknięte wargi z paprzącymi się zajadami.

– Zenek! – krzyknęła schrypniętym głosem.

– Jem przecież! – usłyszał komisarz.

Delikatnie odsunął kobietę i wszedł do izby. W środku paliła się zawieszona u sufitu lampa naftowa, od nagrzanego pieca buchało ciepło. Strażnik fabryczny spojrzał na śledczego zdziwiony i opuścił łyżkę do talerza z rzadkim kapuśniakiem.

Ze wszystkich ścian postaci świętych wpatrywały się z wyrzutem w zaschnięte bryzgi trudnych do zidentyfikowania darów Bożych na wyblakłej i dziurawej ceracie. Gorszy był jednak stęchły, zastały smród: zupełnie jak w przepełnionej celi, gdzie nie otwiera się okna.

– Smacznego życzy Policja Państwowa, panie Madej. – Komisarz przystawił sobie krzesło i usiadł, zdejmując kapelusz. – Niech pan sobie nie przeszkadza.

Mężczyzna wciąż patrzył na niego z miną wiejskiego przygłupa, który pierwszy raz w życiu widzi parowóz. Spod łóżka wyjrzało jeszcze jedno dziecko, umorusana dziewczynka z dwoma jasnymi warkoczykami. Na krótkim wyrku przy piecu poruszył się kształt, który Zyga w pierwszej chwili wziął za rzucone na kupkę ubrania, tymczasem była to maleńka siwa starucha, okutana w burkę i grubą chustkę. Sądząc po braku znamion nieleczonej kiły, raczej była to matka niż teściowa Madeja.

Jego żona usiadła przy drzwiach, chłopcy przylepili się do niej. Zapadła cisza jak przed ogłoszeniem wyroku.

– Powie mi pan jeszcze raz, dlaczego powiesił się Feliks Susek? – Komisarz rozpiął płaszcz. – To bardzo ważne, panie Madej.

Ten niepewnie zamieszał łyżką zupę.

– Mówią, że przez jedną zdzirę.

– A w fabryce powiedział mi pan co innego.

– Ja? – Madej zamyślił się, machinalnie poruszając łyżką. Po chwili cała kapusta znalazła się po lewej stronie talerza, ziemniaki po prawej, a skrawek mięsa pośrodku. – A bo pan nie zapytał! – przypomniał sobie. – Wszyscy w fabryce wiedzieli, że Susek zakochał się w jednej krawcowej zamieszkałej przy ulicy Chlewnej, ale ona go wcale nie chciała.

No to się powiesił z rozpaczy – zakończył z wyraźną ulgą strażnik.

Nie licząc artykułu w „Expressie", Zyga już drugi raz dzisiaj usłyszał tę samą bzdurę, na dodatek przytoczoną przez świadków wyraźnie nie ich słowami: najpierw to „zalecać się" Krystyny Kusik, a teraz Madej, który wcześniej nie potrafił sklecić zdania podrzędnie złożonego, gadał jak z policyjnego raportu.

– Niech pan przeczyta i powie, czy tak było. – Komisarz wyjął z kieszeni gazetę i otworzył na drugiej stronie.

Strażnik powolnym ruchem podniósł „Express" i opuściwszy nad nim głowę, zaczął poruszać ustami. Zniecierpliwiony Zyga już chciał mu zwrócić uwagę, że ogląda reklamę żarówek Osram w górnej części strony, zamiast czytać artykuł wydrukowany na dole, kiedy raptem mężczyzna złożył gazetę i oddał Maciejewskiemu.

– Tak było, jak tu napisali – stwierdził z przekonaniem.

– I ta kobieta rzeczywiście nazywa się… Zofia Pióro? – zmyślił na poczekaniu komisarz.

– No… tak napisali – kiwnął głową Madej.

– Łżecie jak pies – powiedział powoli Zyga. – W dodatku jesteście analfabetą, Madej.

– Gdzieżby! – przeraził się tamten. – Ja jestem rzymski katolik! Matka powie!

– Święci pańscy! – przeżegnała się starucha.

Madejowa spojrzała na śledczego z jeszcze większym lękiem, jej zapewne słowo „analfabeta" kojarzyło się nawet nie z bezbożnością, ale ze straszliwą zarazą.

– W fabryce wiedzą, że nie umiecie czytać? – ciągnął Maciejewski.

– A, czytać! – Do mężczyzny dotarło, czego chce komisarz. – A co policji do mojego czytania? – warknął Madej.

Zyga uśmiechnął się podle, bo chociaż wśród świętych na ścianach brakowało Michała Archanioła, patrona mundurowych i tajniaków, to i tak podsunęli mu pewien pomysł. Nie zastanawiając się dłużej, zdjął Matkę Boską Częstochowską oraz błyszczący krucyfiks.

– Zabierzcie talerz – zażądał. – I przeżegnajcie się.

Zmiótł rękawem okruchy chleba ze stołu i położył przed zaskoczonym mężczyzną święty obraz. Krucyfiks trzymał w ręku.

– A teraz powiecie mi prawdę – rozkazał. – I przysięgniecie. Na rany Chrystusa i na Najświętszą Panienkę.

– Ale co ja złego zrobiłem, panie komisarzu?

– Chcieliście ołgać władzę, Madej, już chociażby za to jest paragraf. A po drugie, przepis zabrania niepiśmiennym pełnić służbę z bronią – skłamał z kamienną twarzą Zyga. – Chcecie wylecieć z roboty?

– Panie władzo – jęknęła żona strażnika – niech pan nas nie gubi!

– Widzę przecież, że się u was nie przelewa, a ja też jestem człowiek – łaskawie pokiwał głową Maciejewski. – Nie sporządzę raportu, ale mówcie prawdę, rozumiecie? Połóżcie dwa palce na krzyżu i mówcie, Madej.

Mężczyzna posłusznie wyciągnął rękę, by po chwili cofnąć ją i ukryć twarz w dłoniach.

– Pierwszy to ten cały buchalter się spostrzegł – westchnął. – Pan wie, gdy trzeba było podpisać przy wypłacie.

– Buchalter? Duski?

Madej pokiwał głową.

– I co? Dyrektor was nie zwolnił? – zdziwił się komisarz.

– Dyrektor? – Strażnik spojrzał na policjanta i wzruszył ramionami. – Dyrektora to ja może raz widziałem, jak przyjechał z Warszawy czy gdzie on tam urzęduje. Nad nami tylko kierownik, a on niby czemu miałby zwalniać? Abo to ja i bez czytania źle fabryki pilnuję? Ludzki człowiek, zwymyślał i tyle. Było nie było, ołgałem z tymi moimi niby czterema klasami… No a jak kierownik skończył mnie rugać, to mówi tylko, cobym na bramie nie stał, coby przepustków nie sprawdzać. Dał mnie na fabrykę. O, a tam to ja nie poznam, kto swój, a kto obcy?!

– A Susek? Dlaczego się powiesił?

– Panie komisarzu, a skąd mnie to wiedzieć? Jednego dnia żył, drugiego wisiał. – Mężczyzna przeżegnał się i nieprzymuszany położył palce na obrazie Jasnogórskiej. – Przysięgam, żebym się z tego miejsca nie ruszył! Dziś, jakem zaczął służbę, to wołają mnie do telefonu. A tam dyrektor, z samiuśkiej Warszawy, aż żem się zląkł! Ale on do mnie po ludzku, nawet nazwisko pamiętał: „Słuchajcie, Madej, to nie jest dobrze dla fabryki, kiedy ludzie się w niej wieszają. To trzeba zrobić tak, żeby ten Susek był stuknięty, rozumiecie?". A co ja miałem nie rozumieć, panie komisarzu?

– Czekajcie, Madej! – Zyga zmarszczył czoło. – Mówicie, że kiedy zawołano was do telefonu?

– No przecież, że dziś! Z samego rana. Że niby z miłości się powiesił, tak miałem mówić, jakby kto pytał. Że on to był nie bardzo z tą krzywą wargą, a ona laleczka taka. Przecież to szło o honor fabryki, to nie może być przecież przestępstwo. A pan by nie skłamał? Toż za taką dobrą pracę to ja bym i więcej zrobił!

Znalazło się lojalne bydlę! Maciejewski nie wątpił, że za taką dobrą, stałą pracę Madej byłby gotów i łeb urżnąć. Honor fabryki, skurwysyny! I to dziś, czyli już po tym, jak poszedł przeciek do gazety.

Zyga podniósł wyżej krucyfiks, jakby chciał odpędzić zły urok.

– Pocałujcie poranione stopy Pana Jezusa na znak, że mówicie prawdę – powiedział kapłańskim tonem.

Mężczyzna posłusznie dotknął ustami nóg Ukrzyżowanego. Dzieci skupiły się koło matki. Siedząca w kącie babka kiwała się w przód i w tył, mamrocząc coś pod nosem.

– Czy to, coście mi powiedzieli o martwym Susku, to tak było? Widzieliście go powieszonego na kablu?

– Tak było! – Madej huknął się pięścią w pierś, aż zadudniło. – Nie, zaraz! Na jakim kablu? Kto panu władzy takich rzeczy naopowiadał? Niech pan nie wierzy, na sznurku wisiał. – Strażnik nie dał się nadziać, umknął jak śliski marynowany podgrzybek przed widelcem pijaka.

Maciejewski miał wielką chęć palnąć go teraz pięścią w ucho. Choby po to, by się przekonać, czy to prawda, że jeżeli uderzyć kogoś robiącego głupią minę, ta zostanie mu na zawsze. Madejowi bardzo by pasowała.

– Podobno przed kilkoma dniami mieliście zatarg z Suskiem – przypomniał mu Zyga.

– Chciałem się z nim zamienić na nocną służbę, bo ten o, Antoś – mężczyzna, półwstając ze stołka, przyciągnął za koszulę jedno ze swoich dzieci – napchał sobie fasoli do nosa i trzeba było z nim do doktora.

Chłopiec, którego napuchnięty nos mówił sam za siebie, zapierał się nogami, jednak Madej postawił go przed komisarzem i pacnął otwartą dłonią w ciemię.

– Powiedz prawdę panu władzy, bo pójdziesz do więzienia! – rozkazał.

Antoś zacisnął zęby. Być może marzyła mu się kariera kryminalisty, a może tylko chciał zrobić ojcu na złość. Pod tym względem Zyga go rozumiał, sam pamiętał, że w jego wieku najbardziej na świecie pragnął wstąpić do carskiej ochrany. Nie wiedział wtedy, co to dokładnie oznacza, lecz słusznie rozumował, że byłaby to jedyna szansa, aby rodzice, pochłonięci nielegalną bronią i ulotkami PPS-u, zwrócili na niego uwagę.

– Susek nie chciał się z wami zamienić?

– Nie chciał, drań! – Madej celnym klapsem odesłał syna do matki. – Ona nie jest rozgarnięta, wstyd tylko byłby przed doktorem. – Ruchem głowy wskazał żonę. – Bogu dzięki kierownik się zlitował, ludzki człowiek. No ale panie komisarzu, za takie coś to można obsobaczyć, w mordę dać, nic więcej! Zresztą gdzie ja bym sam dał radę takiego silnego chłopa wziąć i powiesić!

– Jeżeli jest coś, czego mi nie powiedzieliście… – Komisarz urwał.

– Naprawdę już wszystko. Już wszystko panu powiedziałem – zapewnił mężczyzna. – Na Matkę Boską przysięgałem! A teraz niech pan przysięgnie, że będzie tak, jak pan powiedział. Że nikt się nie dowie o tych moich niby to skończonych czterech klasach. – Madej obrócił obraz Matki Bożej i przysunął policjantowi.

– Bo co? Bo łeb mi urżniecie? – parsknął Zyga. – Dobrze, niech wam będzie, tak mi dopomóż Bóg. Ale powiedzcie mi tak na koniec – komisarz wstał i sięgnął po kapelusz – jeżeli nie umiecie czytać, to skąd wiedzieliście, że tam na hangarze jest napis wzbraniający palenia?

– Eee, a niby co innego miało być napisane? – Strażnik uśmiechnął się zadowolony z własnego sprytu. – Jeszcze za poprzednich właścicieli w tym samym miejscu wisiał obrazek z przekreślonym papierosem.

Pod twoją obronę uciekamy się, święta Boża… – mamrotała stara Madejowa. – Zaciukać by go trzeba, ani by kwiknął… Naszymi prośbami racz nie gardzić…

– Matka też zdurniała! – Strażnik fabryczny plasnął łyżką w niedojedzoną zupę. – Co tak stoi, głupia, co stoi?! – warknął na żonę. – Zimne to świnie jedzą!

Kobieta bez słowa wlała resztkę zupy do garnka i podłożyła pod kuchnię.

– On cię wyda, zobaczysz – krakała starucha. – I co z nami będzie? Ale od wszelakich złych przygód racz nas zawsze wybawiać…

– Może nie wyda… – Madej zafrasował się. – Przysiągł niby… Żeby to jeszcze u nas w Mokradłach było! No ale widziała matka sama: silne chłopisko, musi i pod rewolwerem.

– Słaby jesteś. – Baba pokręciła głową z wyraźnym niesmakiem. – O Pani nasza, orędowniczko nasza… Tej twojej ślubnej też nigdy nie przylejesz. – Pogroziła pięścią synowej, która próbowała, czy kapuśniak już dość ciepły.

– Matka się na miejskim życiu nie rozumie. To był komisarz. To coś jak starosta!

– Pocieszycielko nasza! Z Synem swoim nas pojednaj… Jak starosta, mówisz? To może pieniędzy by trzeba? Nie, gdzie tam pieniędzy dla takiego, sam ma tyle, aż rzyga! A co powiesz temu tam… Duskiemu?

– No jak? Musi, że nic nie powiem! Głodnym! Długo mam czekać?– burknął Madej.

– Może to i dobre, skoro tak… – Matka pokiwała głową. – Swojemu Synowi nas oddawaj. Amen.

Widoki na awans

Lublin, styczeń 1945 roku

Wsie kartoszka da kartoszka,
a kogda że mołoko?!
S etoj jebanoj kartoszki
Chuj nie lieziet głuboko!

– wyśpiewywał ruski klawisz. Niezbyt trafnie, bo jebana
breja, którą przed chwilą wypił Maciejewski, składała się
głównie z wody i mąki. Żadnego ziemniaka nikt do kotła nie
wrzucił. Jedno się zgadzało: w więzieniu chuj służył mu tylko
do szczania. I tylko do tego się już nadawał.

Zupa Duskiego stygła. Zyga patrzył tępo na pełną wgnieceń metalową miskę, na nieliczne oka tłuszczu pływające po
powierzchni. I na okulary współwięźnia, które ten przezornie zostawił, gdy brali go na przesłuchanie. Będzie menda
kapował czy nie?, zastanawiał się Maciejewski.

Kit wcisnął mu niewyrafinowany, ale jak na bezpiekę
skuteczny. Mimochodem wspomniał, że podczas studiów,
zanim wstąpił do policji, sympatyzował z endeckimi bojów-
kami. Było to bzdurą, bo chłopak z pepeesowskiej rodziny
prędzej wyhodowałby sobie wąsy Marszałka, niż z wiarą
czytał Dmowskiego. Powinno jednak chwycić i spowodo-
wać pytania: kogo znał, z kim współpracował, czy rozbijał robotnicze demonstracje. Jeśli są sprytni, ukierunkują

odpowiednio swojego kapusia. Jeśli nie, sami będą pytać. Tak czy siak, Zyga sprawdzi współwięźnia.

Klawisze przywlekli Duskiego już po zgaszeniu światła. Zanim trzasnęły zamykane drzwi celi, w poświacie z korytarza Zyga zdążył zobaczyć podbite oko i krwawą miazgę w miejscu górnej wargi. Ringowy widok. Całą koszulę więzień miał czerwoną jak po świniobiciu.

Maciejewski pomógł byłemu księgowemu dowlec się do dolnej pryczy.

– Chcę do siebie, na górę – szepnął tamten niewyraźnie. – Tu nie ma czym oddychać.

Kiedyś podrzucenie takiego faceta byłoby dla Zygi drobnostką. Teraz ledwie go uniósł. Duski krzyknął z bólu, widocznie Maciejewski dotknął jakiejś świeżej rany.

– Cicho, klawisza chcesz pan sprowadzić?! – syknął były komisarz. – Wytrzyma pan jakoś jedną noc na dole.

– Wody – poprosił Duski, gdy już zdołał ulokować się we względnie niebolesnej pozycji.

– Nie ma wody. – Zyga przykrył go kocem. – Nie przynieśli.

– Wypił pan! – Księgowy uniósł się na łokciu, ale zaraz opadł z jękiem. – A ja się tak panem zająłem! Bili, a ja słowa o panu nie powiedziałem! Mój Boże, Boże…

– Nie ma wody, panie Duski – warknął Maciejewski, przysiadając obok. – I nie wzywaj pan imienia Pana Boga nadaremno. Gówno to pomoże!

– Tylko Bóg może nam jeszcze pomóc – powiedział tamten poważnie. – Ten major… Grabarz się nazywa, wyobraża sobie pan?… To nie człowiek, to diabeł, potwór. Sam się pan przekona. Matko Święta! – Zwinął się z bólu. – Pytali o pana, ale ja nic nie powiedziałem. Wierzy mi pan?

– Wierzę – burknął Zyga. – Śpij pan.

Z dołu wciąż dobiegały jęki przerywane szeptanymi modlitwami. Zyga miał chęć zejść i udusić Duskiego. Kapuś z niego żaden, ale spać nie da, menda!

*

Lublin, 10 listopada 1936 roku

Na cmentarzu przy Unickiej był wściekły wygwizdów. Zimny wiatr komicznie szarpał sutannę kroczącego przed trumną księdza, za to nader dumnie łopotały czerwone robotnicze sztandary: jeden pracowników cegielni przy Glinianej, drugi Polskiej Partii Socjalistycznej. Że dawny sąsiad Maciejewskiego do niej należał, komisarz aż do jego pogrzebu nie miał pojęcia. Chociaż zaraz, zaraz, przypominał sobie przez jakąś dawną alkoholową mgłę słowa starucha: „Komuniści pyskowali, ale w dziewiętnastym roku żeśmy z rady robotniczej wypieprzyli całe to bolszewickie bydło". „I pan też wypieprzał, panie Kapran?". „Pan się swojego stryjka zapyta, panie komisarzu kochany".

Jakkolwiek zmarły przed kilkoma dniami stary Kapran nie umiałby podać definicji argumentu retorycznego, używać ich potrafił, a stryj Maciejewskiego był argumentem koronnym. Ostatni raz widzieli się... Podkomisarz poprawił płaszcz, bo od północy, od strony Bazylianówki, dmuchnęło nie tylko chłodem, ale i wilgotną zapowiedzią lepkiego śniegu. Ze stryjem ostatni raz widzieli się na pogrzebie matki. Jak te pogrzeby przypominają inne pogrzeby... „No to tak, Zygmunt, gliną zostałeś – stwierdził wówczas stryj. – Będziesz rozbijał demonstracje czy szpiclował?". „Za szpiclowanie lepiej płacą", Zyga spojrzał na niego z góry. „Nie znamy się. Niech mi się pan nie kłania na ulicy", zakończył wtedy stryj. Rok później umarł na gruźlicę. Na pogrzebie też były robotnicze sztandary, ale nie było księdza ani młodego szpicla Maciejewskiego.

Kapranowa, świeżo upieczona wdowa, malutka i baryłkowata, szła za trumną nieboszczyka męża bez jednej łzy, chociaż dla picu pozwoliła się podtrzymywać pod ręce dwóm sąsiadkom dewotkom. Ukradkiem rozglądała się i notowała w pamięci, kto przyszedł na pogrzeb, czy dość żałobnie ubrany i na ile wypitych już setek można go oszacować. Zauważywszy Maciejewskiego, przerażająco trzeźwego, uchylającego jej kapelusza, skłoniła dostojnie głową. Zyga odkleił się od wątłego młodego drzewka, bo tylko takie zdążyły wyrosnąć na nowym miejskim cmentarzu i dołączył do konduktu.

– Szacuneczek panu wywiadowcy! – Jeden z kompanów nieboszczyka od wędki, dawny kieszonkowiec, zrobił komisarzowi miejsce wśród stłoczonych żałobników. – Pogoda, jakby glina się powiesił. Dlatego pan spóźniony?

– W żadnym razie, panie Myszkowski, ale wzrusza mnie pańska troska – burknął Zyga. – Spotkamy się kiedyś na komisariacie?

– Nie sądzę. – Doliniarz zmiął pysk, jakby chciał splunąć glinie pod nogi. – Emeryt jestem.

– Do czego dojdzie w tej naszej Polsce, skoro takie talenty się marnują! A coś słychać ciekawego na mieście? – Maciejewski wziął go pod ramię.

– Co się pan tak przytula?! – Myszkowski strącił rękę policjanta. – Mogę wypić z panem za spokój duszy nieboszczyka, ale gadać nie będę!

– A czy ja chcę z panem gadać, panie Myszkowski? – wzruszył ramionami Zyga. – Swoją drogą, tak umrzeć na płuca, gdy idzie pora na okonie pod lodem...

– Co prawda, to prawda – westchnął złodziej. – Szkoda starego!

– Dooobry Jezu, a nasz Paaanie... – zaintonował ksiądz, w czym fałszującym basem wspomógł go Myszkowski.

Podkomisarz zwiesił żałobnie głowę.

– A tak mi się przypomniało, skoro tu jesteśmy... – Nachylił się do ucha kieszonkowca. – Słyszał pan o Feliksie Susku, takim z zajęczą wargą?

– Przybądźcie z nieba na głos naszych modlitw... – zaintonował ksiądz, zupełnie jakby wyczuł intencje komisarza.

– Znałem jednego Suska, ale temu było Walenty – burknął Myszkowski. – I śliczny był jak malowanie. Nieszczęśliwie też walnął w kalendarz, tyle że swoją śmiercią.

– No to jednak pan słyszał, że facet się powiesił. – Zyga uchwycił emerytowanego złodzieja pod łokieć.

– Z powodu zajęczej wargi? – zakpił złodziej.

– Z powodu melancholijnego usposobienia – odparował Maciejewski. – Potrzebowałbym jakichś jego krewnych, znajomych. Oczywiście, by nieboszczykowi nie było smutno, że nikt nie idzie za trumną.

– Nieboszczykom jest wszystko jedno. – Myszkowski spojrzał wrogo na policjanta. – A pan znowu się przytulasz. Jakbym pana nie znał, tobym pomyślał, że nie glina, tylko pedał.

– Gówno mnie obchodzi, co pan sobie pomyślisz. – Podkomisarz ścisnął mocniej jego ramię. – Ferajna miała coś do niego?

– Mówiłem panu, że jestem emeryt. – Złodziej zamilkł na chwilę. Kondukt skręcał już w boczną alejkę, na której końcu oczekiwało klienta czterech grabarzy opartych o szpadle. – I gówno mnie obchodzi, czy ktoś będzie szedł za jego trumną.

– A gdzie miłość bliźniego, panie Myszkowski? – uśmiechnął się podkomisarz.

– Po pierwsze, to nie był bliźni, tylko nieznajomy. Po drugie, samobójcy i tak nie pochowają na chrześcijańskim cmentarzu, więc jaki to będzie pogrzeb? A po trzecie – doliniarz strącił wreszcie rękę policjanta – naprawdę nie znałem człowieka, a wiem o nim tyle co z gazety. Frajer był, nikt go nie znał. Anielski orszak niech twą duszę przyyyjmie, uniesie z ziemi ku wyżynom nieeeba – włączył się do śpiewu złodziej, dając tym samym znać komisarzowi, że definitywnie zakończył z nim interesy.

Zyga nasadził głębiej kapelusz i wcisnął ręce do kieszeni płaszcza. Godzinę wcześniej sam podobnie obcesowo spławił Krystynę Kusik, chociaż wydawała się coraz bardziej skłonna do mówienia. Wtedy sądził, że to była taktyka, teraz zastanawiał się, czy nie błąd.

Kiedy poprzedniego dnia wychodził z kamienicy przy Chlewnej, był pewien, że ponętna krawcowa sama przyjdzie do Wydziału Śledczego. I nie liczył w żadnym razie na skruchę ani nawet na obawę przed odpowiedzialnością za utrudnianie śledztwa. Po prostu rzucił na odchodnym, że ci sami ludzie, którzy kazali jej kłamać, wkrótce mogą chcieć pozbyć się świadka… Nie oczekiwał jednak, że zobaczy ją już następnego ranka.

Właśnie potwierdził w szpitalu dziecięcym, że ambulatorium rzeczywiście miało pacjenta Antoniego Madeja, lat sześć, któremu laryngolog wyciągnął z nozdrzy pęczniejące ziarno fasoli. I pracowicie zawiązywał czarny krawat, mundurowy, pożyczony od przodownik Anińskiej z obyczajówki, gdy zadzwonił dyżurny komisariatu:

– Kusik Krystyna do pana komisarza w sprawie Feliksa Suska. Wpuścić?

Zyga spojrzał na zegarek. Do pogrzebu miał tylko niespełna pół godziny, ale bycie panem władzą w obecności tej kobiety dziwnie go ekscytowało. Kiedy stanęła w drzwiach, ubrana w nową jesionkę z wywatowanymi ramionami i zgrabny jasnobeżowy kostium, w pierwszej chwili wcale nie miał ochoty rozmawiać z nią o samobójcy z fabryki samolotów...

– To był chyba tajniak, panie komisarzu – powiedziała, otwierając szeroko swoje całkiem niebrzydkie oczy.

– Wiem. – Maciejewski poprawił czarny, karawaniarski garnitur. Przydał się! Dzięki niemu również wzrok komisarza nabrał grobowej głębi. – Czekałem, kiedy to powiesz...

– To jak to? – Krystyna Kusik nerwowo zmięła w dłoniach rękawiczki. – To po co kazał mi pan przyjść?

– Żeby się przekonać, czy wolisz mieć spokój, czy kłopoty. – Maciejewski ponownie spojrzał na zegarek i wstał. Kapran czekał, chyba po raz pierwszy od ślubu ubrany też w czarny garnitur. Szkoda byłoby to przegapić. – Odwiedzę cię jeszcze i pogadamy. Teraz nie mam czasu. – Otworzył jej drzwi.

I już wychodziła, niemal ocierając biustem o brzuch Maciejewskiego, gdy w progu odwróciła się nagle.

– Mam nadzieję, że to nie ktoś bliski. – Popatrzyła mu w oczy, lekko muskając dłonią żałobny rękaw marynarki Maciejewskiego.

Zyga poczuł zapach perfum. Zapewne tanich, ale nigdy nie był koneserem, a w zestawieniu ze smutną, ściągniętą w ciup buzią podziałały na niego nader niesłużbowo.

– Przyjdę do ciebie, to dokończymy tę rozmowę.

Nie był pewien, czy obiecał to jej, czy raczej sobie.

*

Co prawda, zapowiedział Kapranowej, że ma służbę i pięknie dziękuje za stypę, znał jednak namolność dawnej sąsiadki. Dlatego przepchał się między żałobnikami, żeby jak najszybciej złożyć kondolencje, i ruszył szybkim krokiem ku bocznemu wyjściu z cmentarza.

Pod ścianą drewnianej szopy, a może prowizorycznej kostnicy, paliło papierosy trzech opartych o szpadle grabarzy. Obok, między młodymi tujami a sięgającym ledwie piersi parkanem, robił wniebowzięte miny ospowaty facet, który chyba mignął Maciejewskiemu wśród żegnających Kaprana. W kucającej przed nim kobiecie z daleka rozpoznał Lolę Pięćdziesiątkę.

– Dobry Jezu, a naaasz Paaanie… – dobiegło z sąsiedniej alejki.

– Ty, zdejm kapelus! – wyseplieniła Lola, widać z pełnymi ustami. – Nie słysys, ze pogrzeb idzie?

Klient spełnił jej życzenie, nawet przeżegnał się pospiesznie. I wtedy dostrzegł Zygę. Zrobił spłoszoną minę, jednak albo był w wielkiej potrzebie, albo pożałował zapłaconych z góry pięćdziesięciu groszy, bo po chwili wahania został na miejscu.

– Następny ten wisielec? – spytał jeden z grabarzy.

Maciejewski zastygł wpół kroku. W ostatnich tygodniach w całym mieście przytrafił się tylko jeden odcięty od stryczka. Ten sam, którego ciała nie widział na oczy. Raportu lekarskiego ani opisu miejsca zdarzenia też jeszcze od Borowika nie dostał.

– Z nim pójdzie szybko, bez księdza.

– Chowacie dziś, panowie, Feliksa Suska? – Zyga podszedł bliżej.

Mężczyźni niechętnie oderwali się od szpadli. Ospowaty, już obsłużony, zniknął. Natomiast Lola, wygładzając spódnicę, ruszyła w ich stronę. Jeden z grabarzy, facet z wielkim czerwonym nosem i ściśniętymi w wąską szparę oczami, wypluł odrobinę tytoniu, która wlazła mu między zęby.

– A pana co to obchodzi?

– Dzień dobry, panie władzo – ukłoniła się Lola.

Grabarze spojrzeli na Zygę zdziwieni.

– Jeżeli to był ktoś bliski, proszę przyjąć wyrazy... – W oczach prostytutki było tyle miłości bliźniego, że Maciejewski stłumił śmiech, chociaż powiedziała niemal dokładnie to samo, co Krystyna Kusik dwie godziny wcześniej.

– Bóg zapłać. – Uchylił kapelusza. – I idź zarabiać na chleb powszedni. No więc chowacie dziś Feliksa Suska, tego samobójcę? Gdzie on teraz jest?

– A gdzie ma być, panie wywiadowco? – Najstarszy z grabarzy, tyczkowaty mężczyzna z wielkim jabłkiem Adama, wskazał szopę. – Tam, w trumnie.

– Zabitej?

– Zabiłeś? – Wysoki grabarz spojrzał na młodszego, dwudziestoparoletniego, przysadzistego kolegę.

– Miałem, jak spalę.

– Chcę go zobaczyć – zażądał Maciejewski.

Trumna stała na klepisku, między rozrzuconymi narzędziami i połamanymi krzyżami. Leżący w niej trup z zajęczą wargą miał jakieś metr siedemdziesiąt pięć wzrostu i na oko nie ważył więcej niż sześćdziesiąt parę kilogramów. A Maciejewski pamiętał, co wyrwało się Madejowi: „Gdzie ja bym sam dał radę takiego silnego chłopa wziąć i powiesić".

– Za chudy – mruknął pod nosem Zyga, pochylając się nad nieboszczykiem.

Czego szukał? Sam nie wiedział, mimo to znalazł szybciej, niż się spodziewał. A raczej nie znalazł – pręgi wisielczej. Ani śladu po sznurze, ani wytrzeszczonych oczu, ani żadnego innego śladu potwierdzającego samobójstwo przez powieszenie.

– No co pan? – zaprotestował pierwszy grabarz. Śledczy tylko kątem oka zarejestrował, że nos mężczyzny nabiega fioletem, i zaczął obmacywać nagiego trupa, chowanego bardzo oszczędnie, bo na koszt miasta.

Maciejewski podniósł się po chwili i zamyślił, oparty rękami o krawędź trumny. W prosektorium usunięto wprawdzie skrzep krwi z ciemienia denata, jednak chrzęszczące pod palcami kości czaszki mówiły same za siebie. Teoretycznie powieszony tuż przy ścianie człowiek mógł uderzyć tyłem głowy w mur, ale wtedy zostałby na nim rozprysk krwi, a tego Maciejewski w fabryce nie widział.

– Ten nie będzie następny – zdecydował, okrywając smętne przyrodzenie trupa białym prześcieradłem. Wytarł w nie ręce. – Pan – wskazał najstarszego z grabarzy – pójdzie zaraz na II Komisariat i każe zatelefonować do Wydziału Śledczego. Powie pan, że to polecenie komisarza Maciejewskiego. Niech zaraz mi tu przyślą przodowników Fałniewicza i Zielnego. Niech biorą auto albo dorożkę. No rusz się pan!

– Ale dlaczego ja? – skrzywił się mężczyzna. – Trup panu władzy nie ucieknie. Ja tu mam robotę.

– Robotę? – Zyga wyprostował się i spojrzał mu groźnie w oczy. – To dlaczego nie zameldował pan o procederze Loli? A może wszyscy trzej czerpiecie korzyść z cudzego nierządu? Wiecie, jaki na to jest paragraf?

– Po co zaraz paragraf, panie władzo! Już lecę. – Mężczyzna otarł zabłocone buty o nogawki roboczych spodni.

Maciejewski usiadł na wieku pustej trumny i wyjął papierosy. Poczęstował nawet grabarzy, ale ci honorowo pokręcili głowami. On pilnował trupa, oni jego.

Zenon Madej głośno przełknął ślinę i spojrzał po trzech tajniakach. Chcą zrobić tak, że to niby on kogoś zabił, niby tego człowieka w trumnie? No bo z jakiej innej przyczyny ten gruby wywiadowca przyjechał do fabryki z jakimś kwitkiem, podobno wezwaniem, wsadził go do taksówki i przywiózł tutaj?

– No! Identyfikujcie! – rozkazał komisarz.

– Względem tego… – Strażnik fabryczny poskrobał się nad uchem, przekrzywiając służbową czapkę. – Ja nic mu nie zrobiłem! – wykrzyknął, aż do szopy zajrzał jeden z grabarzy.

Młody elegancki tajniak zatrzasnął mu drzwi przed nosem.

– Więc podobno nic żeście mu nie zrobili, Madej?

– Jak, panie komisarzu? – Strażnik uderzył się kułakiem w pierś. – Ja przecież prawie nie piję. Bo po pijaku to bywa, że się kogoś w złości, i nie wie się nawet kogo… No ale nie na trzeźwo! Na trzeźwo to się pamięta.

– Zatem mówicie, że nie pamiętacie tego człowieka? – Komisarz wycelował w trupa palec.

– Musi, że nie pamiętam! – Madej znów huknął się pięścią w żebra, aż zadudniło. – Ja go nigdy na oczy nie widziałem! Jak na spowiedzi mówię.

– To nie jest Feliks Susek? – Gruby tajniak oparł się ciężko o trumnę.

Strażnik wybuchnął serdecznym śmiechem, bo wreszcie zrozumiał, o co im chodziło. Nikt nie chciał go wsadzić do więzienia, tylko grabarze na cmentarzu pomylili trupy! W Mokradłach to by się nigdy nie wydarzyło, ale w takim wielkim mieście, gdzie co rusz ktoś umiera…

– A gdzieżby Susek! No ja mówiłem przecież panu komisarzowi, że Susek to był silny chłop! No, z gęby to on niby podobny, ta warga jak u filipa, znaczy się zająca, nos ma taki i włosy. Ale panowie władza, żeby on z daleka choć wyglądał na Suska, toby mu trzeba chyba kożuch pod koszulę nałożyć. Tamten chłop jak dąb, a ten brzózka…

Gadałby jeszcze dłużej, widząc, że mu wierzą, że nawet ten ważny komisarz słucha jak księdza na kazaniu. Nagle jednak policjant spojrzał tak, że Madej umilkł.

– Ale wtedy, w fabryce, tościе na stryczku widzieli Suska?

– No a kogo? – zdziwił się strażnik. – Wyższy ode mnie trochę, morda krzywa, duży nos, czarne włosy, no i mundur, to kto by to miał być, jak nie Susek? Od progu poznałem i zaraz poleciałem zawiadomić. Toż w niedzielę mówiłem panu komisarzowi, jak to było.

– Mówiliście, żeście nie podchodzili bliżej – przypomniał śledczy.

– I prawdę powiedziałem, jak Bóg na niebie! – Madej znów huknął się w pierś.

Miał też na końcu języka, że jak ktoś sam sobie odbiera życie, grzesznik taki, to podchodzić po prostu strach… Tajniacy jednak i tak już go nie słuchali. Ten miastowy, elegancki, stanął na palcach i szeptał coś do ucha komisarzowi. Gruby pisał w kajecie maleńkim jak dla dziecka.

– Jesteście wolni, Madej, idźcie do domu – zezwolił Maciejewski.

*

– SZLAGIERY FRANCUSKIE I NIEMIECKIE –

GWIAZDA BERLINA

Mathi Lirhen

PRZEJAZDEM W LUBLINIE

TYLKO JEDEN WYSTĘP!

TYLKO W TEATRZE MIEJSKIM

TYLKO W NAJBLIŻSZĄ SOBOTĘ

Róża Marczyńska przebiegła wzrokiem reklamę i odłożyła gazetę na długonogi stolik pod lustrem. Kupiła go kiedyś pod telefon, dawno, jeszcze przed odwykiem. Teraz, gdy mieszkała z Zygą, o telefonie nie mogło być mowy. Drogo, narzekał, a poza tym z telefonem już całkiem nie miałby chwili spokoju.

Dozorca hałasował w łazience, zmagając się z rezerwuarem. I cały czas gadał, a Marczyńska udawała, że słucha.

– ...marnuje sobie pani z nim życie – dobiegło spod sufitu i Róża nadstawiła ucha. – Co ja będę pani mówił! Toż ja tylko cieć jestem.

I tu pan Antoni miał więcej racji, niż sądził! Kiedy Róża poznała Zygę, myślała, że są na świecie mężczyźni byle jacy i interesujący, z jakąś tajemnicą w środku, jak nasączona likierem wiśnia w czekoladce. Nie omyliła się o tyle, że faktycznie w środku był alkohol, ale wisienki ani śladu. Bo w gruncie rzeczy każdy mężczyzna jest równie mało skomplikowany, co robota ciecia, chociażby nawet dla niepoznaki pisał wiersze albo czytał powieści Kafki w oryginale. Co prawda, tylko dzięki Maciejewskiemu nie poszła do więzienia, a na przymusowe leczenie. I to on załatwił jej posadę w szpitalu.

Ale czy musiał majstrować przy tej spłuczce?! „Na razie będzie spłukiwać się z wiadra", postanowił. Jednak kiedy drugi raz zalała sobie świeżą spódnicę, prawie spóźniona do szpitala musiała zmieniać pończochy, a w dodatku nasiąknięta szmata na dnie wiadra przypominała jej wielkie gówno... O mało nie zwymiotowała! Ona, siostra Marczyńska, pupilka doktora Gilanowicza, lubiana przez salowe, bo nie wołała ich za każdym razem, kiedy któryś z małych pacjentów narobił do łóżka... W domu coś w niej pękało, a Zyga, zamiast się nią zaopiekować jak kiedyś...

– Pani, taka piękna kobita, po szkołach, to naprawdę nie musi tak poprzestać na policjancie – ciągnął dozorca. – Zresztą po co to mówię! Pani sama ma rozum. A ja cóż, cieć tylko jestem.

– Ależ panie Antoni! – westchnęła dyplomatycznie Róża.

– No cieć, co tu udawać! – Kiwnął głową, napierając na uchwyt klucza francuskiego, chociaż rura trzymała się już i tak mocno. – Wiem, wiem, to nie byle policjant, oficer! Ale kariery, proszę pani, to on nie zrobi, nie!

Nawet było jej przyjemnie mieć w dozorcy wiernego adoratora, zwłaszcza że w środku, „w odmętach jaźni", jak to piszą w powieściach, nie czuła się już młoda i piękna. Lustro ją pocieszało: wciąż miała delikatne, kręcące się blond włosy, idealnie wykrojony nosek, żadnych zmarszczek... Niestety w niebieskich oczach coś zgasło, a kąciki pełnych ust, gdy nie zmuszała ich do uśmiechu, opadały jakby pod własnym ciężarem.

– A co mi tam po jego karierze! – Przejrzała się. Spróbowała zrobić dawną zalotną minę.

– Ot, łatwo powiedzieć, że nic, proszę pani, ale to nawet ja swoje wiem. – Zgrzytała odkręcana nakrętka. – Pani mogłaby się wydać za wojskowego, sędziego albo lekarza. Pani jest przecież taka... – Chwilę mocował się z upartym żelastwem, nim dokończył: – ...delikatna, wrażliwa kobieta. Pani to trzeba takiego mężczyzny, żeby panią codziennie zabierał jak nie na tańce, to do kina albo i teatru. Ja się na ludziach znam, w końcu cieć jestem.

Marczyńska znów zerknęła na reklamę występu „gwiazdy Berlina".

– A pan zabiera swoją żonę do teatru, panie Antoni? – zapytała przekornie.

– Ja? Raz ją wziąłem do cyrku, bo była tresura dzikich zwierząt. Myślałem, może Pan Bóg się zlituje i jakiś tygrys babę zeżre. Ale gdzie tam! Wielkie takie kocisko, na długość jak krowa, zębiska, że nie daj Boże, a moją starą zobaczył, to bał się wyjść z klatki. Tak było, mówię pani, ze cztery lata temu, jak miał u nas objazd cyrk Staniewskich. Pani będzie łaskawa podać mi jakąś szmatę czy coś?

– Tak, słucham? A, szmatę! – Marczyńska spojrzała na dozorcę wytrącona z własnych myśli i zaraz pobiegła do kuchni po ścierkę spod zlewu.

Cztery lata wcześniej, kiedy pan Antoni snuł swój wyrafinowany plan morderstwa doskonałego, bo rękami... właściwie zębami cyrkowego tygrysa, ona wyła po nocach przywiązana do szpitalnego łóżka. Wrażliwa, delikatna kobieta, dobre sobie! Poszłaby z każdym, kto by obiecał chociaż centymetr morfiny, zrobiłaby z siebie najgorszą...

– Proszę, panie Antoni.

A Zyga z nią był, przyjeżdżał zawsze trzeźwy i jak na siebie nawet starannie ubrany, trzymał za rękę, zniósł najgorsze. Jaka była szczęśliwa, kiedy razem wrócili do domu! Potem... Nie, nie mogła narzekać, ale zrobiło się między nimi nijak. Może gdyby mieli dziecko?...

– Tak że ja pani nie będę dużo mówił. – Dozorca z wysiłkiem docisnął nakrętkę między rurą a rezerwuarem. Zaczął kręcić pływakiem i woda szumiała coraz ciszej. – Ludzie widzą i dobrze pani życzą. Pamiętają, że jak komuś dziecko zachorowało, to pani zaraz przyszła, noc nie noc. Tego glinę to niech pani puści kantem. Pijak, niewart pani!

– Pan coś mówił, panie Antoni? – usłyszeli nagle i oboje odwrócili się ku drzwiom. Stał w nich Maciejewski w czarnym garniturze. – Coś o jakichś kantach?

Cieć ukłonił się i odchrząknął.

– Nie, no skąd! Mówiłem, że ta spłuczka jest taka… uparta! – Zakręcił nerwowo młynka kluczem. – Dzień dobry, panie komisarzu, dzień dobry!

– Jak dla kogo, panie Antoni, jak dla kogo… – burknął Zyga i z papierosem w zębach rozsiadł się przy radiu. – Długo on jeszcze będzie się z tym grzebał? – burknął do Róży, która przyszła za nim do pokoju. – Wpadłem tylko się przebrać, bo wyglądam jak karawaniarz.

Był zły, chociaż czuła, że nie na nią i nie na dozorcę. Pewnie znowu coś w pracy… Znowu się zacznie, znowu będzie nocował w komisariacie…

– Masz jakieś kłopoty? – zapytała.

– Ależ skąd! – Posadził ją sobie na kolanach, zerkając na drzwi łazienki. – Pocałujemy się, póki pan Antoni nie patrzy?

*

Maciejewski siedział za swoim biurkiem i bez czytania podpisywał wszystkie zaległe kwity. Gdyby Kraft umieścił wśród nich weksel na sto tysięcy złotych, Zyga pewnie również na nim postawiłby swoją parafkę. Wciąż spoglądał na telefon. Czekał.

Właściwie już rano powinien był zagrać z grubej rury, ale chciał jeszcze zobaczyć, co będzie miała do dodania Krystyna Kusik, kiedy pomyśli i skruszeje. Poprzestał tylko na telefonie do PKO, bo był pewien, że Plewikowa, gospodyni samobójcy, będzie próbowała podjąć jego pieniądze. Za bardzo przypominała mu jego sąsiadkę Kapranową. Serce złote, ale ile razy babsko sprzątało u niego, kiedy mieszkał jeszcze na Rurach Jezuickich, tyle razy zginęło a to kilka papierosów, a to parę groszy zostawionych na stole. Jak sądził, Plewikowa także nie oprze się pokusie: z podrobionym upoważnieniem przejdzie się po urzędach pocztowych i w każdym wypłaci pięćdziesiąt, sto złotych.

Jednakże w sumie to Kapranowej zawdzięczał trop fałszywego Suska w kostnicy, który najpierw pogruchotał sobie łeb, a potem powiesił się z bólu i rozpaczy. W cudzym ubraniu, w fabryce, do której nie miał wstępu. To ostatnie potwierdził mu Zielny. Podczas gdy Fałniewicz pojechał po Madeja, on wraz z Kraftem przeszukiwał raporty o znalezionych zwłokach. Znowu mieli szczęście: niemy, bezdomny żebrak, znany jako Jasiek Jęzor, w zeszłym tygodniu „w stanie zamroczenia alkoholowego" rozbił łeb na torach kolejowych. Ewidentny wypadek, krewnych brak i pogrzeb na koszt miasta. Sam Jasiek byłby pewnie rad, że chociaż po śmierci komuś się przydał.

Maciejewski odłożył ostatni papier, pokwitowanie odbioru najnowszego numeru „Dziennika Inwigilacyjnego". Podniósł słuchawkę. Sygnał był.

– A jak się miewa Róża? – zapytał porządkujący raporty na swoim biurku Kraft. Z tak cholernie chrześcijańską miną, że Maciejewskim aż zatelepało!

– Moim zdaniem dobrze, ale możesz zatelefonować do szpitala i zapytać – wykrzywił gębę.

– Ożeń się z nią. Radzę ci to jako doświadczony małżonek.

Ależ ten Gienek przypominał swojego pastora... Gorzej, przyprawić mu brodę, a wyglądałby jak sam Jan Kalwin! Tyle że gówno zrozumiał z nauki o predestynacji: tak jak jego Olga urodziła się do roli przykładnej żony i matki, Róża już zawsze będzie morfinistką. Komisarz zbyt wiele o tym czytał, by mieć jakiekolwiek nadzieje. Mógł tylko starać się opóźnić moment powrotu do nałogu.

– To by was zbliżyło, uspokoiło i jakby ci to powiedzieć… – ciągnął kazanie przyjaciel.

– Ty mnie tu nie reformuj! – Zyga zaśmiał się nieprzyjemnie. – Ja jestem rzymski katolik i mnie uspokaja tylko setka pod śledzika, którą, Ojcze nasz, daj nam dzisiaj, amen.

Najchętniej zażyłby to lekarstwo już teraz. Jasiek Jęzor w roli Feliksa Suska i on, kierownik Wydziału Śledczego, który ma to przyklepać i zamieść pod dywan, nie pytając, gdzie jest prawdziwy Feliks Susek. Ale co, jak ktoś wywlecze te brudy? Kto wtedy dostanie po łbie?

Kraft zajął się swoją robotą, Zyga z trudem odpychał myśl, by na minutę zniknąć w pobliskiej „Oazie". Wreszcie zadzwonił dyrektor Powroziński z PKO.

– Gienek, dawaj tu zaraz Zielnego i Fałniewicza! – rozkazał Maciejewski, przysłaniając dłonią słuchawkę. Kraft pospiesznie opuścił gabinet. – Słucham pana dyrektora.

– Właśnie zameldowała mi jedna z kasjerek, że ktoś pobrał pieniądze Feliksa Suska.

– Jak to pobrał?! – niemal krzyknął Zyga. – Kasjerka wypłaciła z cudzej książeczki pieniądze obcej kobiecie?!

Otworzyły się drzwi i wszedł podkomisarz Kraft, tuż za nim obaj tajniacy. Fałniewicz wciskał się w przyciasny płaszcz, Zielny był już gotowy do wyjścia, chociaż Maciejewski zauważył, że wygląda niewyraźnie. Kapelusz włożył byle jak, nie przekrzywiając go fantazyjnie jak kinowi amanci, zwykle starannie przygładzone, włosy odstawały mu nad uszami.

– Ale to nie była kobieta – odezwał się głos w słuchawce – tylko jego brat, Lucjan. Miał upoważnienie, które sam przyjmowałem.

– Kiedy? – przeszedł do sedna Zyga. Na „dlaczego pan wcześniej tego nie mówił?" szkoda było w tym momencie czasu.

– Gdy Feliks Susek zakładał u nas konto oszczędnościowe. Nie może być wątpliwości, oni byli do siebie bardzo podobni. Poza tym został przecież wylegitymowany przez kasjerkę i w dokumentach jest jego adres.

– Proszę mi podyktować.

– Upoważnienie?

– Nie, paragraf szesnasty regulaminu kont oszczędnościowych – burknął Maciejewski. – Adres pana Lucjana Suska! I jeszcze jedno: ile było na tym koncie?

– Nie mogę tego panu powiedzieć – nadął się dyrektor. – Musi pan mieć...

– Tak, wiem, muszę mieć stosowny nakaz od sędziego śledczego. A sądzi pan, że co leży teraz na moim biurku? – Komisarz zaszeleścił przy słuchawce wczorajszym „Expressem". – Prowadzę przecież śledztwo w sprawie gwałtownego zgonu Feliksa Suska, podczas gdy pan, doskonale wiedząc o jego podejrzanej śmierci, wydaje jego pieniądze jakiemuś człowiekowi tylko dlatego, że miał przy sobie jakieś upoważnienie.

– Mówiłem panu przecież, że upoważnienie było autentyczne!

– Powie to pan sędziemu śledczemu.

Maciejewski usłyszał w słuchawce długie westchnienie, po czym mógł zacząć notować.

– Proszę? Nie pomylił się pan? – przerwał tylko na moment, po czym pisał dalej.

Zakończywszy rozmowę, odłożył słuchawkę i podliczył coś w notesie. Wreszcie podniósł się z wredną miną i wyjętymi z szuflady kajdankami w garści.

– Zielny do banku! Chcę mieć dokładny rysopis tego faceta, który pobrał pieniądze. Wykorzystaj cały swój hipnotyczny urok, może jeszcze umówisz się na wieczór z jakąś kasjerką. Fałniewicz, komisarz Kraft wypisze ci upoważnienie i przyniesiesz mi z Wojewódzkiej raport z autopsji naszego wisielca. Powiesz, że ten skrócony odpis to sobie mogą… Widzimy się za godzinę, Probostwo 19 mieszkania 8.

– Gdzie? – zdziwił się Gienek Kraft.

– Tak jak powiedziałem! – dobiegło już z korytarza.

*

KOLEJNA TRAGEDJA W POWIETRZU
Co czeka Lubelską Wytwórnię Samolotów?

Warszawa 9.11 (tel. wł.).

W dn. 7 listopada b. r. o godz. 11 min. 20 w pobliżu wsi Michałowice k. Warszawy rozpadł się w powietrzu i spadł na ziemię prototypowy samolot typu L. W. S. „Żubr". Śmierć na miejscu ponieśli por. pilot inż. Jerzy Rzewnicki, ppor. inż. Jerzy Szrajer oraz dwóch oficerów lotnictwa rumuńskiego. Ciała poległych śmiercią lotnika zostały przewiezione do stolicy. Nad wyjaśnieniem przyczyn katastrofy pracuje komisja wojskowa.

Fatalną opinję o lubelskich samolotach potwierdza dowcip z niemal 10-cioletnią brodą: „Dlaczego polski pilot jest lepszy od Lindbergha? Lindbergh na swoim Spirit of St. Louis potrzebował aż 33 godz. na pokonanie Atlantyku, a polski pilot na maszynach Plage i Laśkiewicz w 33 sekundy dolatuje do nieba". Dla naszego miasta jednak, boleśnie dotkniętego kryzysem, nie ma w tem nic śmiesznego. Katastrofa nieuchronnie spowoduje brak zamówień na samoloty typu „Żubr", z którego produkcją wiązano duże nadzieje, więc robotnicy nowo powstałej L. W. S. obawiają się o miejsca pracy.

– Jako pilot oblatywacz przekonałem się o zaletach oryginalnych konstrukcyj fabryki Plage i Laśkiewicz – mówi wszakże emer. płk. pilot Jerzy Rossowski. – Przed 10 laty miała miejsce cała seria katastrof składanych w Lublinie włoskich maszyn Ansaldo, dowiedziono jednak bezspornie, że odpowiedzialność ponosił dostawca, nie fabryka, zaś nowe samoloty z tutejszej wytwórni wielokrotnie udowodniły swoją wartość. Mimo to firma Plage i Laśkiewicz stała się kozłem ofiarnym polskiego lotnictwa wojskowego. Rad byłbym usłyszeć od komisji nie tylko, co było powodem katastrofy „Żubra", ale dlaczego w wojskowych maszynach z różnych fabryk giną ludzie, podczas gdy cywilne P. L. L. „LOT" latają bez wypadków.

Może więc należy postawić sobie pytanie, czy winien jest „kozioł", czy może, skłaniając się ku hipotezie płk. Rossowskiego, decyzje zapadające na najwyższych szczeblach skrzydlatej floty?

Maciejewski, rozparty w przykrytym pokrowcem fotelu, zakreślił w gazecie nazwisko Rossowskiego i dopisał na marginesie: *L. W. S. – co cwaniak wie?*

– Panie komisarzu – usłyszał głos Arona Goldberga, administratora pierwszej kamienicy Spółdzielni Stowarzyszenie Mieszkaniowe „Spółdom" – jeśli nie jestem już potrzebny...

Zyga złożył gazetę i skuwką pióra wystukał na niej nerwowy rytm.

– Jest pan potrzebny, żeby oświecić mnie, prostego goja, jak ten pan mógł wynająć lokum na meble, a nigdy tu nie mieszkać? – zapytał. – I co na to zarząd?

Goldberg z godnością włożył kciuki do kieszeni przyciasnej kamizelki. W dokumentach miał wpisane „dozorca", ale cieciem nie czuł się ani trochę. Dlatego nie miał zamiaru spieszyć się z odpowiedzią. Nie dał też po sobie poznać, czy przybycie kolejnych tajniaków zrobiło na nim jakiekolwiek wrażenie. Skinął tylko głową zwalistemu mężczyźnie, gdy ten wszedł i pokazał znaczek służbowy. Za nim wsunął się drugi, z zaczerwienionym nosem i włosami błyszczącymi nie gorzej niż trzewiki Goldberga. Wyglądał na podrzędnego alfonsa, więc administrator nie zaszczycił go ukłonem.

– Dlaczego pan milczy? – zirytował się Zyga.

A niby co miałby powiedzieć? Jeżeli policjant tej rangi pyta o rzeczy, które dla zarządu spółdzielni są oczywiste, to albo jest to antysemicka prowokacja, albo bardzo nieprzyjemny zbieg okoliczności. Żydowskie partie Poalej Syjon i Bund nie bez kłopotów najpierw utworzyły spółdzielnię, a potem rozpoczęły budowę domu przy Probostwie 19. Zatem gdy kontrwywiad wojskowy obiecał po cichu załatwić zdjęcie nakazu wstrzymania budowy prawie już wykończonych oficyn w zamian za drobną przysługę, sprawa była właściwie załatwiona. „Spółdom" wie, że Dwójka w Lublinie dużo może, a Dwójka wie, że akurat w „Spółdomie" nikt nie będzie się za Dwójką rozglądał. A skoro wszyscy wiedzą, to dlaczego komisarz służby śledczej udaje głupiego?

– Bo jest tak, jak panu powiedziałem wcześniej. Lokator był zameldowany na policji zgodnie z przepisami – powtórzył spokojnie Goldberg. – A czy ktoś, panie komisarzu, u siebie w domu trzyma meble w pokrowcach czy złote rybki, to już jest jego sprawa. Czy będę panom jeszcze potrzebny?

– Dziękuję. – Zyga spojrzał na niego z taką miną, jakby chciał zapytać: „A wcześniej pan był?". – Kiedy skończymy oględziny, wywiadowca poprosi pana, żeby zamknąć lokal. Fałniewicz, raport masz?

– Tak jest, panie kierowniku. – Tajniak wyjął z teczki maszynopis z pieczęciami szpitala wojskowego i Urzędu Śledczego.

– No, to siadajcie, panowie przodownicy! – Komisarz, nie patrząc w papiery, zaczął spacerować po pokoju jak na aukcji mebli używanych. – Teraz spróbuję powróżyć, a wy mi powiecie, co na to kochane fakty. A więc Fałniewicz, raport jest tip-top, jak z podręcznika służby śledczej. Każdy kandydat na samobójcę powinien brać przykład z Feliksa Suska, bo według raportu bez najmniejszych wątpliwości denat to Feliks Susek. Czy tak?

– Tak jest, panie kierowniku – potwierdził tajniak.

Maciejewski przebiegł wzrokiem opis autopsji, złożył papier na czworo i wsadził sobie do bocznej kieszeni marynarki.

– Zielny, natomiast Lucjan Susek – ciągnął komisarz – to wykapany brat świętej pamięci Feliksa, nawet zajęcza warga się zgadza. Mógłby po nocach pukać w okno Krystyny Kusik i wołać do niej grobowym basem: „Nigdy nie przestanę cię kooochać!". Gdyby mieszkała na parterze, rzecz jasna. Zgadłem?

– Mógłby pan kierownik być Cy… psik! – kichnął wywiadowca. – Cyganką.

– Właściwie już wcześniej powinno mnie to zastanowić… – Zyga zagłębił się w fotelu i wyjął papierosa. – W skrócie telegraficznym: jest denat, jest świadek, który jedynie z daleka widział go wiszącego w stolarni, i jest Komenda Wojewódzka, która zdjęła go z pętli i łaskawie przekazała nam ten raport medyczny. Tylko to konto w PKO, panowie władza! – Maciejewski podsunął tajniakom swój notes z wypisaną kwotą 953 zł 21 gr. – Widzicie, ile sobie uskładał? Życiowe zadanie z treścią: ile czasu musiałby oszczędzać facet zarabiający najwyżej sto złotych, żeby sobie odłożyć dziesięć razy tyle?

– Ładny grosz, cholera! – Zielny wreszcie przygładził fryzurę. – Ale on pracował w LWS-ie dziesięć miesięcy! To co? Nic nie wydawał?! A mieszkanie, jedzenie?...

– Ano właśnie, żył tylko miłością do tej swojej krawcowej. – Komisarz zamknął notatnik. – Nie wydawał, bo nie musiał. Miał równolegle inną posadę. Hipotezy jakieś, Fałniewicz?

– Myśli pan kierownik, że... – postawny tajniak zawiesił głos. – Że był od nas? – dokończył.

– Ciepło, ciepło... Od nas albo z Dwójki. – W pudełku odnalazła się wreszcie niespalona zapałka i Maciejewski zaciągnął się papierosem. – Raczej na pewno od wojskowych. Pamiętacie zabójstwo Joska Mützenmachera, sierpień trzydziestego trzeciego? Powinniście, było o tym w „Dzienniku Inwigilacyjnym".

Zielny i Fałniewicz spojrzeli po sobie. Kto by pamiętał sprawę sprzed trzech lat, zwłaszcza z obcego podwórka!

– Glinianka przy torach kolejki dojazdowej, Warszawa, Park Szczęśliwicki – przypomniał Zyga. – Twarz zmasakrowana, ale trup z postury zupełnie podobny do pewnego ważnego działacza komunistycznego. Znaleziony tuż po fali aresztowań i unieszkodliwieniu całej partyjnej wierchuszki.

– Pan kierownik żartuje? – zdziwił się Fałniewicz, któremu zaczęło coś świtać. – To były przecież porachunki polityczne między czerwonymi.

– Tak pisali w gazecie – pokiwał głową Maciejewski – ale ty nie jesteś opinia publiczna, ty jesteś glina, więc jak już coś przeczytasz, to myśl! Ten Mützenmacher *vel* Redyko to był nasz policyjny agent. A jak rozpracował i wsypał całe kierownictwo KPP, trzeba mu było zrobić legendę. Znaleźli więc jakiegoś trupa, o którego nikt się nie upomni, przefasonowali mu gębę, a czerwoni siedzą w Rawiczu i myślą: „Jak mogliśmy podejrzewać towarzysza Redykę? Nas faszyści tylko zamknęli, a on zabity. Męczennik rewolucji!". A tymczasem Mützenmacher pod nowym nazwiskiem pracuje w jakimś archiwum, urzędzie albo nawet w którymś z referatów Komendy Głównej.

– To też było w „Dzienniku Inwigilacyjnym"? – mruknął Zielny, szukając po kieszeniach chustki do nosa.

– A jak sądzisz? – Maciejewski strzepnął popiół z papierosa na podłogę. – Różnice są natomiast dwie. Pierwsza, że Susek nie był od nas, a z Dwójki. A druga, że facjatę tamtego wielu znało, nasz był za to cicha woda, więc nie trzeba mu było robić z gęby mielonki. I stawiam sto złotych, że Feliks Susek nie tylko się nie powiesił, ale też osobiście odebrał pieniądze z banku!

– Bracia bywają do siebie podobni, panie kierowniku – zauważył Fałniewicz.

– I bardzo nieużyci! – zaśmiał się komisarz. – Jeden za marne grosze pracuje jako strażnik fabryczny i wynajmuje pokój przy rodzinie na Bronowicach, a drugi cholera wie co robi, za to stać go na trzyizbowy apartament z elektrycznością i bieżącą wodą prawie w śródmieściu. W którym trzyma tylko meble!

– No a po co te mebl-khe? – zakasłał Zielny. – Jeżeli jest tak, jak pan kierownik mówi, równie dobrze mieszkanie mogłoby stać puste.

– Nie mogłoby – pokręcił głową Zyga. – Ludzie musieli widzieć, że Lucjan Susek się wprowadza. No i melina zawsze może się przydać. Dalsze pomysły?

– To ja bym, panie kierowniku – zaczął zakatarzony wywiadowca, uznając, że najwyższa pora się wykazać – na początek zawiadomił posterunki kolejowe i…

– A ja bym się napił! – przerwał mu komisarz, wgniatając niedopałek w jasne deski podłogi. – Nikogo nie będziemy powiadamiać. Wracam i piszę do pana sędziego śledczego wniosek o umorzenie. A wy, moje orły, złodziei łapać!

– Jak to o umorzenie? – zdziwił się Fałniewicz. – Pan by odpuścił Komendzie Wojewódzkiej, a tym bardziej Dwójce? Przecież...

– Przecież Feliks Susek powiesił się z powodu zawodu miłosnego. – Maciejewski wstał. – No to co mam robić? Tylko umarzać.

*

Podkomisarz Stanisław Borowik czuł się mniej gliną, a bardziej oficerem. Zyga zażartował kiedyś przy wódce, że chyba nawracające hemoroidy pokrzyżowały mu karierę ułana i zmusiły do niewdzięcznej służby na froncie wewnętrznym. Staszek uśmiechnął się wówczas kwaśno, najwyraźniej pijacki sarkazm niekiedy kryje w sobie cząstkę prawdy. Teraz, ubrany w nienaganny dwurzędowy garnitur, siedział przy równie nienagannie nakrytym stoliku w restauracji „Europa".

– No to powiesz mi wreszcie, Zyga, jaki masz problem ze sprawą nieszczęśliwej śmierci Feliksa Suska? – zapytał, z roztargnieniem przeglądając kartę dań.

Swojej karty Maciejewski nawet nie otworzył. Nie planował urządzać żadnych bankietów, a by zamówić wódkę i śledzia, spoglądanie w menu było najzupełniej zbędne. Odkąd pan Tosiek, jego ulubiony kelner, przeszedł na emeryturę, komisarz preferował knajpy, w których jego podły gust nie wyróżniał go z tłumu podłych, wściekłych ludzi.

– Powiem, kiedy będziemy w komplecie. – Oparł się o stół. – Coś ty się zrobił taki w gorącej wodzie kąpany, Staszek?

Pan Tosiek byłby przy nich po sekundzie, pewnie nawet domyślnie sam zaordynowałby kawę z prądem dla „pana komisarza". Jego następcy wyraźnie taksowali gości po ubraniach, zatem było jasne, że dwaj policjanci poczekają najdłużej. Oczywiście przez wymiętą marynarkę Maciejewskiego.

Borowik mimo wszystko starał się trzymać fason. A już całkiem się rozchmurzył na widok Korcza-Jasnockiego, który właśnie stanął w drzwiach lokalu i obrzucił wzrokiem salę.

– Lotnik, kryj się! – wykrzyknął Staszek, gdy ten był dwa kroki od stolika.

Zyga uśmiechnął się kwaśno. Obiektywnie kolega z Komendy Wojewódzkiej wspiął się na wyżyny dowcipu, chociaż w Maciejewskim „lotnik, kryj się", „padnij" czy „czołgaj się" budziły wyjątkowo nieprzyjemne wspomnienia.

– Ląduj, zaraz będzie paliwo – zachęcił Borowik.

Mundur pilota podziałał odpowiednio. W jednej chwili znalazł się przy nich wykrochmalony młodzieniec z miną zawodowego fordansera.

– Karafkę białej wódki, tylko dobrze zmrożonej – rozkazał kapitan. – I co, panowie, galaretkę z rybki i po śledziku pocztowym z szykanami? – zaproponował, ku lekkiemu zdziwieniu Zygi niewiele sobie robiąc z wysokiej kategorii lokalu.

Całkiem sympatycznie, uznał komisarz, jak na oficera Dwójki oczywiście!

– Czy taki finał ci odpowiada? – Wyjął z kieszeni papier z pieczęcią Wydziału Śledczego i podał Borowikowi.

– Wniosek o umorzenie? – uśmiechnął się tamten. – Jak najbardziej... Ale zaraz, nie ma twojego podpisu.

– I nie będzie – Maciejewski pedantycznie rozłożył nieskazitelnie białą serwetę na swoich spodniach, stanowczo wymagających prania – dopóki się nie dowiem, co panowie oficerowie kombinują za moimi plecami.

– Panie komisarzu, przecież to formalność, pospolite samobójstwo. – Korcz-Jasnocki zmarszczył czoło.

– Pan kapitan grał szmacianką na innym podwórku, bo najwyraźniej nie wyczuwa pewnych subtelności służby policyjnej. – Zyga z cynicznym uśmiechem nachylił się ku oficerowi. – Pan dziś jest tu, jutro może być gdzie indziej. Staszek, taki utalentowany śledczy, kto wie, czy za rok albo dwa nie zacznie kierowniczkować albo i naczelnikować w Siedlcach czy w Tarnopolu. A ja tu zostanę i każdy podpisany przeze mnie kwit pójdzie na moje konto. Co, w razie czego będę słał panom alarmujące telegramy?

– A czego pan się obawia? – Lotnik spojrzał na niego ze świetnie odegranym zdziwieniem.

– Min przeciwpiechotnych. To takie małe metalowe pierdółki, których nie widać z powietrza, panie kapitanie, ale potrafią urwać nogę przy samej dupie. – Maciejewski ostukał papierosa o kant stołu, zanim powoli włożył go do ust i zapalił. Dobrze przygotowany do tej rozmowy, nie musiał grzebać w zapałkach: kupił nowe pudełko. – Pierwsza jest taka, że i pan, i ja dobrze wiemy, że nasz denat Feliks Susek nie jest Feliksem Suskiem. A skoro ja wiem, to i ktoś inny może się dogrzebać.

Uśmiech spełzł z twarzy lotnika, co Zyga odnotował z wredną satysfakcją. Również Borowik wyglądał na zaskoczonego. Lecz akurat z powodu jego zdziwienia Maciejewski postanowił się obrazić.

– Co tak patrzysz, Stachu? – ciągnął. – Sądziłeś, że tak łatwo dam się wpuścić w maliny? Tobie nie muszę tłumaczyć, co teraz powinienem zrobić. A panu kapitanowi? – Przyszpilił wzrokiem Korcza-Jasnockiego.

– On ma trochę racji, Heniu – pokiwał głową Borowik, chowając maszynopis do kieszeni, bo właśnie zjawił się kelner z zamówieniem. Maciejewski spojrzał na zegarek: minęła najwyżej minuta, facet, gdy chciał, potrafił być luxtorpedą. No i śledź prezentował się całkiem obficie, chociaż jak na gust Zygi nakładziono za dużo rydzów, korniszonów i sosu musztardowego.

– Na dobry wieczór. – Lotnik nalał do kieliszków. Wypili. – Rozumiem, panie komisarzu, nasz wspólny przyjaciel jest wobec pana lojalny, ale żeby naprawdę ktoś odnalazł w tym miny, musiałby mieć lupę.

– Ja na przykład mam lupę i czasem jej używam. A pan da mi oficerskie słowo honoru, że w razie czego pójdziemy siedzieć do jednej celi? – Maciejewski zarechotał. – Zresztą proszę mi nie dawać słowa. Dwójka od czasów Marszałka ma oficjalną dyspensę, by robić sobie z gęby cholewę! Niech się pan nie obraża, ja to akurat dobrze rozumiem, w końcu jestem glina, menda, tajniak i co pan jeszcze chcesz. Jeśli jednak mam z panami rozgrywać tę grę, to też chcę z tego coś mieć.

Ryzykowne, uznał, ledwie to powiedział. Z drugiej strony, jak miał zagrać, skoro nie miał czym? Podniósł spory kawałek nabitego na widelec śledzia, którego koniuszek trząsł się i trwożliwie kapał oliwą.

– No to przecież masz: wódkę i zakąskę – burknął Borowik.

– Miły przyjacielski żarcik – odparł z pełnymi ustami Maciejewski.

– To, że przysłuży się pan ojczyźnie, najwyraźniej nie robi na panu wrażenia? – skrzywił się lotnik.

– Nie, panie kapitanie. – Zyga demonstracyjnie ułożył sobie na galarecie z sandacza dwa patriotyczne pasy: czerwony z ćwikły i biały z chrzanu. – Już tyle razy przysłużyłem się miłej ojczyźnie, że przywykłem. Na przykład w dwudziestym roku, na wojnie z bolszewikami. Pana tam nie widziałem. Tłok był wprawdzie jak cholera, ale raczej bym zapamiętał.

Wymierzył dobrze. Korcz-Jasnocki poczerwieniał.

– Niech się pan napije. – Maciejewski napełnił mu kieliszek. – I bardzo proszę pana kapitana, od teraz rozmawiajmy jak dorośli.

Najpierw wyjaśnił się przeciek do prasy: robota Borowika, za wiedzą kapitana, rzecz jasna. Ostatecznie było w interesie II Oddziału, aby sprawa śmierci Suska okazała się możliwie niepoważna, w sam raz dla brukowej prasy.

– My przecież nie życzymy panu źle – przekonywał lotnik. – Ma pan swojego samobójcę i nakreślone hipotezy śledcze. Po tylu latach służby pan przecież rozumie, że nie warto szukać innych.

– Bo mnie przerastają? – burknął Zyga.

– Pan z jakichś powodów wyjątkowo mnie nie lubi – zauważył wojskowy. – O co chodzi?

Komisarz zmierzył go wzrokiem. Oficer, z którym odeszła jego niekoniecznie świętej pamięci żona, nie latał samolotem, tylko jeździł tankietką. Inna formacja, lecz takie same skórzane płaszcze, ten sam sznyt.

– Każde dziecko kocha obrońców polskiego nieba, więc co dopiero prowincjonalny glina. Zdrowie! – Maciejewski podniósł kieliszek, wypił i otarł usta. Sięgnął po kolejnego papierosa. – A gdybym się zgodził, co będę z tego miał?

– Trzecią gwiazdkę – odparł bez namysłu Korcz-Jasnocki.

– Pełnego komisarza? – Zapałka zgasła w palcach Maciejewskiego.

– I ponad pięćdziesiąt złotych miesięcznie więcej. – Borowik błysnął zapalniczką. – Będę od ciebie pożyczał. Oczywiście salutując wyższej szarży.

*

Co to jest pół litra na dwóch gliniarzy i jednego pilota! Dlatego gdy żegnali się na skrzyżowaniu przy hotelu „Wiktoria", Zyga był raczej głodny niż pijany.

– Pan to musi pasjami uwielbiać filmy kowbojskie, zwłaszcza szeryfów – powiedział Korcz-Jasnocki, podając mu rękę. – Pan tak nienawidzi przestępców?

– Przeciwnie – pokręcił głową Maciejewski – bardzo ich lubię, bo to dzięki nim mam państwową posadę. Zdziwiłby się pan, niejeden zawodowy złodziej to prywatnie sympatyczny facet. Przestępczość, wbrew temu, co piszą w niektórych gazetach, to nie jest, panie kapitanie, żadna narośl rakowa, to tak samo naturalna rzecz, jak katar jesienią albo tryper w burdelu. Nie lubię tylko, kiedy do uprawiania przestępczości zabierają się amatorzy. Na przykład, gdyby pan się zabrał, z całym szacunkiem.

– Zyga wbrew pozorom jest wyrozumiały – potwierdził Borowik. – Dostaje wścieklizny, wyłącznie kiedy ktoś strzela do policjantów, handluje kobietami albo morfiną.

– A tak, morfiną, obiło mi się coś o uszy. – Lotnik powiedział to niby obojętnie, ale z Maciejewskiego natychmiast wyparowała ta odrobina alkoholu, jaką w siebie wlał. Pozostał za to kwaśny posmak marynowanych grzybów.

Zaś Korcz-Jasnocki zasalutował i odszedł w stronę Starego Miasta, osłaniając się przed porywistym wiatrem wysoko postawionym kołnierzem skórzanego płaszcza.

– Zgoda buduje, niezgoda rujnuje, Zyga. – Borowik mocno uścisnął mu dłoń. – To byczy chłop, ale lepiej nie rób więcej trudności.

– Bo dużo wie? – mruknął Maciejewski.

Był pewien, że jesienny, a może już pierwszy zimowy wicher zagłuszy pytanie, jednak Staszek odwrócił się i spojrzał przenikliwie na podkomisarza. Zyga dotknął palcem ronda kapelusza, by po chwili skręcić w ulicę Kościuszki, pełną knajp znacznie bardziej kuszących niż „Europa" bez pana Tośka.

Nie zaszedł jednak do żadnej, chociaż dla dobra śledztwa powinien. Nic tak nie ożywia umysłu jak wypita samotnie wieczorna setka wódki, a on miał ważną rzecz do przemyślenia: zgodzić się na trzecią gwiazdkę i o pięćdziesiąt złotych wyższą pensję czy ciągnąć tę sprawę po swojemu, na wszelki wypadek? W wewnętrznej kieszeni płaszcza komisarza przy każdym ruchu szeleścił „Express" z wymądrzającym się emerytowanym pułkownikiem Rossowskim, który najwyraźniej kochał polskie wojsko coraz mniej. I już chociażby przez to wydawał się Maciejewskiemu łebskim facetem.

Skręcając w swoją ulicę, Zyga minął zamknięte o tej porze kino „Apollo". Wiatr szarpał odklejonym rogiem plakatu Z TAJEMNICĄ PANNY BRINX, SENSACYJNĄ KOMEDJĄ MUZYCZNĄ. Maciejewski pomyślał, że jeśli już koniecznie miałby iść do kina, wolałby *Rapsodię Bałtyku*, melodramat wprawdzie zeszłoroczny, ale z samolotami w roli głównej. W jego sytuacji film wręcz instruktażowy…

Zapalił ostatniego papierosa, czekając na otwarcie bramy. Z niechęcią obracał w palcach pięćdziesiąt groszy, które zamierzał dać dozorcy. Mało? Może i mało, ale pieniądze nie mnożyły mu się w kieszeni. Zwłaszcza że nie podobało mu się, jak pan Antoni patrzył na Różę. Mimo to wcisnął monetę w łapę ciecia, wspiął się po schodach na trzecie piętro oficyny i wyjął klucz z kieszeni spodni. Sądził, że Róża już śpi, ona jednak czekała na niego.

– Ty jesteś prawie trzeźwy! – obwąchała Maciejewskiego i pokręciła głową z niedowierzaniem.

Ciepły szlafrok, którym się okryła, zjechał nieco z ramienia, odsłaniając ramiączko jedwabnej nocnej koszuli, prawie mógł zobaczyć lewy sutek... Przytulił Różę i pocałował w czubek głowy.

– Jadłeś coś? – zapytała.

– Nie jestem głodny – skłamał, przytulając ją mocniej. Zupełnie jakby odległe widmo trzeciej gwiazdki o co najmniej jedną trzecią zwiększyło jego potencję.

– Skoro nie, to chodź! – Pociągnęła go w stronę sypialni.

*

Maciejewski zapomniał, że jego Róża wciąż jest ponętną kobietą. Kiedy leżała przy nim, w wątłym świetle wpadającym przez niedomknięte drzwi do sypialni, z przyjemnością patrzył na jej gładkie ramiona i szyję. Przyciśnięte do jego boku duże piersi marszczyły się lekko, ale w żadnym razie nie starczo, po prostu była miękka, a on lubił miękkie kobiety. Moda na sportsmenki o figurze chłopca lansowana przez żurnale zalatywała mu pederastią.

Jednakże gdy upadli na łóżko i Róża wdzięcznie wyswobodziła się ze szlafroka, w jednej sekundzie przestał być kochankiem, a stał się tajniakiem. Pod pozorem pieszczot uważnie zbadał jej przedramiona, stopy, pachwiny, wszystkie miejsca, gdzie mogłaby wkłuć igłę i dostać się do żyły. Podejrzana Róża Marczyńska, córka Stanisława, nie miała jednak najmniejszego śladu po zastrzyku. Nic nie brała.

Cokolwiek rozpaczliwie próbując utrzymać erekcję, Zyga zamknął oczy i wyobraził sobie, że leży pod nim Krystyna Kusik. Pomogło. Któraś z tych kobiet wydała cichy jęk, a on się nie zdekonspirował. Kiedy był sporo młodszy, zdarzało mu się w łóżku powtarzać w myśli całe partie *Procesu* Kafki albo *Pana Tadeusza*. To dawało dobre rezultaty, w pewnych sytuacjach mężczyzna nie powinien zaiwaniać do przodu jak pospieszny Warszawa–Lwów. A teraz? Zbyt wiele spraw? Za mało wódki?

Już po wszystkim poczuł pocałunek Róży odciśnięty na ramieniu.

– Chciałabym posłuchać tej Mathi Lirhen – powiedziała cicho.

– Ta niby berlińska gwiazda? – Maciejewski skrzywił się. – Nie słyszałem. Może to tycia gwiazdeczka?

– Jakby to była Marlena Dietrich, toby nie śpiewała w naszym teatrze. Zresztą co ty możesz wiedzieć? Niby znasz niemiecki, a czytasz w kółko tylko jedną książkę. – Spojrzała na niego z pretensją.

Nieprawda, oprócz *Procesu* Kafki przeglądał też niemieckie pisma kryminalistyczne, ale bez szczególnego zaciekawienia. W ostatnich latach nawet tam zrobiło się gęsto od nazistowskiej propagandy.

– To idź, jeżeli koniecznie chcesz – wzruszył ramionami.

– Jak to idź?! – zdenerwowała się Róża. – Nie pójdę przecież sama do teatru!

– No dobrze, dobrze… – Pocałował ją w ramię. – W sobotę, tak? Wrócę wcześniej.

– I trzeźwy! Obiecujesz?

– Obiecuję. – Otoczył ją ramieniem.

Marczyńska przylgnęła do Zygi plecami, oparta policzkiem o jego twardy biceps. Lubiła tak zasypiać, ale czy bardziej by nie wąchać alkoholu w jego oddechu, czy po prostu ciało byłego boksera dawało Róży poczucie bezpieczeństwa, nie wiedział. Nie mógł się natomiast oprzeć myśli, jaka była bezbronna, leżąc w pozycji modelowej dla ofiary zbrodniczego zadławienia.

*

Lublin, luty 1945 roku

W małej klitce, przed wojną służącej za dyżurkę klawisza przy więźniarskiej rozmównicy, było gęsto od gryzącego papierosowego dymu. Zyga Maciejewski z lubością nabrał głęboko powietrza.

– Jest ten skurwysyn, jak towarzysz major rozkazał – zameldował dozorca. Kajdanek mu nie zdjął.

W ciemnym kącie za biurkiem były komisarz zobaczył czerwoną, napuchniętą twarz, na nosie i przy kościach policzkowych aż nabiegłą fioletem. Łysa, również pełna krwawych, marszczących się plam głowa sprawiała wrażenie pozbawionej naskórka czaszki. Zyga zakaszlał, bezwiednie zaciągnąwszy się zbyt głęboko przesyconym tytoniem powietrzem. Duski nie łgał, major Grabarz faktycznie przypominał potwora z filmu grozy. Kino w swych odcieniach czerni i bieli nie było jednak w stanie pokazać ani tej zgniłokrwistej czerwieni, ani matowej bladości plam martwiejącej skóry.

– Nazywam się obywatel major Grabarz – zaczął bezpieczniak, wielkopańskim gestem wskazując stołek. – Powiedzcie mi na początek, Maciejewski, czy już wiecie, na czym polega wyższość komunizmu nad faszyzmem?

Zyga milczał. I tak było przecież obojętne, co powie.

– Nie wiecie – westchnął major. – Wyższość komunizmu nad faszyzmem polega na tym, że na naszych przesłuchaniach każdy śpiewa. Nawet tacy, co przeszli przez gestapo.

– Nigdy nie miałem zdolności do śpiewu, panie majorze – odezwał się Maciejewski. Szybciej zaczną, szybciej skończą.

– Nauczycie się jeszcze. – Grabarz bardzo powoli wyciągnął rękę w stronę włącznika lampy na biurku, wycelowanej w Zygę.

Były komisarz zdążył zauważyć, że palce lewej dłoni śledczy ma dziwnie krótkie, jakby ucięte za ostatnim stawem. Za moment już nic nie widział, oślepiło go światło chyba dwustuwatowej żarówki.

– Na próbę zaśpiewajcie mi o waszym wspólniku Fałniewiczu.

Starając się wytrzymać ostry, piekący blask lampy, Zyga zanucił kilka taktów przedwojennej ballady o pepeesowskim bojowcu Okrzei. Nie doszedł jeszcze do „…a jak rzucił bombę w cyrkuł…”, kiedy dostał w pysk pierwszy raz.

Upadł razem ze stołkiem. Dzięki bokserskiemu nawykowi odchylił nieco głowę, a to był błąd, bo zamiast stracić na chwilę przytomność, wyraźnie czuł ból w ramieniu i rosnącego guza nad uchem.

Ale kto uderzył? Nie klawisz doprowadzający, bo wyszedł. I nie Grabarz, bo siedział cały czas za biurkiem.

– Nie wydurniaj się, Maciejewski, i tak cię zgnoję – powiedział, odpalając papierosa od papierosa. – Ja dobrze wiem, co ty tam śpiewasz. I dobrze wiem, skąd to umiesz. Cała twoja rodzina była w PPS-ie.

Więc Duski nie kłamał, nie puścił farby o rzekomej endeckiej przeszłości komisarza. Zyga był tego prawie pewien, teraz miał dowód.

Równocześnie szukał wzrokiem tego, który zadał cios. I znalazł. Kątem oka dostrzegł na drzwiach cień, mały i klocowaty. Walił jednak jak zawodnik wagi ciężkiej.

– *Postawi*! – rozkazał Grabarz.

Ktoś podniósł stołek, potem kopniakami Maciejewskiego. Zamajaczyła mu karykaturalnie niska i krępa sylwetka z grubo ciosanym pyskiem. Ruski klawisz od tych knajackich czastuszek?

– My obaj jesteśmy bardzo muzykalni. – Major jakby czytał w jego myślach, skurwysyn! – *Nu, szto ty nam jeszcze zaśpiewasz, Maciejewski?*

Lampa znów wyżerała oczy. Zyga wiedział, że najlepiej by zrobił, próbując gry ze śledczym. Tylko to nie był dawny ı Komisariat, gdzie wszyscy lepiej lub gorzej znali reguły.

Może kresowa, cicha wieś
pracować, spać spokojnie…

– zaczął melodię, której przed wojną sam serdecznie nie cierpiał.

Tym razem Grabarz osobiście wyszedł zza biurka i dokończył, wyznaczając takty uderzeniami podkutych butów na nagich stopach Maciejewskiego:

…bo w trzę-sa-wi-skach, bo-rach gdzieś
KOP czu-wa jak na woj-nie.

Zyga zacisnął zęby, chociaż łzy napływały mu do oczu; tego nie sposób powstrzymać. Znał się na bólu, który sam zadawał i przyjmował. Ten był zupełnie inny, upokarzał. Ale jęczeć, skowyczeć teraz? To co mu pozostanie na zrywanie paznokci, rażenie prądem?

Major, gdy już udowodnił swoje rozeznanie w sanacyjnej propagandzie, zaciągnął się ostatni raz biełomorem. I następnie zgasił papierosa na dłoni więźnia. Wrócił za biurko.

– *Pokaży jemu!* – polecił klawiszowi.

Rosjanin otworzył boczne drzwi i w dawnej rozmównicy, teraz zaciemnionej przez metalowe klapy, z jedną żarówką na suficie, Zyga zobaczył zwisającego za skute do tyłu ręce półnagiego mężczyznę.

Fałniewicz!, przemknęło komisarzowi przez głowę.

Dwóch osiłków w żołnierskich spodniach i lepkich od potu podkoszulkach stuknęło obcasami Grabarzowi. Jeden popchnął ramieniem zwisającego więźnia i ten, obracając się wbrew własnej woli, wydał cichy jęk. Maciejewski ujrzał twarz bez rysów: krwawą, ledwie rozpoznawalną miazgę. Coś takiego komisarz widział tylko trzy razy: u policjanta zakatowanego przez bolszewików w 1920, u pewnej ofiary wypadku kolejowego i na gestapo. Odetchnął jednak z ulgą. To nie był Fałniewicz. Ten człowiek był dużo szczuplejszy i przede wszystkim miał jasne włosy.

– Wiesz, kto to jest? – Grabarz wyszedł zza biurka i oparł się o nie z rękami splecionymi na piersi. Ślepia bezpiecznika błyszczały jak dwie lampy. Sztywny kołnierz oficerskiego munduru rozpiął pod szyją i poniżej czerwonej gęby widać było blady tors z obfitym zarostem. Zyga dostrzegł także, że do przedwojennych bryczesów włożył toporne sowieckie saperki.

– Nie wiem. Nie znam.

– A taką miałem nadzieję, że pogadacie sobie jak folksdojcz z esesmanem! – zarechotał major. – To jeden z tych, którym się wysługiwałeś, Maciejewski. Szwab, który próbował nam się wymknąć w cywilnym ubraniu. Chcesz zobaczyć jego esesmański tatuaż?

– Nie – pokręcił głową były komisarz. – Wierzę panu majorowi.

– Obywatelowi majorowi – poprawił Grabarz, waląc Zygę pięścią w ucho. I jeszcze zanim zaczęło puchnąć, chwycił go za nie i zaciągnął do katowni.

Błękitne oczy Niemca otworzyły się na chwilę.

– Znasz go?

– *Ich kenne nicht dieser Mensch* – zaprzeczył natychmiast Zyga, zanim więzień straci przytomność. – *Ich sehe ihn zum ersten Mal.*

– *Ich auch* – szepnął Niemiec.

– *Ach ja*?! – Język Goethego w wydaniu kapitana Grabarza miał akcent bardziej spod Moskwy niż Berlina, bezpieczniak mówił jednak płynnie. – Nie znacie się? Ręka w rękę torturowali patriotów i widzą się pierwszy raz w życiu! Ty sobie lepiej dobrze przypomnij, Maciejewski! – Szarpnąwszy Zygę za włosy, niemal przytknął jego twarz do schlastanej gęby esesmana. Komisarz poczuł mdły zapach krwi zmieszany z duszącym odorem potu, szczyny i gówna. – Patrz i myśl!

Myślał. W grę wchodziły tylko trzy możliwości: albo Grabarz na gwałt potrzebował świadka oskarżenia przeciw Niemcowi, albo chciał przyszyć Żydze więcej niż kolaborację, albo robił jedynie pokazówkę. Drugi i trzeci wariant nie miały większego sensu: Maciejewski był już dość pogrążony.

– Poznaję, teraz poznaję! – krzyknął Zyga. Ucho piekło jak cholera. Niemiec szarpnął się. – Każdy szwab to esesman, a każdy esesman to zbrodniarz, z wyłączeniem kominternowskich działaczy Komunistycznej Partii Niemiec, obywatelu majorze! Ci, jak wiadomo, przez całą wojnę strzelali tylko w powietrze.

Czerwona nieforemna gęba majora zbliżyła się do twarzy unieruchomionego kajdankami Zygi. W oddechu śledczego czuć było kilka setek i paczkę wypalonych od rana papierosów.

I cebulę, smażoną cebulę. Żarł wątróbkę, kotlet? Na samą myśl byłemu komisarzowi ślina napłynęła do ust.

Wielka, spuchnięta łapa wyciągnęła się po pejcz, który usłużnie podsunął jeden z osiłków.

Maciejewski nie zamknął oczu. Wolał widzieć, z której strony spadnie cios. Grabarz wziął zamach, ale nieoczekiwanie pejcz spadł na głowę Niemca. W świetle lampy błysnęły srebrne zęby – to major skwitował uśmiechem zdumienie, którego Zyga nie zdołał ukryć.

Ciosy zaczęły spadać coraz gęściej, krew chlapała na rękawy munduru majora i na tors byłego komisarza. Ktoś chwycił Zygę za skute na plecach ręce i obrócił. Teraz major rozdzielał uderzenia pejcza prawie sprawiedliwie: raz Niemiec dostawał w łeb, raz Maciejewski w kark albo w dupę.

Nie będzie Niemiec pluł nam w twarz
Ni dzieci nam germanił!
Orężny wstanie hufiec nasz...

– śpiewał przy tym bezpieczniak, aż zdarł gardło. – I co, kolaborancie jebany? Kto to jest? Bo zabiję! – wycharczał, zapluwając się na koniec.

– Zabijcie, towarzyszu majorze! – krzyczał były komisarz. – To Hermann Göring, to Adolf Hitler. Himmler! Odilo Globocnik! Niech wam ręka nie zadrży, gdy gromicie Trzecią Rzeszę!

Zmęczony Grabarz rzucił pejcz na posadzkę i dał znak swoim ludziom. Ci bez słowa wepchnęli Zygę do klitki i rzucili na krzesło.

Bezpieczniak ciężko usiadł za biurkiem. Rosyjski klawisz czekał na rozkazy, Maciejewski słyszał jego oddech za plecami.

– Wiesz, że to samo będzie z tobą? – warknął major.

Zanim komisarz otworzył usta, zanim kiwnął choćby głową, jeden z osiłków zameldował:

– Szwab wykitował, obywatelu majorze. Co wpisać w księdze?

– To co zwykle: „ubył". Bo ubył, kurwa jego mać, i to przez ciebie, Maciejewski! – Bezpieczniak rozpiął jeszcze jeden guzik munduru. – Szykuj się na jutro. I lepiej przypomnij sobie coś ciekawego.

Rosjanin kopniakiem w udo polecił komisarzowi wstać i chwycił za kajdanki.

– Do widzenia, obywatelu majorze. – Zyga uśmiechnął się, ignorując ból rozbitej wargi. To było zresztą gówno, nie ból. Niech wreszcie ukatrupią i niech to wszystko się skończy!

Chwilę później buty klawisza wystukiwały rytm na posadzce cichego korytarza Zamku, a gdy dochodzili do celi, nagle zaskoczył Maciejewskiego swą kolejną improwizacją:

Kak na Kijewskom wokzalie
Mienia bliad'u obozwali.
Nu kakaja że ja bliad',
Jesli niekomu jebat'!

*

Lublin, 10 listopada 1936 roku

Dochodząc do Starego Miasta, kapitan Korcz-Jasnocki spojrzał na zegarek. Zdziwił się, było jeszcze przed jedenastą wieczór, zatem nie patrole policyjne, ale przenikliwy wiatr wywiał wszystkie dziwki z Nowej i Królewskiej.

Jednakże kiedy mijał słup pustego przystanku autobusowego, z ciemnej Bramy Krakowskiej wychyliła się kobieta w kusym palcie i czerwonym toczku na głowie, by na widok lotnika żwawo ruszyć w jego stronę.

– Co ci szkodzi? – namawiał ją jeszcze przepitym głosem ktoś skryty w cieniu. – Złotówka też piechotą nie chodzi, a ja, sama widzisz, nie mam, no nie mam... I tak już klienta nie zła...

Urwał, bo także dostrzegł rogatywkę oficera, która tak zaintrygowała dziwkę.

– Co, za mundurem kurwy sznurem?! – wydarł się niedoszły amant. – Daj se spokój, generale! Zdzira tak zużyta, że nie wiesz, czy to baba, czy w wiadrze pytą mieszasz!

Korcz-Jasnocki zatrzymał się na chwilę, poprawił rękawiczki i ruszył ku wnętrzu bramy. Prostytutka chciała bez słowa wziąć go pod rękę, ale lotnik odsunął ją zdecydowanym ruchem.

– A pan doświadczony klient? – zapytał przez zęby, podchodząc do chwiejącego się faceta z wielkim czerwonym nosem i w wygniecionym kapeluszu. – Nie? To przeproś panią.

– Królu złoty... – mruknęła mu do ucha dziwka, kapitan jednak znowu ją odsunął, nawet bardziej zdecydowanie.

– P-pojedynek? – Mężczyzna czknął. Zrobił krok naprzód, połączona woń bigosu, wódki i zepsutych zębów wionęła w twarz lotnika. – A w-wiesz pan, gdzie ja p-pana...

Nie dokończył, bo obie pięści Korcza-Jasnockiego wystartowały w górę, by zderzyć się z jego szczęką. Facet wpadł plecami na zabytkowy mur, zsunął się po nim i usiadł z jękiem.

– Przefraszam – wybełkotał, trzymając się za twarz.

– Tobie, mój kapitanie, to zrobię wszystko. Chcesz? Pięć złotych za całą noc. – Dziwka otoczyła dłońmi ramię lotnika, lepiąc się do niego całym ciałem.

Chciała ruszyć z nim w zaułki Starego Miasta, ale Korcz-Jasnocki wyciągnął ją z bramy i w świetle latarni dokładnie zlustrował twarz prostytutki. Gruba warstwa taniego pudru oblepiała podkrążone oczy. Gdy kobieta spróbowała się uśmiechnąć, zza pociągniętych krwistoczerwoną szminką warg wyjrzały nierówne żółte zęby.

– Ile chciał ci dać tamten? Złotówkę? – Lotnik sięgnął do kieszeni.

– Ach ty…

Urwała, bo otwarta dłoń oficera trzepnęła ją w policzek. Korcz-Jasnocki bezlitośnie chwycił dziwkę za łokieć i przycisnął do latarni.

– Masz, żebyś nie darła mordy, zdziro! – syknął jej do ucha. Prawa dłoń kapitana wcisnęła się pod palto, bluzkę, odnalazła biustonosz i wetknęła za niego zimną monetę. – A teraz won! – popchnął ją w stronę bramy.

Krzywe obcasy zastukotały na kocich łbach, z ciemnego wnętrza wystawił niepewnie głowę pobity mężczyzna, ale dojrzawszy Korcza-Jasnockiego, oddalił się pospiesznie w ślad za prostytutką. A lotnik poprawił rogatywkę i skręcił ku dobrze widocznemu za przystankiem szyldowi hotelu „Centralny”.

– Do pani Mathilde Lirhen – rzucił, wchodząc po kilku stopniach do pustego, zaniedbanego westybulu.

– Tak jest! – portier poderwał się. – Służę panu kapitanowi uprzejmie. Numer siódmy na pierwszym…

– Wiem – uciął Korcz-Jasnocki, rzucając mężczyźnie pięćdziesiąt groszy.

Stopni było dokładnie czterdzieści. Na każdym z nich oficerki lotnika zapadały się odrobinę we wciąż miękki, choć wypłowiały dywan, każdy krok wzbijał chmurkę kurzu, która osiadała na nieskazitelnie czarnej skórze oficerek. Kapitan bez wyrzutów sumienia otarł je o fałdę zasłony przy oknie. Dopiero potem zapukał do drzwi numer siedem.

Otworzyła mu szczupła, wysoka blondynka. Włosy spływały jej delikatnymi lokami wzdłuż twarzy aż na ramiączka wieczorowej sukni. Kapitan jakby się zdziwił, że kobieta przewyższa go wzrostem, i spojrzał w dół. Jej pantofle miały co najmniej siedmiocentymetrowy obcas.

– *Guten Abend, meine liebe Mathi.* – Korcz-Jasnocki ucałował ją najpierw w dłoń, potem w policzek. – Pięknie wyglądasz. Wybacz, że kazałem ci czekać.

– Kochana Mathi? – Niemka roześmiała się, ukazując śnieżnobiałe zęby. – Kto rezerwuje kochanej kobiecie pokój w takim hotelu? Niewiele mu brakuje, by wynajmować gabinety na godziny. Chyba że chciałeś dać mi coś do zrozumienia, Heinrich?

– Henryk, nie Heinrich – poprawił ją. – Chętnie dałbym ci coś do zrozumienia, ale cenię sobie przyjaźń Alfiego. – Kapitan starannie powiesił rogatywkę na haku, rozpiął pas i zdjął płaszcz.

– Nie przejmuj się Alfim. – Mathi przywarła do niego, opierając ramiona na epoletach lotnika, jakby wciągała go w zmysłowy taniec. Albo jakby miała mu wbić w plecy niewidoczny sztylet. Po chwili przesunęła prawą dłoń po drapiącym już nieco po całym dniu policzku Korcza-Jasnockiego, musnęła palcami odznakę lotnika. – Widzisz, Heinrich, Alfi będzie ci bardziej wierny niż ja, przynajmniej dopóki naziści pozostaną przy władzy. Lub przynajmniej dopóki ja nie powiem mu o tobie czegoś niemiłego. Ale mnie nie interesuje polityka, *mein lieber Pilot.*

– *Mein liebe Geld*, chciałaś powiedzieć? – Kapitan okręcił sobie na palcu jej naszyjnik. – Zdejmij to. Perły przynoszą pecha.

– Dla ciebie mogę wszystko zdjąć. – Długie palce kobiety rozpięły jeden z górnych guzików munduru, zmysłowo dotykając materiału koszuli. Nagle ze śmiechem odepchnęła go i odeszła zalotnym krokiem w stronę okna.

Lotnik był najwyraźniej przyzwyczajony do jej teatralnych gierek, bo nie obeszło go ani wcześniejsze uwodzenie, ani teraz nagłe porzucenie. Przynajmniej tego po sobie nie pokazał.

– Nudzisz się, biedactwo. – Wyjął z kieszeni papierośnicę. Przez chwilę palił w milczeniu, oparty przedramieniem o kaflowy piec, który zajmował dobre dwa metry kwadratowe tego, pożal się Boże, apartamentu. – W Warszawie było zabawniej?

– *Warschau!* – westchnęła. Zaciągnęła zasłony i usiadła przy stole przykrytym dawno niepraną, chociaż pięknie haftowaną serwetą. – Kto by pomyślał, że wszystko tak się skomplikuje przez wasz pechowy bombowiec… A wiesz, że ja ich widziałam? – odezwała się poważnie.

– Kogo? – Kapitan ściągnął brwi.

– Tych rumuńskich pilotów. Lecieliśmy razem z Bukaresztu.

– Niedobrze. – Korcz-Jasnocki podszedł do stołu i zgasił papierosa w kryształowej popielniczce. – Ktoś mógł cię zapamiętać. – Usiadł.

– Nie wariuj, to był zwykły rejsowy samolot. Każdy mógł nim lecieć. Jeden z tych Rumunów cały czas mi się przyglądał, dosłownie odzierał mnie z ubrania tymi ognistymi czarnymi oczami… – Zamrugała. – Też jesteś pilotem, to pewnie umiesz zgadnąć, czy myślał o mnie, kiedy spadali.

– Daj spokój, Mathi, jestem zmęczony! – Znów sięgnął po papierośnicę, po chwili schował ją jednak do kieszeni, zwalczając pokusę. – Ten wypadek i tak skomplikował nasze sprawy. Wiem, wiem – pokręcił głową, zanim zdążyła odpowiedzieć – ty zawsze masz szczęście, ale nazbyt cię potrzebuję, by się o ciebie nie niepokoić.

– Lubię, gdy niepokoją się o mnie przystojni mężczyźni, zwłaszcza w mundurach. – Puściła do niego oko. – Ale musisz trochę zaufać mojemu doświadczeniu, Heinrich. Przyjechałam tu zaśpiewać w teatrze, sam to załatwiłeś, nie mogę więc po całych dniach siedzieć zamknięta w pokoju. To byłoby jeszcze bardziej podejrzane, niż gdybym robiła skandale w nocnych lokalach. Właśnie, będziesz mnie oklaskiwał?

– Klaskać to będę, kiedy wreszcie przyleci ten cholerny samolot! – nie wytrzymał Korcz-Jasnocki.

– Jesteś taki spięty, Heinrich… – Mathi podeszła do niego kocim krokiem i usiadła mu na kolanach. – Ale zapewne masz kogoś zaufanego na lotnisku, *nicht wahr*?

Zaufanego! Przed tą całą sprawą miał, a przynajmniej tak mu się wydawało. Zaufany Feliks Susek, dobre sobie! Na szczęście w porę go odsunął.

– Oczywiście – skłamał. – Mathi, jesteś zbyt piękna, by martwić się drobiazgami…

Pracownik umysłowy

Lublin, luty 1945 roku

Wstawaj z pryczy, bo do karceru! – ryknął klawisz.

Zyga podniósł się z wysiłkiem, obolały. Oko judasza zamknęło się, dozorca odszedł.

– Mówiłem panu, że w dzień nie wolno leżeć – przypomniał Duski.

Mówił. Mówił też o tym regulamin więzienny z trzydziestego pierwszego, w niektórych punktach zadziwiająco ściśle przestrzegany.

Bezsilność piekła Maciejewskiego bardziej niż zbity tyłek. Niby posmakował jej już i w roku dwudziestym, i siedem lat później, gdy umierała jego żona, i w trzydziestym szóstym, ale to nie było to. Teraz Grabarz kazał mu czekać. Na skucie rąk, podwieszenie do sufitu i bicie.

Oby raz a dobrze, na śmierć!

– A może by się pan ze mną pomodlił? – zaproponował życzliwie Duski. – Będzie panu lżej.

A tak, klęczeć! To chyba jedna z niewielu pozycji, w której Zygę nic fizycznie nie bolało. Trzeba było spierdalać stąd razem z co bardziej rozsądnymi Niemcami. Sprawiedliwości mu się zachciało! Ukarał jednego skurwysyna, przyszło stu innych. A Róża została sama z dzieckiem… O niej Grabarz nie wspomniał, tylko o Fałniewiczu. Maciejewski miał nadzieję, że wyjechała z miasta.

– Nie chce pan?

– Co? – spytał wyrwany z zamyślenia Zyga.

– Pomodlić się ze mną. Nie chce pan?

– Pomyślę o tym – burknął Maciejewski. – Przed rozwałką.

– Zaścielę panu łóżko – zaofiarował się współwięzień.

– Mówi się pryczę. – Zyga spróbował bardzo powoli usiąść na stołku, ale poderwał się z niego jak kopnięty prądem.

– Wie pan, kiedy pana pierwszy raz zobaczyłem, to grosza bym nie dał, że jest pan oficerem. – Duski wygładził siennik. – Myślałem, że najwyżej przodownikiem śledczym. A pan był komisarzem, no, no…

– Podkomisarzem. – Maciejewski zaczął chodzić od kibla do stołu. Krok w jedną, krok w drugą. – Awansowałem w trzydziestym siódmym. – Taaak, myśl o czymkolwiek, byle nie o Róży!, rozkazał sobie. Niestety nigdy nie potrafił słuchać żadnych rozkazów, nawet własnych.

– Awans na początku trzydziestego siódmego? No to pan był w czepku urodzony, panie komisarzu! – Duski uśmiechnął się, w dodatku szczerze. – To był idealny moment na podwyżki, bardzo pan zaoszczędził na podatkach!

– Będzie jak znalazł na starość – burknął Zyga. – No dobrze! – westchnął. – Ile zaoszczędziłem?

– Niech pan powie, ile pan płacił podatku. – Duski starannie rozłożył koc.

– A skąd mam wiedzieć? – Były policjant wzruszył ramionami. – Odcinali mi z wypłat.

– Pan sobie nie policzył? – Zdziwił się dawny księgowy. – Ile pan brał rocznie z dodatkami? Policzmy… Przepraszam! – Podszedł do kibla i urwał kawałek gazety. Wyjął ołówek z kieszeni.

Zyga, który do tej pory zawsze myślał o pieniądzach naj-wyżej w perspektywie miesiąca, był zdrowo zaskoczony, że jako komisarz zarabiał w ciągu roku prawie siedem tysięcy złotych. Margines gazety pod ręką buchaltera zapełniał się coraz gęstszym maczkiem cyfr.

– No niech pan tylko spojrzy! – Duski cieszył się jak dziec-ko. – Pan ledwie wszedł na dwudziesty czwarty próg podat-kowy, więc nawet po obcięciu bykowego... Bo pan nie miał żadnych krewnych pod opieką?... Jako podkomisarz nic by pan nie zaoszczędził, a tak, proszę pana szanownego..., no jakby nie liczyć, zapłacił pan mniej o 66 groszy! A gdyby nie było wojny?... – Ołówek księgowego znowu zaczął skakać po cyfrach, liczyć procenty i sumować.

– To nie miałbym przyjemności siedzieć z panem w celi i dowiedzieć się, jakie to ze mnie dziecko szczęścia – mruknął Maciejewski.

Duski nie zwrócił na to uwagi.

– Gdyby nie było wojny, urząd skarbowy rąbnąłby pana na 530 złotych i 88 groszy – oznajmił po chwili, kończąc oblicze-nia. Wynik z satysfakcją podkreślił podwójną kreską. – I nie byłoby przeproś! Chociaż gdyby pan się ożenił... Tak, tak, ze względów podatkowych bardzo by się opłaciło! I dzieci, najlepiej dwoje pod rząd.

Komisarz zacisnął zęby, ale księgowy nawet nie zauważył, że trafił w czułe miejsce. Wyliczał dalej:

– To dałoby panu ze sto złotych... – Urwał trwożliwie, bo na korytarzu rozległy się ciężkie kroki.

– *Wot i oczieriednoj d'eń Wielikoj Otiecziestwiennoj wojny, chudojebniki!* – pijackim rykiem powitał ich klawisz, by czknąć głośno i po chwili poetycko dokończyć: – *Wsie jebuts'a z żenami, ja jebus' t'epier s wami!*

Lublin, 12 listopada 1936 roku

Maciejewski wyszedł z komisariatu od podwórka. Przez otwarte drzwi garażu zobaczył policyjnego szofera Kudrelę, który z podwiniętymi mimo zimna rękawami grzebał w silniku.

Sięgając do kieszeni po papierosy, Zyga wymacał zapomnianą ulotkę, którą ktoś poprzedniego dnia wcisnął mu na ulicy.

Katolicy, do handlu!

Katolicy modlą się – a żydzi mają w swych rękach całą
produkcję dewocjonalij.
Katolicy poszczą – a żydzi robią majątki na śledziach.
Katolicy urządzają odpusty – a żydzi cieszą się
z przepełnionych sklepów.
Handel nie jest czemś grzesznem! Katolicki handel
to nakaz patrjotyzmu!
Bezpłatne kursa handlowe Akcji Katolickiej
dla niezamożnych, ul. Szopena 27

Zmiął ją i cisnął do kubła na śmieci. Miał poważniejsze zmartwienia niż zastanawiać się, dlaczego ktoś uznał go za niezamożnego.

Komisarz Aleksander Herr, od półtora roku „Herr Komendant" Komendy Powiatowej miasta Lublina, dotąd nie angażował się osobiście w pracę Wydziału Śledczego. Oczywiście, póki w papierach wszystko było dobrze, czyli dzięki Kraftowi. Niestety tego dnia zrobił wyjątek.

Przywitał Maciejewskiego krzywym spojrzeniem znad biurka. Zyga przypomniał sobie o niezapiętej marynarce i dopiero gdy naprawił to niedopatrzenie, Herr wskazał mu krzesło. Obok rozłożonych papierów na blacie parowała i pachniała malinami szklanka herbaty.

– Komenda Wojewódzka dopytuje się o sprawę Suska. – Przełożony zdjął okulary i przetarł je białą chustką. Złożył ją starannie i schował w lewej kieszeni spodni. Z prawej wyjął drugą chustkę, kraciastą, i oczyścił zakatarzony nos. – Dlaczego jej nie kończycie?

Fatalnie postawione pytanie, uznał Maciejewski. Nie kończymy jej właśnie dlatego, że Wojewódzka się dopytuje. I od kiedy to śledczych od spraw wagi państwowej interesuje jakiś skromny samobójca? To dopiero powinno „Herr Komendanta" zastanowić.

Jednak jeżeli coś komisarza Herra w tej chwili interesowało, to tylko własne zdrowie i święty spokój. Znów sięgnął do lewej kieszeni i białą chustką otarł spocone czoło.

– W papierach jest ewidentna – dodał.

– Komenda Wojewódzka najpierw ponagla, panie komendancie, a jeśli coś przeoczymy, to kto będzie winien? – zapytał spokojnie Zyga, ale aż się w nim zagotowało. Przecież układ z Borowikiem i Korczem-Jasnockim był jasny! Po co te nerwy i ponaglenia?

– Co się pan nagle taki drobiazgowy zrobił? – burknął Herr.

– Zawsze byłem drobiazgowy, tylko służymy razem stosunkowo niedługo i jeszcze mnie pan od tej strony nie poznał – wypalił Maciejewski. I z miejsca tego pożałował. – Został nam ostatni świadek, panie komendancie – skłamał, choć nie do końca, chciał przecież sprawdzić pułkownika Rossowskiego – i umarzamy. To kwestia dnia.

– Dobrze – wychrypiał przełożony. – Nie wiem, co mówili panu moi szanowni poprzednicy, ale ja mam jedną radę: niech pan robi, co panu każą. Inaczej… – Kichnął – Inaczej nigdy nie dostanie pan trzeciej gwiazdki i nie będzie pan mógł dyskutować z Komendą Wojewódzką.

– Tym razem naprawdę nie będę – obiecał Zyga, chociaż to, że i komendant pił do trzeciej gwiazdki, omal nie wyprowadziło go z równowagi. Glina nie kryształ, ale też ma jakieś granice wytrzymałości. – Jeśli to wszystko…

– Nie, to nie wszystko, komisarzu – osadził go Herr. – Bo z kolei sędzia śledczy nie może się od pana doprosić wniosku o umorzenie tej sprawy z narkotykami.

– Sprawa jest zawieszona do czasu ujawnienia nowych faktów. – Maciejewski nerwowo splótł palce pod biurkiem. – I pan sędzia śledczy zgodził się na to – przypomniał. Gdyby podobne pretensje miał dla własnej wygody prokurator, to Zyga by jeszcze rozumiał, ale sąd? – Oczywiście sprawdzę, czy w tej sprawie nie przyszło jakieś nowe pismo, jednak komisarz Kraft zawsze w terminie…

– Jeśli potrzebowałbym mówić z komisarzem Kraftem, to nie marnowałbym czasu z panem! – Komendant znów kichnął i jakby ta niesłużbowa reakcja organizmu tym bardziej go rozsierdziła, plasnął dłonią w papiery na biurku. – Pan jest kierownikiem wydziału, pan tę sprawę prowadził i pan ją skieruje do umorzenia! – Głos zakatarzonego Herra coraz bardziej przypominał histeryczne tony chłopca podczas mutacji, ale im bardziej był komiczny, tym bardziej rosła jego wściekłość.

– Panie komendancie, ale nie mogę tego zrobić. To poważna afera, jakiej jeszcze w Lublinie nie mieliśmy.

– I może nie będziemy mieli! – sapnął Herr. – Kieruje pan Wydziałem Śledczym, pod-komisarzu! – zaakcentował ostatnie słowo zupełnie jak Korcz-Jasnocki. – Policja ma też inne rzeczy do roboty poza szukaniem pańskich morfinistów, to nie jest pański prywatny folwark! Będą nowe fakty, to sprawę się wznowi i zrobi to może pan, a może Komenda Wojewódzka. Dziecko pan jesteś?

– Nie, właśnie dorosłem – warknął Zyga. Porządek w papierach, pieczęć i parafka, tylko to interesowało komendanta. A tu chodziło o brudną forsę, kryminogenne środowisko uzależnionych, ich powolną śmierć... Gówno prawda, chodziło o Różę! – Pan komendant jest znakomitym wychowawcą.

– Wyjdź pan, zanim mnie szlag trafi!

– Odmeldowuję się posłusznie!

Paląc papierosa na podwórku komisariatu i obserwując ubrudzonego smarem, przeklinającego pod nosem Kudrelę, Maciejewski nawet mu zazdrościł. Szofer, bardzo piękny zawód, spokojny i z przyszłością. Z co najmniej taką przyszłością jak handel narkotykami, dopóki policją będą kierować urzędasy jak „Herr Komendant".

Zyga wyjął gazetę, którą już drugi dzień nosił w kieszeni płaszcza. Pułkownik Rossowski, rzeczywiście warto byłoby z nim porozmawiać o stosunkach w LWS-ie... Komisarz spojrzał na zegarek. Od dwóch minut był po służbie, więc tego dnia ani nikogo rozpytywać, ani niczego kierować do umorzenia nie miał najmniejszego zamiaru.

*

Lublin, luty 1945 roku

Zdobyczny czarny citroen Wojewódzkiego Urzędu Bezpieczeństwa Publicznego minął ruiny getta i zatrzymał się przy bramie więzienia. Siedzący z tyłu auta major Grabarz spojrzał na zegarek. Minęła jedenasta rano.

Z Łodzi ani z Warszawy, mimo ostrożnych próśb majora, nie przysłano dotąd żadnych nowych informacji o Maciejewskim. Oskarżona Anińska Natalia, na której zeznania liczył, w czasie kolejnych przesłuchań trafiła na jeszcze większego idiotę niż ten poprzedni śledczy. „Ponieważ oskarżona była policjantką, ponadto jest osobą inteligentną i czyta Sherlocka Holmesa, musiała wiedzieć, że rozmawia ze szpiegiem", przeczytał Grabarz w ostatnim protokole. Następnego dnia Anińska „ubyła" ze stanu więźniów.

Gdyby chciał wyłącznie zeznań do procesu, nie miałby kłopotu. Osadzony nie złamał tylko dwóch artykułów Dekretu o ochronie Państwa: o reformie rolnej i kontyngencie, a przecież za każdy z osobna groziła czapa. Tyle że Maciejewski przydałby się żywy, w końcu nikt nie znał tego miasta tak dobrze jak on, i to od najgorszej strony. Na pewno nie te parobki w mundurach.

Otwarto szlaban i citroen wjechał na pierwszy dziedziniec. Grabarz nie wątpił, że komendant więzienia, podporucznik Michał Sawczak, obserwuje samochód ze swojego okna i zastanawia się, czy major pójdzie w lewo do budynku administracji, czy prosto do więzienia. Bezpieczniak najpierw próbował rozmawiać z nim jak komunista, a potem przypomniał sobie kilka przesądów wbitych mu przed laty do łba przez księdza Kaweckiego z Różanegostoku.

– Wiecie, Sawczak, jakie są trzy cnoty teologiczne? No? – dręczył Grabarz. – Wiara, nadzieja i miłość, Sawczak. Każdy z tych reakcyjnych skurwysynów musi uwierzyć, że nie będzie już w Polsce innej władzy niż nasza, i mieć nadzieję, że stąd wyjdzie, o ile nas wreszcie pokocha. To właśnie te trzy cnoty, za które jesteście odpowiedzialni jako komendant więzienia,

Sawczak. Z nich zaś największa jest miłość. *Pierwszy List do Koryntian.*

– Nie do końca rozumiem towarzysza majora… – bąknął podporucznik.

– I nie zrozumiecie – warknął bezpieczniak. – Jesteście za głupi, żeby pojąć Marksa, Lenina i Stalina, to tłumaczę wam tak, jak mi podpowiada wasza wsiowa morda. A tu gówno! – Grabarz walnął pięścią w stół. – *Paszoł won!*

Teraz uśmiechnął się krzywo, przypomniawszy sobie minę Sawczaka po tym cokolwiek reakcyjnym kazaniu. Wciąż się bydlę pewnie zastanawia, co to właściwie było: szkolenie czy prowokacja… Major wysiadł i zapalił papierosa, na razie nie robiąc kroku w żadnym kierunku. Niech Sawczak myśli, niech się boi, niech sra w gacie tak samo jak ten buchalter Duski posadzony z artykułu 5 b) i c), zagrożonego śmiercią albo więzieniem, zależnie od fantazji śledczego i sądu. Artykułu do produkcji konfidentów. Ale w tym wypadku Duski, podobnie jak niezagęszczona cela, miał służyć wzbudzeniu w Maciejewskim cnoty nadziei…

Dalszy plan pozyskania Grabarz miał prosty: zacząć od lęku przed bólem, a jeśli to nie wystarczy, pokonać Maciejewskiego lękiem o najbliższych. Miał czas, by rozpracować, o kogo osadzony mógłby się bać bardziej niż o własnej życie. Mniej bólu, więcej lęku i upokorzenia, tak łamie się ludzi! Tak hartuje się stal…

Spojrzał w okno Sawczaka. Za oszronioną szybą cień komendanta szybko zniknął za zasłoną. Grabarz zgasił papierosa w brudnym śniegu i wystawił rękę.

Kierowca, wytresowany jak lokaj, natychmiast podał mu teczkę.

Lublin, 12 listopada 1936 roku

– Dla dziecka czy dla damy? – sprzedawca mrugnął znacząco.

Gdyby Maciejewski odpowiedział mu szczerze, zapewne chuderlawy facet z krótko przyciętym wąsikiem koloru słomy i w białym fartuchu z wyszytym złotą nicią znakiem firmy S.A. Piasecki przestałby się uważać za znawcę dusz klientów. Bombonierka była tak naprawdę dla Zygi. Komisarz stwierdził bowiem, że jest tylko jeden sposób, by nieodwołalnie podjąć decyzję w sprawie swoich trzech gwiazdek: powiedzieć o awansie Róży. W ten sposób uczyni fakt dokonanym. Inaczej, znając siebie, nie oprze się pokusie zagrania na nosie dwójkarzowi. Chociażby miał potem swojej złośliwości żałować.

– A co to za różnica dla kogo? – Zyga wzruszył ramionami. – Czekoladki to czekoladki.

– Szanowny pan raczy się mylić. – Pociągłą twarz rozszerzył uśmieszek ni to lokaja, ni alfonsa. – U takiego Wedla czekoladki to rzeczywiście zawsze tylko czekoladki, jednakowoż firma Piasecki czekoladki dla dam oferuje w szczególnym opakowaniu.

Zakręcił się, sięgnął na wyższą półkę i po chwili na ladzie leżała bombonierka rozmiarów księgi przepustek I Komisariatu. Uchylił wieko, a wtedy oczom Maciejewskiego ukazała się zarysowana kilkoma kreskami hurysa, a obok niej złotą czcionką nadrukowany był wiersz.

– To Trąbicza – szepnął sprzedawca. – Pan wie, tego sławnego poety, co to wyjechał do Warszawy.

– Trąbicz na czekoladkach? – spytał z niedowierzaniem komisarz. A potem uznał, że głupio się dziwi, wszak poznał go dość dobrze w poprzednich latach i wiedział, co należało do jego słabości: zarówno tych mogących zainteresować obyczajówkę, jak i lekarza gastrologa.

– A myśli pan szanowny, że jak poeta, to nie potrzebuje pieniędzy? – Chudzielec uśmiechnął się przymilnie. – Dziewięć złotych i dziewięćdziesiąt groszy, ale raczy pan zauważyć, to wyjątkowy upominek, słodki, a przy tym w niezwykle dobrym guście.

Zyga mruknął coś niezrozumiale i wyciągnął z portfela zmięty banknot. Za dziesięć złotych miałby co palić przez tydzień, a Róża, jak usiądzie z książką albo wciągnie ją audycja radiowa, gotowa zjeść tę forsę w jeden wieczór.

– Czy życzy pan zapakować?

– Mam blisko – burknął.

Wziął bombonierkę pod pachę i opuścił sklep, omal nie potrącając zagapionego w szybę wystawową chłopca. Spojrzał na niego z irytacją. Nie żeby kiedyś sam nie wystawał przed witrynami, ale nader szybko porzucił dziecięce nałogi. Bardziej zasmakowały mu papierosy.

Dochodząc do rogu ulicy, wyminął taksówkę, która zatrzymała się przed hotelem „Wiktoria", wypuszczając na chodnik pasażerkę. Chciał iść dalej, ale kierowca wcisnął krótko klakson.

– Pan Florczak? – Zyga zawrócił, przez szybę auta rozpoznając znajomego. Ten wysiadł i podał rękę Maciejewskiemu. – Dzień dobry.

Obaj odprowadzili wzrokiem kobietę: starszą panią ubraną jeśli nie w paryskim, to co najmniej w stołecznym domu towarowym. Portier z niskim ukłonem otworzył jej drzwi, drugą ręką inkasując napiwek.

– Widział pan komisarz? – Florczak skinął głową w kierunku wejścia do „Wiktorii".

– A powinienem? – Zyga wyjął papierosy.

Szofer uśmiechnął się, podając ogień śledczemu.

– Szanowna ciocia z wizytą u jednych państwa z Zamojskiej. Na początku dziwiłem się, dlaczego po kilka razy dziennie każe się tu wozić, a po kwadransie zabierać z powrotem. Spytałem szwajcara hotelowego i wie pan po co?

– Nie wiem, nie jest notowana. – Maciejewski strzepnął popiół.

– Do klozetu – wyjaśnił pan Florczak. – Na Zamojskiej chodzi się do ubikacji na podwórko, a taka dama nie siądzie tam, gdzie sadza dupę cała kamienica – uśmiechnął się drwiąco taksówkarz.

Zyga pokiwał głową. Miał pojęcie, do czego są zdolne kobiety, a przynajmniej niektóre, jeżeli poczują za dużo pieniędzy.

– A dla kogo pan się tak wykosztował? – Kierowca wskazał bombonierkę.

Komisarz wyrzucił papierosa i przełożył czekoladki pod drugą pachę. Właściwie Róża i awans mogą jeszcze poczekać. Nie zaszkodzi zdobyć drobnego haka na Borowika. Należy mu się, za niecierpliwość i straty moralne, które tego popołudnia poniósł przez Komendę Wojewódzką.

– Podrzuci mnie pan na Chlewną, panie Florczak? – zapytał. – Oczywiście gdy odwiezie pan królową. Ja w tym czasie strzelę sobie jednego…

*

Mieć cuda z dawnych bajek: fruwające konie,
pałace marmurowe w czarownym Bagdadzie,
księżniczkę Pari-Banu na złotym balkonie,
chłodne źródło wód żywych w kokosowym sadzie.
Rządzić wyspą daleką na morzach zieloną,

gdzie rafy koralowe wstrzymują wód napór,
ratować okręt zbójców, gdy wśród burzy toną,
patrząc z dziką rozpaczą na bliski Singapur.
To wszystko jest niczym dla tych, którzy wiedzą,
co daje szczyt rozkoszy wśród bied świata tego,
Wtajemniczeni mądrze i powoli jedzą
najlepsze czekoladki S. A. Piaseckiego.

Krystyna Kusik przeczytała cały wiersz głośno dwa razy, a potem jeszcze raz, w dziwnym zamyśleniu, fragment, który albo rzeczywiście najbardziej jej się spodobał, albo uznała, że właśnie ten o dzikiej wyspie i piratach zrobi dobre wrażenie na podkomisarzu Maciejewskim. On jednak nie słuchał. Podczas gdy krawcowa deklamowała na pretensjonalnym przydechu, zdecydował, że postąpił słusznie, nie sycąc Róży ani tymi czekoladkami, ani wiadomością o swym wiszącym w powietrzu awansie.

– Śliczne! Zachowam to jako pudełko na listy… – W namyśle zawinęła opadający kosmyk włosów za ucho. – Albo lepiej na nici, będę je częściej otwierać. A pan może wie, kto to napisał?

– Jerzy Trąbicz. To najbardziej znany poeta z Lublina.

– A ja myślałam, że Tuwim… – zmartwiła się. – A pan zna tego pana?

– Tuwima?

– No gdzież Tuwima! – Ten uśmiech, może i tandetny, podobał się jednak Maciejewskiemu bardziej niż pałace Bagdadu, zwłaszcza że i tak nigdy ich nie widział ani nie spodziewał się zobaczyć. Podobnie jeszcze kilka lat temu potrafiła śmiać się Róża, tylko miała nieco płytsze dołeczki w policzkach. – Trąbicza!

– Pewnie! – Rozsiadł się wygodniej i zapalił papierosa. – Przesłuchiwałem go.

I znowu się zaśmiała, a Zyga razem z nią. Chociaż jego bardziej bawiło, że powiedział prawdę, wręcz uchylił rąbka tajemnicy służbowej, zaś w jej uszach brzmiało to jak dobry dowcip.

– A przesłuchiwał pan... hm... – Zastanowiła się z miną nauczycielki wymyślającej właśnie zadanie dla ulubionego ucznia. – A przesłuchiwał pan Hankę Ordonównę?

– Nie, za to bawiliśmy się razem w dzieciństwie. – I znów prawda, i znów niedowierzający śmiech. – Tylko wtedy nazywała się jeszcze Marysia Pietruszyńska. A raz popchnąłem Marysię na schodach, ze złości, bo pochwaliła ją moja ulubiona nauczycielka muzyki. Oczywiście gdybym wiedział, jaką zrobi karierę, nigdy bym tak nie postąpił.

Pamiętał to dobrze. Marfa Denisowna, jedna z lepszych klientek sklepu przy Namiestnikowskiej, i ten drobnomieszczański pomysł jego ciotki: Zygmuś musi umieć grać na pianinie. Na co i po co? Chyba żeby zakochał się miłością dziesięciolatka w dobrze zbudowanej jasnowłosej Rosjance i żeby apetyczne blondynki prześladowały go po dziś dzień.

– Pan gra na jakimś instrumencie? – Krystyna Kusik oparła się łokciami na stole, eksponując biust. Od niechcenia odsunęła na bok poduszeczkę do igieł.

– Czasem na gramofonie – powiedział poważnie Zyga i nagłym ruchem zdusił dopalonego do połowy papierosa.

Dopiero rozwiewający się dymek kazał mu się zastanowić, co właściwie robi. Przecież wszystko zmierzało ku bardzo niesłużbowemu finałowi: zgasić papierosa, by tu i teraz wziąć krawcową na stole wśród bajecznie kolorowych robótek, koniecznie zgasić, bo przyszłemu trzygwiazdkowemu komisarzowi nie wypada rżnąć dziwki z petem w zębach. Zgasić i przystąpić do rzeczy.

Nie po to jednak przyszedł. Chociaż dziewczyna podobała mu się coraz bardziej, w jej towarzystwie czuł się przynajmniej pięć lat młodszy, to wiedział dobrze, że tylko jedna rzecz naprawdę sprawi mu satysfakcję.

– Pani Kusik, rozumiem, że zastanowiła się pani nad tym, co powiedziałem. – Ależ pociągająca była ta jej buzia w ciup, to jej pociągnięcie nosem, ale postanowił, że glina wygra z naturą. Na tym w końcu polega państwo prawa. – Rozpozna pani dla mnie tego tajniaka, który nakłonił panią do fałszywych zeznań, i nie będzie pani wzywana na świadka. To zostanie między nami.

Spojrzała na niego przestraszona, chyba nawet nie udawała. Jakaś idiotyczna część natury komisarza zaczęła cokolwiek żałować tej miłej panny. Gdyby Krystyna Kusik wiedziała, że Maciejewski zupełnie nie ma czym jej nastraszyć, że dotarcie do jakiejkolwiek innej prawdy niż opisana w „Expressie" obojgu im się nie opłaca… Niemniej lubił ten stan, gdy kobiety lub podejrzani czują się zakładnikami jego uprzejmości.

– Ale ja powiedziałam panu już wszystko. Było ciemno i… Pokażę panu! – Krystyna Kusik wzięła kawałek szarego papieru i zaczęła rysować ołówkiem twarz niczym z filmu Pabsta. Facet wyglądał nierealnie, zwracały uwagę tylko dziwnie małe oczy, zmrużone i nerwowo reagujące na światło mrugającej na klatce schodowej żarówki. Sądząc z opisu, mógłby to być niemal każdy, poczynając od Zielnego, a kończąc na Korczu-Jasnockim i Borowiku. Ten ostatni do układanki komisarza pasował jednak najbardziej.

– Pani ładnie rysuje – zauważył Maciejewski. Po chwili sklął się w duchu za tę uwagę. Ładnie czy nieładnie, Krystyna Kusik to wyłącznie jego źródło informacji, nic więcej!

– Tak po dziecinnemu. – Machnęła ręką, niby od niechcenia wskazując kilka niepozornych widoczków przy drzwiach do pokoju. Komisarz rozpoznał Bramę Krakowską, Ogród Saski i Kościół Dominikanów. – Pomagam trochę jednemu chłopcu z sąsiedztwa w pracach domowych, z rysunków i z polskiego.

– Ale rozpoznałaby pani tego człowieka, gdyby go zobaczyła? – Zyga złożył ekspresjonistyczny rysunek i wsadził do wewnętrznej kieszeni marynarki.

– No chyba tak! – powiedziała z przejęciem krawcowa, po czym zamyśliła się głęboko. – Coś słodkiego? – wypaliła nader gościnnie, podstawiając Maciejewskiemu bombonierkę.

Rzeczywiście, na słodycze nabrał szczególnej ochoty. Mógłby miętosić nieogolonym pyskiem jej pełne usta i apetyczny dekolt...

– Dziękuję. – Wziął kawową, rozpakował i ugryzł. Nie była zła, ale dziesięć złotych? Stanowczo przepłacił, chociaż w funduszu operacyjnym były jeszcze środki.

Krystyna Kusik nader ponętnie rozmazała sobie czekoladę na ustach.

– Pyszne! Panu też smakuje? – znów podsunęła bombonierkę.

By nie narobić głupstw, Zyga pospiesznie włożył resztę czekoladki do kieszeni.

– Będę prowadził swoje śledztwo i prędzej czy później coś odkryję – zapowiedział. – Natomiast ci ludzie, którzy kazali pani kłamać, zaczną się bać, a wtedy mogą być do wszystkiego zdolni...

– Ja nie wiem, o co tu chodzi! Ja nie chcę wiedzieć! – zapewniła.

– Poproszę panią o nieoficjalne rozpoznanie. Gdy będę miał jakieś podejrzenia, poproszę panią, by przeszła obok tego człowieka ulicą albo usiadła obok w kawiarni. On się nie zorientuje, a ja będę miał pewność.

– Dobrze, ja panu ufam – kiwnęła głową i jeszcze się uśmiechnęła. Idiotka!

To było ponad wytrzymałość Zygi, tak w zakresie jego doświadczenia śledczego, jak i prywatnego, całe szczęście spodnie miał na tyle luźne, by ukryć nader niesłużbowe instynkta…

– Do widzenia. – Sięgnął po kapelusz. Płaszcz włożył już na klatce schodowej.

Uciekał, ale miał nadzieję, że młoda krawcowa o kuszących kształtach i nazwisku nie była tego świadoma.

*

Lublin, 13 listopada 1936 roku

Panna Anna Szpetówna pracowała w miejskiej bibliotece dopiero niecały rok, ale pochlebiała sobie, że ledwie spojrzy na wchodzącego do czytelni, a już wie, po jaką prasę sięgnie lub jaką książkę zamówi z magazynu. Zawdzięczała to lekturom powieści psychologicznych (o których chętnie opowiadała, a raz nawet napisała list do „Wiadomości Literackich"), detektywnych (o których nie opowiadała nikomu, bo to mimo wszystko wstyd, mimo że wielu jej znajomych też czytywało „Tajnego Detektywa"), jak i wreszcie ojcu adwokatowi, przez którego gabinet przewinęło się wielu hochsztaplerów.

Jednakże tego dnia, gdy rano, zaraz po otwarciu czytelni, podszedł do niej niechlujny mężczyzna w przybrudzonej marynarce, postawny i kiedyś pewnie całkiem przystojny, panna Anna stanęła przed trudną zagadką.

– Na początek „Skrzydlatą Polskę", dwa ostatnie roczniki, i księgę *Ku czci poległych lotników* – powiedział ku jej zdziwieniu. Poskrobał zarost na brodzie. – Aha, i „Polskę Zbrojną" od początku roku – dodał takim tonem, jakby miał na myśli: „Aha, królowo, i jeszcze małe piwko". Po czym wpisał się do księgi nonszalanckimi kulfonami: *Zygmunt Maciejewski, pracownik umysłowy* (znamionującymi siłę woli, co wyczytała gdzieś Szpetówna).

Wypełnił rewersy na archiwalne roczniki tak szybko, jakby tu bywał codziennie. Usiadł obok emerytowanego profesora Dubiela, który w czytelni miał niemal drugi dom, bo podobno pisał biografię Łopacińskiego, fundatora biblioteki. Panna Anna nie lubiła go, odkąd teatralnym szeptem zaczął jej tłumaczyć, że Łopaciński wcale nie wypadł z bryczki na skutek wypadku, ale był to zamach żydokomunistycznych terrorystów. Szpetówna nie miała semickich rysów, z włosami w kolorze ciemny blond i znakomitą, literacką wymową swobodnie mogła uchodzić za Polkę, więc profesor pewnie nie wiedział, z kim ma do czynienia. Niemniej gdy nowy czytelnik bezceremonialnie odsunął jego zapiski zajmujące półtorej stolika, a potem zgasił protesty spojrzeniem zawodowego mordercy, podekscytowanej bibliotekarce o mało nie spadł na podłogę stary numer „Teatru i Życia Wytwornego".

Tymczasem Maciejewski w przeraźliwie amerykańskim tempie wertował księgę *Ku czci poległych lotników*. Zupełnie jakby wcale jej nie czytał, ale szukał czegoś między wersami. Wydał się pannie Szpetównie tajemniczy i przez to jeszcze bardziej interesujący. Gdyby tak go rozgryźć!... Z kolei przy artykułach w „Skrzydlatej Polsce", które chłopcy z gimnazjum połykali jak ona „Wiadomości Literackie", Maciejewski wyraźnie się zatykał i tracił wątek. Czasem mijał kwadrans, a on tylko trzymał pióro między palcami, jakby to był papieros, i nawet nie odwrócił strony. Zaraz, czy miał na palcu obrączkę?, próbowała sobie przypomnieć bibliotekarka.

– Dzień dobry pani – wyrwał ją nagle z zamyślenia aksamitny głos.

Nie usłyszała otwieranych drzwi! Dlatego teraz z głupią miną pensjonarki spojrzała na przystojnego mężczyznę z ekscentrycznie kolorowym krawatem, włosami błyszczącymi od brylantyny i czerwonym, zakatarzonym nosem.

– Pan życzy sobie... prasę? – bąknęła.

– Proszę pani, nie śmiałbym powiedzieć, czego sobie życzę. – Gestem filmowego amanta poprawił fryzurę, po czym kichnął. – Tymczasem mam tylko dwa słowa do tego pana. – Wskazał pogrążonego w lekturze Maciejewskiego.

Panna Anna powinna była zaprotestować, w końcu czytelnia to czytelnia, ale czy sprawił to narkotyczny zapach wody kolońskiej, czy zwierzęcy magnetyzm kolejnego nieoczekiwanego gościa, dość że siedziała bez słowa i patrzyła, jak elegant siada na brzegu krzesła obok niechlujnego znajomego. Szepnął mu coś, podsuwając złożoną kartkę. Wyglądali jak szef gangu z Chicago i jego zaufany cyngiel. „Jest dla ciebie robota, Tommy Gun. Na mokro", mówił pewnie ten młodszy, elegancki. „*Okay*, Johny, ten facet jutro będzie martwy", odparł bez wątpienia Maciejewski. Tylko czyje nazwisko było na kartce? Dubiela?! Na tę myśl panna Szpetówna zachichotała cicho.

Albo to handlarz kobietami!, bibliotekarka wpadła na pomysł innej intrygi. Wybrylantynowany stręczyciel i jego rozmiłowany w przemocy, sadystyczny wspólnik. Nos złamali mu konkurenci podczas wojen alfonsów, ale on, chociaż cały okrwawiony, podusił wszystkich gołymi rękami. Jednakże w takim razie ich upatrzoną ofiarą mogła być tylko ona, jedyna kobieta w czytelni!

Maciejewski sięgnął do kieszeni, zaszeleściło pazłotko. I panna Szpetówna znów nie mogła się nie uśmiechnąć, bo oto mężczyzna, który urósł w jej oczach do postaci bezwzględnego przestępcy, wpakował sobie do ust czekoladkę. Jak mały chłopiec!

Nim minął kwadrans, bibliotekarka miała już w głowie pomysł na elektryzującą powieść sensacyjno-erotyczną. Bandycka szajka porywa dziewczynę, nowoczesną i zarabiającą na swoje skromne potrzeby, jednakże córkę znanego adwokata. Początkowo chcą sprzedać swą ofiarę międzynarodowemu gangowi przemycającemu młode kobiety z Polski do Argentyny, ale szef elegancik wpada na pomysł, by zażądać okupu od jej ojca. Ojciec, dzięki swym rozległym kontaktom i wśród stróżów prawa, i w przestępczym półświatku, napuszcza na porywaczy brygadę pościgową policji oraz inną bandę bezwzględnych kryminalistów. „Zabij ją!", rozkazuje szef, kiedy są już w potrzasku, otoczeni. „Prędzej ciebie zabiję", wypluwa pogardliwie Zygmunt Maciejewski, a w jego oczach pali się ogień zbrodni i namiętności. Wybucha walka między niedawnymi wspólnikami, wybucha skrywana miłość przestępcy i jego ofiary. Razem uciekają do Brazylii, gdzie...

Skrzypnęły cicho drzwi i panna Szpetówna musiała oderwać myśli od swej przyszłej głośnej powieści. Stał przed nią umundurowany policjant z paskiem czapki pod brodą, na służbie. Zasalutował.

– Przyszedłem po... – rozejrzał się po bibliotece. – Po tego pana – wskazał czytelnika, który w umyśle Anny rozpoczął kryminalną gonitwę myśli.

Aresztuje go!, bibliotekarka ledwie mogła ukryć podniecenie. Niestety policjant zasalutował służbiście „pracownikowi umysłowemu" i nachyliwszy się, powiedział mu kilka zdań.

Maciejewski pospiesznie zebrał swoje notatki.

– Pan już zwraca czy odłożyć? – zapytała panna Szpetówna.

– Dziękuję, zwracam. – Spojrzał prosto na nią i tylko dobre wychowanie córki adwokata sprawiło, że nie wybuchła śmiechem.

Jego usta były wymazane czekoladą.

*

Lublin, 13 listopada 1936 roku

Zimny wiatr szarpał chałaty Żydów, którzy mimo zimna rozprawiali z ożywieniem pod sklepami przy Lubartowskiej, nie wygnał też z rogów ulic wiodących ku Staremu Miastu tragarzy oczekujących zarobku. Maciejewski wolał pójść do fabryki Świąteckiego piechotą, żeby mieć czas jeszcze raz ułożyć sobie wszystko w głowie.

Coraz bardziej się przekonywał, że w każdym Wydziale Śledczym powinna być osobna sekcja do czytania książek, a zwłaszcza gazet. Gdy przejrzał kilka roczników „Skrzydlatej Polski" i księgę *Ku czci poległych lotników*, wiedział o Rossowskim więcej, niż gdyby na tydzień założył mu obserwację. Wzlot w 1920, kariera i upadek na początku lat trzydziestych – to wszystko było między wierszami. Wiele mówiły także fotografie. Ostatnia z nich, w księdze *Ku czci…*, szczególnie zastanowiła komisarza: podczas gdy inni oficerowie mieli wypisane na gębie jedynie męstwo i zadowolenie z życia, u tego szczupłego facet o pociągłej twarzy i szerokim czole, mimo pełnej gali orderowej pod szyją i na piersi, brwi wisiały ponuro na skraju łuków ocznych, dolna warga wywijała się despotycznie jak u obrażonego dziecka, a w oczach widać było podobną niepewność, co na zdjęciach do policyjnej kartoteki. Z kolei w jednym z niedawnych numerów „Skrzydlatej Polski" Rossowski, teraz konsultant lotniczy w lubelskiej fabryce wyrzutników bombowych Świąteckiego, w cywilnym garniturze wyglądał na starszego o co najmniej kilkanaście lat. Zaczesane do tyłu czarne włosy wyraźnie się przerzedziły, oczy zapadły. I sutenerski wąsik opadał niżej, jakby z braku munduru nie poczuwał się już do obowiązku prezentowania wysokiego morale.

Oczywiście dwa źródła to za mało, by śledczy z projektowanej przez Maciejewskiego sekcji czytelniczej mogli ustalić wszystkie powiązania weterana ostatnich wojen. Nie od rzeczy był także „Express Lubelski", ulubiona gazeta Zygi. Dzięki jego regularnej lekturze pamiętał dobrze, że kilkanaście lat temu inżynierowie Rudlicki i Świątecki byli filarami myśli technicznej lubelskiej fabryki samolotów. Potem Świątecki założył własną firmę i zatrudnił Rossowskiego jako fachowca. Dlaczego nie przeszkadzały mu niewygodne poglądy pułkownika na temat Dowództwa Lotnictwa? Na to pytanie znów odpowiedziała „Skrzydlata Polska" – fabryka Świąteckiego nie produkowała dla polskiej armii. Mimo że lubelskie wyrzutniki były proste, tanie i niezawodne, większość produkcji szła na eksport, podczas gdy polskie lotnictwo wolało kupować drożej od Francuzów. Mocarstwo na dorobku może sobie wszak pozwolić na zbytki…

Budynek, w którym od niedawna Świątecki miał swój zakład, Maciejewski dobrze znał, w końcu miał przykrość być kierownikiem II Komisariatu w kamienicy tuż obok. Nie potrafiłby jednak wymienić wszystkich mniejszych i większych wytwórni, które się tu mieściły, odkąd zlicytowano pierwszego właściciela, fabrykę wag Hessa. Pamiętał tylko Wajca, wytwórcę opakowań.

Zyga już dochodził do komisariatu, gdy minął go jasnoszary fiat i zatrzymał się kilkanaście metrów dalej, przy bramie fabryki. Maciejewski w pierwszej chwili nie zwrócił uwagi na auto, ale gdy kierowca otworzył drzwi, śledczy cofnął się błyskawicznie w stronę najbliższej bramy. Może nie od razu poznałby pułkownika Rossowskiego, któremu kapelusz zasłaniał znaczną część twarzy, gdyby nie charakterystyczny włoski wąsik. Komisarz spojrzał też na tablicę rejestracyjną: LB 75 112, takie same numery, jakie podał mu Zielny.

– A pan kogo uważa? – usłyszał nagle za sobą.

Odwrócił się. Przed nim stał baryłkowaty dozorca, sprawiający wrażenie, że gdyby nie miotła, którą się podpierał, przewróciłby się i potoczył po bruku niczym bilardowa kula. Za to wąsy, równo przycięte na szerokość nosa jak u urzędnika starej daty, dodawały mu nadzwyczajnej powagi. Prawdziwe wąsy lubelskie, uznał Zyga, nie to co u Rossowskiego. Kanclerz Rzeszy Niemieckiej też wygląda na takiego, co goli się u tutejszych fryzjerów.

– Pana Adolfa – powiedział z powagą Maciejewski. – Mieszka tu pan Adolf?

– Nie ma tu żadnego pana Adolfa! – Cieć zaszurał miotłą. – I proszę stąd iść, to jest brama, nie jakaś poczekalnia!

– W bramie to się sprząta. – Zyga przykucnął i podniósł nadżarty rdzą gwóźdź, który już jakiś czas musiał leżeć między płytami chodnikowymi.

Nie czekając na replikę dozorcy, komisarz dotknął ronda kapelusza i ruszył w stronę zaparkowanego przy krawężniku samochodu. Pułkownika Rossowskiego już nie było, zapewne wszedł do fabryki. Natomiast Maciejewski przypatrzył się ze wszystkich stron wypieszczonemu fiatowi, co najmniej jakby zamierzał go kupić. Potem rozejrzał się, czy nikt go nie obserwuje, zwłaszcza cieć, kucnął i z zamachem wbił w oponę podniesiony z chodnika gwóźdź. Po czym najspokojniej w świecie pchnął drzwi II Komisariatu.

*

Tak, bez wątpienia, panie Raczek... – Starszy przodownik Wojciech Koszałka pogładził się po równo przystrzyżonych wąsach i spojrzał ze śmiertelną powagą na przesłuchiwanego. – Kłóciliście się o cenę owsa i nagle Szaja Szperl wziął i się przewrócił, ponieważ nade wszystko pragnął poleżeć na wznak. A to ciekawostka!

– Że niby pragnął?... – Cuchnący jak gorzelnia furman poruszył się na krześle, wreszcie zarechotał ze zrozumieniem. – Pan władza sobie żartuje.

– Ale na wznak się przewrócił? Czyli na plecy? – drążył Koszałka.

– Było dokładnie, jak pan władza mówi – kiwnął głową przesłuchiwany. – Na plecy. Nie dotknąłem nawet tego Żyda! Mizerota taka, przecież jakbym go uderzył, to trup na miejscu.

– Pańskie szczęście, nie trup, tylko uszkodzenie ciała. – Przodownik spojrzał groźnie. – A w jaki to sposób, upadając na plecy, rozbił sobie nos? Bo bardzo mnie to ciekawi...

Furman zamyślił się głęboko nad swoją odpowiedzią do protokołu, ale wybawił go z opresji jakiś cywil, który zajrzał do ciasnego pokoju kierownika komisariatu. Nieogolony, z krzywo zrośniętym nosem, złamanym pewnikiem w jakiejś bójce, wyglądał na bandytę, takiego, co za samą mordę glina bierze do komisariatu.

Świadek?, przestraszył się Raczek. Eee, gdzie tam!

W głowie mu nawet nie postało, że przodownik wstanie i zamelduje się zbirowi. I jeszcze nazwie go komisarzem.

– Zastępuje pan kierownika? – uśmiechnął się tamten. – Bardzo dobrze, z Rumowiczem bym się nie dogadał. Mogę pana prosić na dwa słowa?

Posadzony na twardej ławie furman pod okiem dyżurującego posterunkowego szybko się zorientował, że nie będą to wcale dwa słowa. Ale i dobrze, Raczek postanowił wykorzystać ten czas na przemyślenie zeznań. Niestety w komisariacie było zbyt ciepło i cicho, więc ledwie wyciągnął wygodnie nogi, smacznie zachrapał.

Tymczasem Maciejewski, obejrzawszy pobieżnie swój dawny gabinet, teraz zdecydowanie bardziej uporządkowany, zajął miejsce przesłuchiwanego furmana.

– Ma pan zdolności aktorskie, panie przodowniku? – zapytał.

– Mam zagrać Świętego Mikołaja w świetlicy policyjnej? – Koszałka poruszył wąsem. – Tylko, panie komisarzu, nie wiem, co na to Nowak. To w końcu jedna z niewielu rzeczy, jakie mu wychodzą.

– Szkoda że byliście oddelegowani, akurat gdy ja tu kierownikowałem, bo widzę, że szybko dojdziemy do porozumienia. – Zyga przysunął się z krzesłem bliżej biurka. – Sprawa jest krótka: przed fabryką Świąteckiego stoi fiat z przebitą oponą. Pan „na już" zorganizuje mi podejrzanego, jakiś obdarty łobuz, niekoniecznie rozgarnięty. A ja wezwę właściciela na konfrontację.

– Tu? Do mnie? – upewnił się przodownik.

– Tak będzie szybciej. Zajmę pański gabinet na jakieś pół godziny.

– Gabinet! – Koszałka parsknął krótkim śmiechem. – A to ciekawostka! W komendzie głównej to nawet klozety mają pewnie większe. A jakieś kwity z tego robimy? – zapytał rzeczowo.

– Żadnych kwitów, to biorę na siebie.

– Faktycznie, z Rumowiczem by panu tak szybko nie poszło. – Przodownik wstał i sięgnął po czapkę. – Oczywiście podejrzany nie będzie panu potem potrzebny?

– Pański komisariat, pański klient. – Maciejewski rozłożył ręce jakby na dowód, że nie ukrywa żadnego asa w rękawie.

Bo też żadnego nie miał, co uświadomił sobie z mocą, gdy Koszałka wyszedł na poszukiwania kozła ofiarnego. A żeby glina porozmawiał sobie z przedstawicielem elity polskiej armii, nawet pozostającym w niełasce, musiał mieć naprawdę dobre argumenty.

*

Mówi podkomisarz Maciejewski z Wydziału Śledczego. Tak, ze Śledczego. – Zyga przełożył słuchawkę do drugiej ręki. Pryszczaty, rozczochrany chłopak posadzony przez przodownika Koszałkę na ławie naprzeciw dyżurnego spoglądał na policjantów już zdrowo wystraszony. Obok niego Raczek wydłubywał brud spod paznokci. – Bardzo proszę o sprawdzenie, czy ktoś z państwa pracowników albo klientów jest właścicielem niebieskiego fiata o numerach LB 75 112. Słucham?… Więc niech pan zapyta. Telefonuję, bo ów wóz stoi uszkodzony pod państwa zakładem, a ja prawdopodobnie mam sprawcę… Tak, czekam na II Komisariacie, do widzenia. – Oddał słuchawkę dyżurnemu, ten odwiesił ją na widełki.

– No i widzisz, synek? Po co ci to było? – Koszałka smutno pokiwał głową. – Ojciec będzie płacił za koło, a ty przez miesiąc na tyłku nie usiądziesz.

– Ale ja nic nie zrobiłem! – Chłopak podniósł się. Za duża kurtka, pewnie po starszym bracie, wisiała mu prawie do kolan.

– Siadaj, synek. – Policjant położył mu ciężką dłoń na ramieniu. – Sam powiedz, ostrzegałem czy nie ostrzegałem? Wagary, wystawanie na rogu, kolegowanie z łobuzami... To się zawsze źle kończy.

– Ja nawet nie wiem, o jakie auto panu władzy chodzi.

Komisarz poczuł sympatię do dzieciaka. To z takich wyrastają potem ci charakterni młodzi Żydzi, którzy tłuką się z korporantami katolickiego uniwersytetu.

– Wystarczy, że ja wiem – powiedział jednak chłodno. – Widziałem, jak się kręciłeś przy fiacie.

– Pan? – Chłopak spojrzał na Maciejewskiego zdezorientowany.

– I po co ci to było, Szymku? Ojciec, matka ciężko pracują na kawałek chleba, a ty się z łobuzami włóczysz. – Tego tonu, coraz bardziej uroczystego, piętnującego grzechy świata, mogliby się od przodownika Koszałki uczyć alumni. – Najpierw chcesz się popisać przed kolegami, potem nauczą cię kraść, poprawczak, pierwsza odsiadka...

Przodownik najwyraźniej zamierzał przy okazji tej małej inscenizacji zrobić masę roboty prewencyjnej, ale Maciejewski nie miał ochoty słuchać, jak od pierwszej odsiadki przechodzi do drugiej, trzeciej, recydywy i szubienicy.

– Gdy przyjdzie właściciel auta, proszę go skierować do gabinetu. – Uchylił barierkę oddzielającą urzędową część komisariatu od tej dla interesantów i skierował się korytarzem do swojego dawnego pokoju. Czy raczej swej dawnej celi.

Spisanie zeznań nie trwało długo, zwłaszcza że pułkownik Rossowski nie miał nic do powiedzenia. Szymona Fajga widział pierwszy raz na oczy, podobnie jak dowód rzeczowy w postaci gwoździa, który komisarz Maciejewski położył przed nim na biurku.

– Przecież go nie oskarżę, skoro nie złapałem za rękę – powiedział. – Poza tym w wozie są dwa koła zapasowe.

– Skoro tak, to proszę podpisać. – Maciejewski podał mu blankiet, na którym przytomnie nie umieścił numeru kancelaryjnego. Dokument miał zniknąć zaraz po wyjściu pułkownika.

Rossowski zamoczył pióro i lekko skrzypiąc stalówką, złożył podpis.

– Skoro to wszystko... – Wstał i sięgnął po kapelusz.

– Właściwie tak... – Maciejewski również podniósł się z krzesła. W ciasnym gabinecie to wystarczyło, by zatarasować drzwi. Komisarz zmarszczył czoło w głębokim namyśle. – Pan mnie pewnie nie pozna, panie pułkowniku?

– A powinienem?

Brwi lotnika uniosły się, równocześnie jednak jego usta wykrzywił nieprzyjemny grymas, dobrze znany Maciejewskiemu. O tak, jakże to niestosowne, żeby oficer polskiego wojska przyznawał się do jakichkolwiek kontaktów z gliną, tajniakiem, szpiclem! Co na to honor i etos frontowca?! Lecz właśnie na tym etosie Zyga postanowił zagrać.

– Pamiętam pana z frontu. Wykosił nam pan trochę bolszewików pod Żytomierzem.

– A tak, tak... – Na twarzy byłego wojskowego komisarz wciąż widział zaskoczenie i niedowierzanie, ale puchła już powoli podłechtana ambicja. – Być może... Rzeczywiście, był i Żytomierz. A pan był podporucznikiem?

– Podchorążym. – Zyga skromnie spuścił głowę i nawet nie zełgał: – 132 pułk piechoty. – Nie dodał tylko, rzecz jasna, że akurat jego pluton czyścił Polesie z niedobitków i dezerterów, nie dotarł z piątą dywizją choćby pod Kowel, a co dopiero pod Żytomierz. – A pana pamiętam z powodu czapki.

– Lata się w haubie, proszę pana. – Lotnik spojrzał na Maciejewskiego z rozbawieniem. Dobry znak, stracił czujność, teraz fikołek, czy jak oni tam nazywają te podniebne ewolucje, i na koniec celna seria z kaemu!

– Nie będę się spierał z pilotem. – Zyga włożył rękę do kieszeni, ale nie znalazł tam papierośnicy. Musiała zostać w domu. Częstować pułkownika z pogniecionej paczki?... Nie, nie wypada. – Ale pod haubą miał pan sowiecką czapkę z czerwoną gwiazdą. Pamiętam, bo bardzo nas to zaskoczyło. – Ciągnął, podpierając się wynikami bibliotecznego śledztwa.

– A tak, na wypadek, gdybym musiał lądować za liniami wroga – pokiwał głową Rossowski.

– Potem wysiada pan z samolotu i pamiętam jak dziś, wyjmuje trzy mauzery.

– Brałem dwa mauzery i półautomatycznego winchestera – poprawił komisarza pułkownik. Niecierpliwym ruchem zmiął rondo kapelusza, po czym nagle zupełnie się uspokoił. – Po co pan udaje, że nie pamięta? Przecież nigdy mnie pan nie widział, a te kowbojskie rewelacje wyczytał w księdze *Ku czci poległych lotników*, i to pewnie całkiem niedawno.

Maciejewski nie pokazał po sobie zaskoczenia, jednak fangę dostał celną.

– Rzeczywiście, nie o wojnie bolszewickiej chciałem z panem rozmawiać... – powiedział, namyślając się, jaką rolę teraz zagrać: komiczną czy dramatyczną.

Zapewne zdecydowałby się na tę drugą, gdyby nie przypomniał sobie zadowolonej gęby Korcza-Jasnockiego, ledwie opierzonego oficerka, który nigdy nie był pod ostrzałem, a pewnie i w samolocie dawno nie siedział. Komisarz nie cierpiał wojskowych, to fakt, dostrzegał jednak subtelną różnicę między frontowcem a karierowiczem.

Sięgnął do kieszeni i wyjął „Express" z artykułem cytującym Rossowskiego.

– Komuś to się nie spodobało? – zapytał wciąż spokojnym głosem emerytowany oficer, ale jego dłonie mocniej zacisnęły rondo kapelusza.

– To raczej pytanie retoryczne, panie pułkowniku – pokiwał głową Zyga. – Ważniejsze, co z tym fantem zrobimy…

*

Koszałka wypuścił już Szymona Fajga i właśnie zdawał służbę przodownikowi Nowakowi. Powstrzymał się nawet od komentarza, że Nowak, stary pierdoła, który pracy w policji uczył się jeszcze za cara, całą swoją uwagę, zamiast dziennikowi służby, poświęcał maszynce spirytusowej i herbacie. Za bardzo był ciekaw, co wymyślił komisarz.

Kiedy otworzyły się drzwi gabinetu i wypadł z nich najpierw pułkownik, a za nim Maciejewski, miał nadzieję na ciekawy finał.

– Niech pan nic nie mówi! – Rossowski odwrócił się i rozkazująco wymierzył palec w komisarza. – Jeszcze słowo, a spotkamy się w sądzie. Bo w wypadku tak zwanego policjanta… – zakładając kapelusz, zmierzył wzrokiem także dwóch mundurowych – kodeks honorowy nie ma zastosowania.

Nowak omal nie oparzył sobie palców wrzątkiem. Koszałka zacisnął zęby, aż zabolał go niedoleczony trzonowiec. Tylko

Maciejewski nie zrobił nic: nie odezwał się, nie poruszył, stał jak wmurowany w wytartą licznymi butami posadzkę II Komisariatu.

– Panie komisarzu – odezwał się cicho przodownik Koszałka.

– Tak? – wyrwany ze stuporu Maciejewski spojrzał na niego, jakby pierwszy raz się widzieli.

– Jeżeli pan będzie chciał złożyć w tej sprawie raport, to mogę świadczyć.

– Dziękuję – uśmiechnął się blado komisarz – ale wolę iść do domu niż pisać raporty.

Dotknął palcem ronda kapelusza i wyszedł.

*

Pamiętałeś kupić bilety? – zapytała Róża.

Maciejewski podniósł wzrok znad talerza, na który dopiero co nałożył sobie wędlinę. Niby pielęgniarka, a nie wie, że gdy kogoś denerwować przy jedzeniu, wrzody żołądka gotowe?

– Pamiętałem – skłamał – ale nie miałem dziś czasu.

– Jak to nie miałeś czasu?! – Marczyńska zrobiła się czerwona na twarzy i jednocześnie jakby większa. Tak się rozdąć potrafią ryby żyjące na dnie oceanu, których rysunki Zyga widział w „Expressie". – Wczoraj nie miałeś czasu, dzisiaj nie miałeś czasu!

Komisarz kiwał potulnie głową, ale starał się nie myśleć o niczym oprócz kromki, którą trzymał w ręku. Zimne masło zamiast łagodnie kleić się do chleba, zrobiło w miąższu dziury. Tak właśnie wyglądałaby jego gliniarska ambicja, gdyby zeszmacił się współpracą z Dwójką. A że wciąż będzie miał dwie gwiazdki? Dwie gwiazdki też dla ludzi.

– Kupię jutro – obiecał Róży.

– Lepiej nie – fuknęła. – Sama kupię. Dlaczego nie jesz?

Faktycznie, sam nie rozumiał, dlaczego nie smakowała mu świeża szynka ani kiełbasa myśliwska. Zupełnie jakby zabrakło jakiejś ważnej przyprawy.

– Może wypijemy po kieliszku? Na zgodę? – zaproponował.

– Od przedwczoraj nic nie piłeś i już cię nosi?

Spojrzał na Różę z wyrzutem, ale nic nie powiedział. Zresztą miała rację, faktycznie go nosiło.

– Będę musiał jeszcze wyjść wieczorem. Służbowo – dodał.

*

Jak burą sukę go, z przeproszeniem pana komisarza, potraktował – poważnie pokiwał głową przodownik Nowak. – Jak to wojskowy.

– Jesteś pan pewny, że to był pułkownik Rossowski? – Borowik podniósł kołnierz grubego wełnianego płaszcza. Do bramy wśliznął się wyleniały kundel, ale Nowak pogonił go kopniakiem.

– Był przy tym Koszałka, panie komisarzu. Może potwierdzić.

Rossowski? Były pilot oblatywacz? Po jaką cholerę potrzebny był Maciejewskiemu? Przecież o Susku nic nie może wiedzieć... Może i dobrze. Fałszywy trop, tego im trzeba!

– Tylko żeby nie było jak z tymi donosami w trzydziestym pierwszym! Bo pamiętaj pan, skoro w przyszłym roku chce pan iść na emeryturę... – śledczy zawiesił głos.

– Przecież zrugał go przy ludziach, wszyscy na komisariacie słyszeli.

– Zobaczy się. Niech pan idzie. – Borowik z obrzydzeniem machnął dłonią.

Nowak zasalutował i wyszedł z bramy.

Śledczy patrzył przez chwilę, jak policjant zmaga się z porywistym wiatrem, który siekł go przez pysk i pluł mokrymi liśćmi. Sam by chętnie wytrzaskał starą mendę po mordzie, ale tym razem menda przekazał ważne informacje.

Komisarz Borowik wcisnął głębiej kapelusz na głowę i ruszył w przeciwną stronę.

*

Zmierzchało, gdy przed kamienicą na Szpitalnej zatrzymał się polski fiat, a z bramy wyszedł Zyga Maciejewski.

– Dziękuję za to przedstawienie na komisariacie, panie pułkowniku – powiedział, wsiadając.

– Cała przyjemność po mojej stronie – uśmiechnął się ironicznie Rossowski. – Ale pan rzeczywiście był podchorążym?

– Byłem – kiwnął głową Zyga – dopóki nie postawiono mnie przed sądem wojennym.

– O, nieźle, nieźle! – Pułkownik wrzucił bieg. Samochód ruszył. – A można wiedzieć za co?

– W pana guście, za honor – zaśmiał się Maciejewski. – Dałem w pysk mojemu porucznikowi.

Koniak i wiśniówka

Nad Mazowszem, lipiec 1931 roku

Pułkownik Rossowski nie dowierzał wtedy maszynom od Plagego i Laśkiewicza. Skrzydlate trumny, mówiło się o montowanych w Lublinie ansaldach, bo rzeczywiście, iluż pilotów przeleciało nimi na tamten świat! Lublin R XIV też się pułkownikowi nie spodobał, chociaż zaokrąglony kształt płata robił niezłe wrażenie, zapowiadał dobrą manewrowość. Niemniej potężne, grube zastrzały podtrzymujące skrzydła, w sam raz dla bombowca, nie maszyny rozpoznawczej, mógłby się założyć, spowodują takie opory, że latać to będzie jak krowa.

Jednakże wystarczyło, że mechanik zakręcił mu śmigłem i zagrał motor, a Rossowski inaczej spojrzał na prototypową maszynę. Czuć w niej było moc, zaś gdy wzniósł się na kilkanaście metrów, miał lepszą stabilność niż w niejednym samolocie sportowym. Po półgodzinnych manewrach w powietrzu był już czternastką zachwycony.

Zrobił beczkę i zadarł maszynę pod ostrym kątem prosto ku słońcu. To było niewiarygodne! Aż pogładził burtę samolotu, który niczym żywa, uskrzydlona istota zdawał się rozumieć każde polecenie. Niejeden dwupłat nie był tak sterowny! W dodatku profil skrzydeł idealnie ocieniał stanowisko pilota, jak parasol, podczas gdy obserwator – Rossowski odwrócił głowę i zerknął na puste miejsce za sobą – miałby teraz pewnie idealny widok na wszystkie strony.

Zresztą i pilot nie miał powodów do narzekań. Pułkownikowi wystarczyło przechylić głowę, a widział równiny Mazowsza. Gdyby wzniósł się wyżej, dojrzałby za statecznikiem Wisłę.

Pociągnął drążek na siebie. Lublin posłusznie zadarł nos i skoczył w górę pod ostrym kątem. Okrywające skrzydła płótno zaczęło furkotać, ostrzegając pilota przed przeciągnięciem. Rossowski ustabilizował lot, zanurkował sto metrów dla nabrania prędkości i przechylił maszynę. Samolot ponownie zrobił idealną beczkę, motor grał miarowo. Pilot zwiększył obroty, znowu ściągnął drążek. Ziemia przewróciła się pod maszyną, pułkownik poczuł krew napływającą do głowy. Rzucił okiem na przyrządy: strzałka wysokościomierza szybko obracała się w prawo, szybkościomierza nieco wolniej w lewo. Na chwilę zanim Rossowski znów zobaczył odwrócony horyzont, oddał stery i uspokoił motor. Zwrot bojowy też wyszedł prototypowi bez najmniejszych problemów, jeszcze tylko półbeczka...

Przeciążenie szarpnęło pilotem, pasy wgniotły się w żebra. Na twarz Rossowskiego wypłynął uśmiech, lewa dłoń zmniejszyła obroty, prawa odruchowo pchnęła lekko drążek, by ustabilizować maszynę.

I w tym momencie uśmiech pułkownika zgasł. Nie dowierzając, że to się dzieje naprawdę, poruszył prawą ręką raz i drugi. Oporu nie było! Puścił drążek, a ten opadł jak uschnięta, bezużyteczna łodyga.

– Jasna cholera! – Rossowski zacisnął kolana, niestety za późno. Drążek wysunął się ze skórzanego kołnierza i omal nie potoczył pod siedzenie. Pilot przydepnął go w ostatniej chwili, drugą nogą wciąż wczepiony w orczyk, teraz jedyny instrument dający mu pozory panowania nad maszyną.

Ta jednak leciała prawie równo. Wyważenie ściągało ją ku dołowi, ale powoli, i to na razie nie niepokoiło pilota. Boże, gdyby ułamek sekundy wcześniej…, pomyślał. Tobym frunął łbem do dołu do usranej śmierci, odpowiedział sam sobie.

Otwór mocujący drążka był nienaruszony, to rzuciło mu się w oczy od razu, a zatem szlag trafił nit! Zmniejszając nieco obroty, przez moment miał wrażenie, że słyszy, jak ścięty sworzeń grzechocze gdzieś pod podłogą. Może spróbować go jakoś wydobyć? Tylko po co?! I tak był bezużyteczny!

Wysokościomierz stał na tysiącu trzydziestu metrach, wskazówka szybkościomierza drżała lekko w okolicach setki. Rossowski zwolnił do osiemdziesięciu kilometrów, zerknął na kontrolkę paliwa. Dość, by jeszcze trochę polatać, o ile nie będzie wiatru. Pułkownik uśmiechnął się pod nosem. Nie wypuszczając drążka, zaczął obszukiwać kieszenie.

Papierośnica, zapalniczka, wieczne pióro…

Motor pracował miarowo, pod kołami przesuwały się poprzecinane zagajnikami pola.

Scyzoryk!

Lotnik ściągnął rękawice i otworzył ostrze. Za grube, ledwie czubek wszedł w otwór drążka. Rossowski obrócił nożyk w dłoniach i podważył paznokciem korkociąg. Cienki, może gdyby go rozprostować…

Chłopskie dzieci porzuciły pasące się krowy i przez pewien czas biegły śladem samolotu. Któreś pomachało pilotowi.

Chustka do nosa, dwadzieścia… Nie, dwadzieścia pięć groszy! Wiele by w tej chwili dał za chłopięce skarby, które upychał w kieszeniach trzydzieści parę lat wcześniej. Wtedy na pewno znalazłby jakiś drut, a jak nie drut, to sznurek, może nawet gwóźdź! Wszystko przydawało się w czasach, kiedy namiętnie budował latawce. Teraz jednak nie miał niczego, czym mógłby chociaż prowizorycznie zastąpić uszkodzony nit.

Powolne opadanie samolotu stawało się już niepokojące. Dziewięćset pięćdziesiąt, dziewięćset...

*

Lublin, 13 listopada 1936 roku

Maciejewski obrócił w dłoni kieliszek. Koniak mu nie smakował, jednak alkohol zawierał, to fakt. Może nawet w domu nie będzie piekła, kiedy wróci i powie: „No tak, Różyczko, musiałem się napić, ale koniaku i w towarzystwie pułkownika lotnictwa".

– I wie pan, o czym pomyślałem, kiedy tak mi się cofały wskazówki altymetru? – Pułkownik ogrzewał trunek płynnymi, flegmatycznymi ruchami. – O mechaniku. Tym samym, który kręcił mi śmigłem. *À propos*, pan wie, jaki numer mechanicy z zespołu Ciołkosza wycięli niedawno inżynierowi Dąbrowskiemu? Ciołkosz to majster od „Żubra", a Dąbrowski pracował kiedyś tu, w Lublinie, a teraz nad bombowcem „Łoś".

– Sądząc po nazwach, myślałbym, że obaj robią w Lasach Państwowych – zakpił Zyga. – A jaki numer wycięli ci od Ciołkosza?

– Drobniutki. Mała nakrętka wrzucona do silnika. – Rossowski wychylił kieliszek do dna. – To co, jeszcze po jednym? Dzięki Bogu, że szlag go trafił na ziemi, przed wzlotem. A pan co tak moczy dziobek jak ptaszek? Na służbie pan jesteś? Jak na służbie, to nie powiem więcej ani słowa.

– Zdrowie pana pułkownika. – Komisarz wypił.

– Koniakiem nie wznosi się toastów, panie policmajster – pouczył go lotnik. Zaraz jednak zaśmiał się i klepnął Zygę w kolano. – A co się będziemy męczyć po francusku?! Jadwisiu! – zawołał na służącą. – Jadwisiu, przynieś nam, proszę, wiśniówki i co tam mamy dobrego.

*

Nad Mazowszem, lipiec 1931 roku
…Osiemset dziewięćdziesiąt, osiemset osiemdziesiąt pięć… Rossowski rozpiął pasy i wcisnął głowę między kolana. Pomagając sobie scyzorykiem, rozdarł skórzany kołnierz osłaniający mocowanie drążka sterowego. Wsadził palec w otwór. Może namaca ten cholerny nit i wciśnie go na miejsce? Byle wylądować… Niczego nie namacał, za to skaleczył palec.

Pióro! Pojęcia nie miał, jak jest zrobione. Ebonit, ale w środku jakieś metalowe części… Niestety tylko stalówka przeszła przez otwór drążka, reszta była za gruba. Trzeba było kupić węższe, damskie! Albo być damą, bo z pewnością miałby chociaż spinkę do włosów…

Albo spinacz! Z nadzieją sięgnął do raportówki. Nie było spinacza, papiery maszyny spięto stanowczo zbyt krótkimi i delikatnymi zszywkami.

Rossowski dał więc spokój nadziejom na umocowanie drążka i zaczął rozglądać się za jakimś lądowiskiem. Małe chłopskie pola, zarośnięte drzewami miedze… Potrzebował jakiegoś nierozparcelowanego ziemiańskiego majątku albo nadrzecznych łąk, niestety Wisłę zostawił daleko za sobą.

Zza horyzontu wyłoniło się duże żółciejące pole. Lekko przesunął ku sobie dźwignię przepustnicy. Osiemset pięćdziesiąt, czterdzieści, trzydzieści…

Pułkownik trzymał w dłoni bezużyteczny drążek niczym talizman i wpatrywał się we wskazania zegarów. Delikatnie manipulując przepustnicą i sterem kierunku, mimo coraz bardziej odczuwalnych prądów powietrza działających na niesterowny samolot, próbował sprowadzić maszynę na upatrzoną ścieżkę lądowania. Latawiec... Jak latawiec... To znał dobrze z dzieciństwa, tylko nigdy w takim nie siedział, chociaż marzył...

Osiemset. Siedemset osiemdziesiąt... Pilot dodał nieco gazu, by mimo wszystko utrzymać kąt w granicach trzydziestu, czterdziestu stopni. Jednakże teraz to już była gra, jak utrzymanie na kursie spadającego liścia. Boże, jeden mocniejszy podmuch...

Pomyślał to w złą godzinę, bo prąd powietrza zakołysał maszyną i najpierw ją podrzucił, by chwilę później cisnąć gwałtownie w dół, zupełnie jakby w powietrzu wytworzyła się próżnia.

Pułkownik pomacał pasy, ale te miał już rozpięte. Rossowski wstał. Trudno, szansa jeden do jednego: albo mu się uda, albo dostanie tylnym usterzeniem w łeb i umrze połamany, ale przynajmniej nie spalony. Przytrzymując się krawędzi kokpitu, skoczył.

Sto jeden, sto dwa, sto trzy, odliczył w myślach, podczas gdy ziemia zbliżała się niebezpiecznie. Szarpnął za uchwyt spadochronu i odetchnął z ulgą, czując gwałtowne szarpnięcie linek. Rozejrzał się za samolotem i omal nie wybuchnął śmiechem. W uwolnionej od ciężaru pilota maszynie zmienił się środek ciężkości. Tak, szła w dół, to widział wyraźnie, ale kąt opadania był o wiele mniejszy. Po chwili samolot zasłoniły drzewa i Rossowski wylądował o kilkanaście metrów od zagajnika, obok pasącego się spokojnie stada czarno-białych krów. Wyplątał się z czaszy spadochronu, zrzucił uprząż z pleców i pobiegł w stronę, gdzie musiała upaść jego maszyna. Ostre pędy jeżyn czepiały się ubrania, nie zwracał jednak na to uwagi.

Minęła minuta, druga, trzecia, piąta... Pułkownik przedarł się przez zarośla, przeskoczył jakąś dziurę, z trudem odzyskał równowagę po zaczepieniu nogą o powaloną brzozę, ale wciąż nie słyszał żadnego huku, żadnej eksplozji. Wreszcie wydostał się na otwartą przestrzeń.

Biegnąc ku kolejnej linii drzew, tratował dojrzewającą pszenicę na swoim upatrzonym lądowisku. Był sam. Chyba. Z przerażeniem myślał, co nastąpi, jeśli jego maszyna spadnie na zabudowania...

Gdy zdyszany przedarł się przez kolejne zarośla, zobaczył coś, czego nigdy by się nie spodziewał. Lublin czternastka, niczym spokojny, znający życie koń, stał na poboczu szosy. Po złamanym śmigle było widać, że wylądował w przydrożnym rowie, ale tak jak stara kobyła dowiezie swego pana do domu, chociażby pijanego w sztok, również ten samolot bezpiecznie osiadł na ziemi bez pomocy pilota.

Zdziwieni byli także chłopi, którzy wytoczyli maszynę z rowu i zaglądali do kabiny, czy nie trzeba kogoś ratować. Nie widząc zaś nikogo, pewnie tym bardziej utwierdzili się w przekonaniu, że przez tę automatykę i aeroplany to krowy mniej mleka dają.

– A niech cię cholera, Rudlicki – uśmiechnął się pułkownik – aleś zrobił maszynę!

Ściągnął pilotkę i rzucił ją na trawę.

*

Lublin, 13 listopada 1936 roku

Podobno to właśnie na cześć mojego lotu przemianowano prototyp z Lublin R XIV na R XIII – zaśmiał się cokolwiek wisielczo pułkownik.

– Jeśli to pana pocieszy, i ja w trzydziestym pierwszym roku spadłem na pysk – powiedział Maciejewski.

– Ale mam nadzieję, nie będzie mi się pan zwierzał – uciął Rossowski ku wdzięczności komisarza.

O kilkumiesięcznej zsyłce z Wydziału Śledczego do komisariatu w dzielnicy żydowskiej ostatecznie mógłby opowiedzieć, było minęło, ale że wdał się w romans z pewną rzekomą córką przemysłowca, w dodatku notowaną...

– Nie będę – kiwnął głową. Zrobił oczami lot rozpoznawczy nad półmiskiem wędlin, nałożył sobie dwa plastry szynki pachnącej jałowcowym dymem. – Interesuje mnie, co myśli pan o wypadku tego „Żubra". Bo jako śledczy kryminalny widzę to tak: ktoś u Plagego i Laśkiewicza dokonał sabotażu na tej trzynastce czy czternastce, którą pan leciał. Praktycznie wszyscy pracownicy przeszli do LWS-u, więc jeśli przeszedł z nimi ten sabotażysta...

– Pan jest krótkowidz! – Pułkownik nalał do kieliszków.

– W żadnym razie... – Maciejewski urwał, by przełknąć kęs wędliny. Że też w policji pije się zwykle pod postnego śledzia! – Wszystko biorę pod uwagę: szaleńca, szpiegostwo...

– A ja idę o zakład, że moją czternastkę uszkodzono na lotnisku mokotowskim. To samo powiedziałem po wypadku żandarmerii i wie pan co?

– Śledztwo umorzono?

– Żeby tylko! – lotnik machnął ręką. – Oczywiście, że umorzono. Sabotaż? W polskiej wojskowej bazie lotniczej? Takie rzeczy się przecież nie zdarzają.

– A się zdarzają? – Komisarz zastygł z uniesionym kieliszkiem.

– Proszę mnie źle nie zrozumieć, w polskim wojsku, zwłaszcza w lotnictwie, nie ma zdrajców – powiedział zdecydowanym tonem Rossowski. – Kanalii jednak nie brakuje. Mnie ten sworzeń ktoś uszkodził, ale nie był to szpieg sowiecki, niemiecki ani nawet japoński, komisarzu! To był patriota jak pan i ja. Tyle że pracujący dla innej firmy lotniczej. Mówiłem już panu o „Łosiu". A iluż kolegów pilotów, zwłaszcza sportowych, zauważało w powietrzu, że wskazania manometru, który jeszcze przed godziną był sprawny, nagle mają się nijak do prędkości!…

Zyga łyknął wiśniówki. Była znakomita, czuć, że domowej roboty, wytrawna i dobrze przegryziona. Jednak w tym momencie smakowała mu państwowym monopolem niczym wódka z czerwoną kartką.

– Niech pan nie patrzy na mnie jak na wariata, komisarzu. – Pułkownik uśmiechnął się kwaśno. – Lotnictwo to droga przyjemność. Tu się traci albo zyskuje grube miliony. Wie pan, dlaczego wyleciałem z wojska? Bo pewien mój towarzysz broni oczyma duszy zobaczył siebie w generalskim mundurze i zaraz wyszedł z niego sukinsyn. Ośmieliłem się pozytywnie zaopiniować nowy projekt usterzenia Rudlickiego, tego samego Rudlickiego, który pracował u Plagego i Laśkiewicza, i bardzo szybko mi uzmysłowiono, że pilot oblatywacz nie jest od wyrażania opinii. O, pan generał Rayski troszczy się o rozwój lotnictwa! Byle chodziło o samoloty z Państwowych Zakładów Lotniczych. Tak to wygląda.

– Pan się na tym lepiej zna – zaczął pojednawczo Maciejewski – ale rozumiem: wojenka między lubelską fabryką i PZL-em. Skoro jednak LWS jest teraz tak faktycznie własnością PZL-u, to co za interes, przepraszam pana pułkownika, szczać na własny klombik?

– Dobre pytanie. Wiem, wiem, to trudno zrozumieć policjantowi. – Rossowski wypił. – Niech pan da kieliszek. Żołnierzowi zresztą też. Ale mówiłem panu, tu nie chodzi o ojczyznę, obronność, bezpieczeństwo polskiego nieba i takie tam rzeczy, o których piszą w gazetach. Tu ciągle chodzi o te miliony! PZL jest teraz praktycznie jedynym producentem wszystkiego, co polskie i lata. Forsę kalkuluje się więc inaczej: do czyjej pracowni napłyną fundusze, kto zostanie głównym konstruktorem, dajmy na to, w tej nowo powstającej fabryce w Mielcu.

– Czyli panowie inżynierowie gryzą się jak psy! – zauważył Zyga. Uprzytomnił sobie, że jeśli ma wyciągać z pułkownika informacje, stanowczo nie powinien więcej pić. Czuł też jednak, że właśnie wszystko zrozumiał: w policji także niejeden utopiłby kolegę za stołek komendanta. – Ale o wypadku pańskiej czternastki powiedział pan: „żeby tylko!". Czyli co się stało oprócz umorzenia śledztwa?

– Tak, z panem to się dobrze rozmawia! – Rossowski sięgnął po butelkę i nalał do kieliszków. – I wie pan co? Oni chyba mieli rację co do pana.

– A mogę zapytać, czego się pan dowiedział od swoich przyjaciół? – Zyga zmarszczył czoło.

– O, bardzo się pan myli! – Błysk w oku Rossowskiego był na tyle podły, aż komisarz zaczął go lubić. – W takich sprawach z zasady nie zasięgam opinii przyjaciół, tylko wrogów. Lubelska ekspozytura kontrwywiadu od dawna ma pana na czarnej liście. Pan podobno sabotuje ich polecenia albo dla odmiany zarzuca jakimiś bzdurnymi doniesieniami. Podobno nawet jakoś pod koniec lat dwudziestych w Zamościu pobił pan oficera.

– Sam się prosił – przyznał komisarz.

– Zdrowie! Dla pańskiej sprawy to się zupełnie nie przyda, ale moja historia jest pouczająca. Niech ją pan sobie przypomni, ile razy będzie pan pchał palce między drzwi. Kiedy odmówiłem wycofania moich zeznań w sprawie uszkodzenia drążka w tamtym prototypie, w żandarmerii zrobili tylko smutne miny i tyle, koniec. Tak by się przynajmniej wydawało. – Rossowski błądził niewidzącym spojrzeniem po półmisku. – Rok później popłynąłem reprezentować Polskę na zawodach lotniczych w Ameryce, w Cleveland. Fakt, nie znam dobrze angielskiego, ale tych kilku komend to się i małpa wyuczy. Tymczasem tak mętnie podano mi wytyczne, że chociaż liczyłem nawet na drugie miejsce, to mnie zdyskwalifikowano. Przeleciałem linię mety, niestety w odwrotną stronę, wyobraża sobie pan!

– W sporcie takie rzeczy się zdarzają – powiedział Zyga, chociaż poza samobójczym golem Unii w przegranym meczu z Pogonią nic nie przychodziło mu do głowy.

– Tak? Jednak gazety pisały o tym więcej niż o moich zwycięstwach w krajowych Lotach Okrężnych. A moi przełożeni mieli świetny pretekst, by w trzydziestym trzecim przenieść mnie w stan spoczynku. „Tylko niech pan nie myśli, pułkowniku, że to ma coś wspólnego z Cleveland", powiedział mi jeden sukinsyn. Dobrze wiedziałem, że nie chodzi o Cleveland. Dobrze wiedziałem, o co chodziło…

Zyga pokiwał głową. Wszystko zrozumiał. Jedyna różnica polegała na tym, że jego odrodzona ojczyzna bardzo uczciwie odrzuciła już przy pierwszym rozczarowaniu, a Rossowskiemu pozwoliła jeszcze chwilę pobujać pod obłokami, zanim rymsnął na pysk.

– Widzi pan, z panem mogłem być szczery, bo pan ma krótkie ręce – powiedział pułkownik. – Króciutkie jak dziecko. Więc tym bardziej niech pan nie pcha palców między drzwi. Cholernie zaboli.

*

Maciejewski w dorożce zasnął. Gdyby jechał z panem Florczakiem, sunące po pustych ulicach auto wywołałoby pewnie w umyśle Zygi wrażenie lotu koszącego, zmusiłoby do czujności. Drynda nie, kolebała. Jednak kiedy dorożkarz zatrzymał się wreszcie pod kamienicą przy Szpitalnej i podał cenę, komisarz wytrzeźwiał w jednej chwili.

– Jakie cztery złote?! – zaprotestował.

– No... z przedmieścia żem się telepał – zaczął tłumaczyć dryndziarz – i po nocy, znaczy nocna taryfa.

– Ja ci dam nocną taryfę, złodzieju! – Maciejewski wytoczył się na chodnik, a dorożkarz sięgnął po bat.

– Zara, zara, pijaku! Bo jak policjanta zawołam...

– Ja jestem policja! – Zyga podsunął mu pod nos swój znaczek służbowy.

– Przepraszam, panie przodowniku, ale... – jęknął woźnica.

Maciejewskiemu już dawno przestało przeszkadzać, że wszyscy go biorą za podrzędnego tajniaka. Na komisarza nie wyglądał: nie ta gęba i nie ten wymięty garnitur. Ale tym razem złość i wódka wytworzyły agresywną mieszankę.

– Dobrze znam taksę! – Zamachał dryndziarzowi palcem. – Nawet nad ranem z Dziesiątej wynosi dwa złote!

– Noc jest, ciemno, ja może coś przegapiłem...

– Noc?! – Komisarz wskoczyłby na kozioł, gdyby noga nie zjechała mu z błotnika. – Noc dla dorożkarza nie zaczyna się według wschodów i zachodów księżyca. Ani innej astrologii! Noc dla dorożkarza zaczyna się według zegarka: o godzinie dwunastej w nocy. Znaczy ... – tylko zad koński sprawił, że Zyga nie wylądował na bruku – ...o dwudziestej czwartej.

– Prrr, Fela! – Dryndziarz uspokoił klacz, która instynktownie szarpnęła. – Ja pana przodownika najmocniej przepraszam. Ten kurs był darmo dla pana władzy…

– Żadne dla pana władzy. Tu chodzi o uczciwość i praworządność! – wrzasnął Zyga.

– I kochaną ojczyznę – rzucił dozorca, który w płaszczu narzuconym na ramiona wyszedł z bramy. – Pan komisarz pozwoli, pomogę. Pójdziemy do domu.

– Zaraz, zaraz… – Maciejewski odepchnął go i wyjął notes. Wielkimi kulfonami spisał numer dorożkarza. – Będziesz pan do końca roku jeździł darmo w tę i nazad, i na Dziesiątą, i na majówkę do Dąbrowy, jak mnie poniesie fantazja. Albo licencję zabiorę! No, to tak czy nie, bo nie mam czasu!

Zachęcony przez dozorcę, dryndziarz kiwnął głową, że tak. Kiwnęła też klacz, chociaż niewiele pewnie zrozumiała z awantury Maciejewskiego. Mimo to komisarza właśnie jej zgoda ujęła szczególnie.

– Mądry konik. – Poklepał kobyłę. – Widać, że nie był w kawalerii.

Sięgnął do kieszeni płaszcza, ponieważ jednak nie mogło tam być ani kostki cukru, ani tym bardziej marchewki, wyciągnął zgniecionego papierosa. Wsadził go sobie do ust.

– Zostaw mnie pan, sam pójdę! – Wyszarpnął się z objęć dozorcy.

Kilka minut później próbował trafić kluczem do zamka drzwi na piętrze oficyny. Niestety jeszcze nie było na tyle późno, by Róża spała.

– Znowu piłeś wódkę – stwierdziła, obwąchując Zygę.

– Ani kropelki – odrzekł ten z tak śmiertelną powagą, że Marczyńska prawie w nią uwierzyła.

– No to czym od ciebie tak czuć?

– Koniakiem i wiśniówką! – rozpromienił się komisarz. Chwycił kochankę wpół, by zakręcić nieco koślawy piruet. – I nie masz pojęcia, jaki dzisiaj zrobiłem dobry interes z jednym dorożkarzem!

*

Lublin, marzec 1945 roku
Duski wrócił z przesłuchania blady jak ściana, ale tylko ze spuchniętą wargą.

Połamałas'a maszyna,
Nie rabotajet motor,
Iz kabiny wyliezajet
W żopu jebanyj szofior

– zaśpiewał ubawiony własnym poczuciem humoru klawisz. – *Tiepier Maciejewskij*! – rozkazał.

– Niech się pan chociaż przeżegna – szepnął mu Duski.

– A co? Na wojnę idę? – mruknął Zyga.

Rosjanin nie zapiął mu kajdanek. Cuchnący trawionym od rana alkoholem, prowadził go krok przed sobą; kilka razy jego kroki straciły rytm, wyraźnie gorzała poszła mu też w kości.

Wystarczy prawy prosty z obrotu, myślał komisarz, zaciskając pięści. Kurdupel! Nie ma broni, ale ma klucze… Otworzyć cele, zanim zjawi się wsparcie. Będzie taki chaos, że klawisze wezwą wojsko, to pewne. Potem podstawić się pod kule i koniec. Żal tylko, że po wszystkim nie zobaczy gęby Grabarza, któremu zepsuje plany na wieczór.

– *K stienu*! – rozkazał Rosjanin. Inny klawisz otworzył im drzwi prowadzące na kolejny oddział.

Za późno! Dwóm komisarz nie dałby rady.

Grabarz nie zaświecił lampą w oczy i ręce kazał mu skuć z przodu. Rosjanin wyszedł. Drzwi dawnej rozmównicy były zamknięte, miejsce przy maszynie do pisania zajmowała młoda protokolantka w workowatym mundurze z dwiema belkami na pagonach.

– Siadajcie. – Major wskazał stołek. – Pisać: „Doprowadzony Maciejewski Zygmunt, syn Jana, urodzony 15 kwietnia 1900 roku" i tak dalej – rozkazał. Za plecami komisarza protokolantka zaczęła stukać w klawisze. – Wiadomo wam, że nowy rząd będzie nacjonalizował fabryki?

– Nie interesowałem się – odpowiedział Zyga. – Nie mam niczego, co obywatel major mógłby znacjonalizować.

– Taaa? – Bezpieczniak zaciągnął się papierosem. W świetle zapałki jego twarz zrobiła się jeszcze bardziej czerwona, wręcz ociekała krwią. – Ale przed wojną prowadziliście sprawy gospodarcze.

– Nigdy, od tego był Urząd Śledczy. Ja tylko łapałem złodziei.

– Łapaliście ich też w lws-ie?

Duski!, zrozumiał komisarz. Przycisnęli go. Z drugiej strony, nie mógł powiedzieć nic groźnego. Na pewno nic groźniejszego niż strzelanina z bezpieczniakami, po której Maciejewski trafił na Zamek.

– W lws-ie? – Zyga udał, że się zastanawia. – Tak, rzeczywiście była taka sprawa, ale chodziło o samobójstwo, nie o żadne szwindle.

– Ty jesteś zużyty prowincjonalny glina. – Major dmuchnął mu w twarz dymem. – Wiesz chociaż, co wtedy przegapiłeś w swoim żałosnym śledztwie?

– Chętnie posłucham uwag fachowca – kiwnął głową komisarz.

– A posłuchasz, posłuchasz! – zarechotał Grabarz. – Wszystko zaczęło się tak naprawdę w maju trzydziestego drugiego w Podlaskiej Wytwórni Samolotów. Podobna historia jak z Plagem i Laśkiewiczem, też wojsko już niby podsuwało im gotowe kontrakty, a ostatecznie mało co kupowało. Polskie Zakłady Lotnicze czekały, czekały, aż kupiły ponad osiemdziesiąt procent akcji PWS-u... No, zgadnij za ile?

– Dziesięć tysięcy? – zaryzykował Zyga. Nie miał pojęcia, ku czemu zmierza ta gra, ale póki bezpieczniak oddalał się od spraw rzeczywiście groźnych i bolesnych, Maciejewski był gotów wysilić resztki rozumu. Mocno zbutwiałego pod celą i jeszcze przesiąkniętego gównem w karcerze.

– I tu jesteście wał! – ucieszył się major. – Nie protokołować, *job twoju mać!* – warknął, słysząc grzechot klawiszy. Jego przekrwione ślepia błyszczały jak światła odblaskowe. – Za dwanaście złotych, dwie flaszki wódki! A na ile, jak myślicie, wyceniono kapitał zakładowy lubelskiej fabryki? Nie zgadujcie, powiem wam: na pięćdziesiąt tysięcy. Co kosztowało przed wojną pięćdziesiąt tysięcy?

– Pięćdziesiąt maszyn do pisania? – rzucił Maciejewski.

– Myślałem, że przeliczycie to na pary butów. – Grabarz złośliwie spojrzał na bose stopy Zygi. – Ale niech wam będzie: pięćdziesiąt maszyn do pisania. Dwa udziały po tysiąc złotych wniósł dyrektor Sipowicz, resztę Podlaska Wytwórnia Samolotów. Zastanówcie się, jakim cudem fabryka warta kilkanaście złotych nagle wniosła czterdzieści osiem tysięcy.

– W wekslach? – rzucił Maciejewski. I przyłapał sam siebie na tym, że naprawdę dał się wciągnąć. Rossowski opowiadał o różnych machinacjach, ale nie od takiej strony.

– Gówno tam w wekslach! – roześmiał się major. Zmiął pustą paczkę po papierosach i cisnął w kąt. Z kieszeni wyciągnął następną. – Sipowicz był dyrektorem LWS-u już w połowie stycznia trzydziestego szóstego, rozumiecie?

Teraz Zyga całkiem się pogubił. Może przez więzienne, wysuszające mózg żarcie? Nie, on naprawdę nigdy nie miał talentu do tego typu afer.

– Nie rozumiem – przyznał.

– Jednak jesteście wał! – Grabarz zniecierpliwił się. – Odwróćcie sobie stołek, na nodze siadajcie! Nie półdupkiem, tylko jak należy! I ciesz się, Maciejewski, że na razie nie każę ci ściągać spodni. Towarzyszka kapral nieciekawa waszej brudnej dupy.

Wychylił się zza biurka i z małpią złośliwością obserwował zaciśnięte szczęki więźnia, chyba nawet słuchał jego oddechu.

– Sipowicz został dyrektorem lubelskiej fabryki, zanim ona jeszcze powstała – ciągnął niespiesznie. – W tym czasie pozwolił rozkraść masę upadłościową. Półprodukty, kable, stal, metale kolorowe wyceniał taniej niż w skupie złomu! I gdzie ty wtedy byłeś, gdzie była policja, Maciejewski? Będziesz mi wmawiać, że zajmowała się złodziejami i samobójcami?

To, co czuł Zyga, z początku nawet nie było bólem. Jakimś przeczuciem hemoroidów. Potem kiszka stolcowa, chociażby nie wiadomo jak zaciskać pośladki, otwierała się, a wąska noga stołka wnikała coraz głębiej. Maciejewski już wolałby dostać w mordę, dać sobie złamać nos, stracić zęby. To byłby ból, który znał i rozumiał. Przypomniał sobie minę Duskiego wprowadzanego do celi…

– Nic nie wiedziałem – jęknął.

– Komisarzem zostałeś! A sam nie wiesz, na jakim gównie pojechałeś?! No to opowiedz mi, co robiłeś od 1936 roku. Potem przejdziemy do kolaboracji z hitlerowskim najeźdźcą i przynależności do akowskiej bandy, do tak zwanej konspiracji niepodległościowej. O napadach na funkcjonariuszy milicji i bezpieczeństwa też pomówimy.

W spodniach Maciejewskiego pierdnął prujący się szew.

– Mnie się nie spieszy. Tobie takoż dzieci nie płaczą – zarechotał major. – A może płaczą?

Róża i dziecko! Zyga zacisnął zęby, ale nie z bólu. Z bezsilności.

– O tym też pomówimy – obiecał sadystycznym tonem Grabarz. – Protokołować! Pytanie: „Czym zajmowaliście się i jakie pełniliście funkcje, poczynając od 1936 roku?".

Wenus z ulicy Chlewnej

Lublin, 14 listopada 1936 roku

Widzi pan władza, co to za kurew? Ledwie wstanie, za kieliszek. By przeżegnała się, wywłoka jedna, podziękowała Panu Jezusowi… – Zażywna siwa kobieta w krzywo, widocznie w wielkim pośpiechu nasadzonym na głowie kapeluszu, byle jakiej jesionce, ale rękawiczkach odświętnych, z satysfakcją wydęła policzki.

Piskliwy sopran wwiercał się komisarzowi w uszy, we łbie zaczęło ostrzegawczo łupać. Nie trzeba było nawet próbować tego pułkownikowskiego koniaku!

– Jak pani chce złożyć skargę, to proszę, imię, nazwisko, zamieszkała… – Znudzony posterunkowy sięgnął po papier i pióro.

– A proszę, proszę! Maria Juszczukowa, Zamojska 9. I pan władza zapisze do protokółu, że ja ją ostrzegałam, mówiłam, że na policję pójdę, ale do takiego wytłuka to nic nie trafia…

Kac sprawił, że Zyga Maciejewski tego dnia nie nadawał się na policjanta, zbyt wiele w nim było współczucia. On też musiał wypić ten jeden kieliszek przed służbą, więc dlaczego dziwka nie mogła?

Spojrzał na nią i naraz zobaczył oczy Róży sprzed pięciu lat, po tym jak przyłapano ją na kradzieży morfiny. Czy i on nie traktował swojej kochanki jak prostytutkę? Wyjątkowo w jego guście, bo i ładną, i za darmo. Nawet nie zauważył jej nałogu. Potem ją rzucił i dopiero tu, w areszcie, w celi numer trzy, zrozumiał parę rzeczy, o których wcześniej nie chciało mu się myśleć...

– I awantury urządza na całą kamienicę! Każdy widzi, że ja tu nad grobem stoję, a taka kurew...

Nie mógł tego słuchać, przymknął powieki. Prostytutka nie, wciąż patrzyła przed siebie, oparta o poręcz oddzielającą urzędową część komisariatu od poczekalni. Ciemne włosy w nieładzie opadały na ramiona. Oczy miała szeroko otwarte, a źrenice... Niemal zupełnie przesłaniały tęczówki!

– Chwileczkę! – Komisarz odsunął pomstujące babsko i chwycił prostytutkę za ramię.

Nie, to nie było tylko sentymentalne skojarzenie rozkroch-malonego kacem umysłu! Ona była nieprzytomna, mimo że prawie trzeźwa.

– O co chodzi? Co zrobiła?

Juszczukowa spojrzała podejrzliwie na wyraźnie wczoraj-szego niechluja ze złamanym nosem. I taki rządzi się w ko-misariacie?

– Proszę odpowiedzieć, kiedy pan komisarz pyta – ponaglił ją posterunkowy, który spisywał skargę.

– A tańczyła, i to na obcasach! – Baba wystukała palcem na poręczy wściekły rytm ni to kankana, ni to jakichś nowo-czesnych podrygów w stylu Isadory Duncan. – Tynk z sufitu leciał. Ja myślałam, że gachów nasprowadzała, ale trudno, idę. A ta sama se skacze jak wariatka! No to za kudły i na komisariat, niech ją władza nauczy.

– Jest przodownik Anińska? – Zyga odwrócił się do mun-durowego.

– Nie, po południu, ale...

– Wysłać kogoś po nią, sprowadzić natychmiast! – rozkazał Maciejewski. – Zatrzymaną na dołek, dać koc...

– O, jeszcze koc dla takiej! – zaprotestowała otyła oskarżycielka.

– Nie przerywać proszę! – osadził ją komisarz. – Koc i wezwać lekarza. Jak przyjdzie, natychmiast mnie wytelefonować. Jak przyjdzie przodownik Anińska, też mnie wezwać.

– Tak jest! – Mundurowy nie rozumiał, dlaczego Maciejewski tak się ożywił na widok pijanej dziwki, która z rozmarzonym uśmiechem kontemplowała portret marszałka Piłsudskiego przekreślony żałobną wstęgą. Skoro jednak wydał naraz tyle precyzyjnych poleceń, to musiało coś oznaczać. – Czy to wszystko, panie komisarzu?

– Wszystko. – Chwycił palcami chudy nadgarstek prostytutki. Dziewczyna nie była nawet świadoma jego dotyku, ale jej puls, na ile Zyga się znał, nie szalał. – Nie, nie wszystko! – Maciejewski puścił jej rękę. – Tylko nie dawać jej do trójki. – Może nie powinien tego dodawać. To co, że właśnie w trójce pięć lat temu Anińska umieściła Różę? Na kacu zbyt wiele rzeczy wydaje się coś znaczyć... – I tak spokojnie dała się zaprowadzić? – Wbił wzrok w otyłą jejmość.

– Jak dziecko. Widać i taka ma jakieś resztki...

Kiwnął głową, nie musiał dalej słuchać. Otumaniona, zupełnie otumaniona... Otworzył bramkę i chciał iść na górę.

– Panie komisarzu, jeszcze jedno – zatrzymał go głos posterunkowego. – Czeka na pana Adam Duski w sprawie Feliksa Suska.

Kac, który przycichł, gdy dzięki Marii Juszczukowej być może uchwycił nić w aferze z narkotykami, teraz znów o sobie przypomniał, ściskając łeb w imadle. O umorzonym Susku nie miał życzenia wysłuchiwać żadnych rewelacji. Korcz-Jasnocki do spółki z Borowikiem przecież go pogrzebali.

Na jego widok księgowy wstał z krzesła i poprawił marynarkę.

– Mam coś do dodania w wiadomej sprawie. – Zbliżył się, miętosząc w rękach kapelusz, i dodał szeptem: – Ja… sobie coś przypomniałem w sprawie Suska.

– Ach tak! – Zyga pokiwał głową.

Był pewien, że Duski i kac to połączenie, które rozłupie mu głowę. Zajrzał do pokoju wywiadowców.

– Przodowniku Zielny – zaczął służbowym tonem – pan zajmie się świadkiem.

– Ale ja bym chciał panu osobiście! – zaoponował Duski.

– Żałuję, niestety osobiście nie mam teraz czasu.

Zielny sprawiał wrażenie niewiele przytomniejszego od dziwki na dołku, ale kiwnął głową i wytarł czerwony nos wielką kraciastą chustką. Duski z ociąganiem usiadł przed biurkiem.

– Do widzenia panom. – Maciejewski zamknął drzwi.

*

Komisarz w żadne rewelacje księgowego nie wierzył, ale nie zmieniało to faktu, że po rozmowie z pułkownikiem Rossowskim sprawa rzekomego samobójcy z lws-u śmierdziała mu jeszcze bardziej. Zyga otworzył notes i wyjął z kieszeni wieczne pióro. Bardzo adekwatnie narysował na środku kartki parujące gówno, nad którym oparci o siebie plecami, kucali tajniak w kapeluszu i oficer w rogatywce, każdy z gołym tyłkiem. Wojskowemu Maciejewski złośliwie dorysował jeszcze kordzik. Odpowiedź na pytanie, kto się na tym łajnie może poślizgnąć, była oczywista. Siebie jednak Zyga nie lubił rysować.

W bezpośrednim starciu z Dwójką nie miał szans. Nokaut w pierwszej rundzie, i to przy założeniu, że przeciwnik okazałby dobre serce. Bo mógłby też zabawić się z komisarzem znacznie bardziej wrednie: upokarzać i męczyć przez całą walkę, by posłać na deski tuż przed ostatnim gongiem, gdy Maciejewski nie będzie już nawet wiedział, jak się nazywa. Podkładanie świni, prowokacje, kontrole, przeniesienie na prowincję...

Dlatego tę sprawę musiał rozegrać po sienkiewiczowsku: „Złapał Kozak Tatarzyna, a Tatarzyn za łeb trzyma". Wciąż miał w zanadrzu jedną kartę: Krystynę Kusik. Gdyby rozpoznała faceta, który skłonił ją do fałszywych zeznań... Zyga nie marzył nawet, by okazał się nim Korcz-Jasnocki, ale jego przyjaciel z Komendy Wojewódzkiej czemu nie. Ten nie odmówi spotkania, za bardzo będzie go gryzło, czy Maciejewski nie wytnie jakiegoś numeru. Tymczasem Zielny sprowadzi Krystynę Kusik. Szkoda że rewelacje pułkownika Rossowskiego nie przydadzą się na wiele, chociaż kto wie, gdy przyjdzie poprzeć fakty jakąś złośliwą aluzją...

I tak to zakończy, zwarciem bez rozstrzygnięcia, za to z trzema gwiazdkami i wyższą grupą uposażenia, postanowił. I zajmie się sprawą narkotyków, zwłaszcza że lekarz posłał komendanta na kilka dni zwolnienia i Herr nie będzie mógł w tym czasie zaglądać Maciejewskiemu do szuflady.

– Mamy kłopot, Zyga. – Kraft wszedł z kilkoma teczkami akt pod pachą, po czym ułożył je w równy stos na swoim biurku. – Zielny się rozchorował na dobre. Musiałem go zwolnić.

– Zielny? – Komisarz zamknął notes ze swoimi alegorycznymi rysunkami. – Zielny będzie mi potrzebny dziś wieczór.

– Weź Fałniewicza.

Fałniewicza? Fałniewicz w ogóle nie miał ręki do kobiet. Był w tym jeszcze gorszy niż Zyga! Trudno, krawcowa jakoś to zniesie.

– A zaglądałeś do tej dziwki na dołku?

Gienek westchnął tak etycznie, że Maciejewski aż pożałował swoich skrupułów. Powinien był zapytać o „kurwę na dołku".

– Z tą kobietą już lepiej. Anińska właśnie poszła do niej. Lekarz w drodze.

*

Doktor Gilanowicz schował stetoskop do torby i wyszedł na ciasny korytarz izby zatrzymań.

– Nie ma żadnych śladów po wkłuciach – powiedział bez zbędnych wstępów, widząc zniecierpliwioną minę Maciejewskiego. – Tylko błona śluzowa nosa podrażniona.

– A zatem kokaina – skwitował Maciejewski.

– Pan, widzę, zna się na rzeczy. – Gilanowicz wciągnął brzuch, żeby dopiąć płaszcz. – Wnioskując z tego, co przekazała mi ta pani policjantka, spora dawka, ale kokaina, chociaż *anguis in herba**, jest stosunkowo zdrową używką. Nowoczesną.

– Istotnie, modną – mruknął Zyga. Ze stosunkowo zdrowych używek znał tylko trzy: tytoń, wódkę i kawę. – Będę wdzięczny za krótką opinię na piśmie. I za dyskrecję.

– Ma pan komisarz na myśli siostrę Marczyńską?

Nie, to nawet nie zabrzmiało uszczypliwie. Doktor chciał być rzeczowy, mimo to Maciejewski zacisnął zęby ze złością. Lublin! Tu wszyscy wszystko wiedzą. A niby miasto wojewódzkie.

---

* *Anguis in herba* (łac.) - wąż [ukryty] w trawie, Wergiliusz, *Eklogi*, 3,93

– Ma pan jakieś zastrzeżenia do siostry Marczyńskiej?

– Przeciwnie! – Gilanowicz uśmiechnął się. – Proszę się nie denerwować, to jedna z najlepszych pielęgniarek, z jakimi pracowałem. Po prostu wiem o jej… – potarł nos – o jej dawnych kłopotach. Niech pan będzie spokojny i o moją dyskrecję, i o stan psychiczny pani Róży.

– A czy ja wyglądam na niespokojnego? – Zyga spojrzał na niego z góry.

– Do widzenia, panie komisarzu. – Lekarz włożył kapelusz i wyszedł.

Cela, mimo że z numerem pięć, niczym nie różniła się od trójki. Znów on, Anińska i zatrzymana. Opanował się jednak. Fakt, że zatrzymana Zuzanna Borek ani trochę nie przypominała Róży, bardzo mu w tym pomógł.

Zanim usiadł na pryczy obok Anińskiej, policjantka ledwie dostrzegalnie kiwnęła głową: „urobiona".

– Nikt tu nie chce robić pani kłopotów, pani Borek – westchnął. – Gdybym panią wezwał do siebie, na górę, trzeba by pisać zeznanie, a mnie to nie jest do niczego potrzebne. Pani tym bardziej. Chcę wiedzieć tylko jedno: biały proszek, od kogo pani dostała?

Anińska miała rację, dziwka zeznawała gładko, Maciejewskiemu pozostawało jedynie kiwać głową i notować. To był klient, który nie tylko zapłacił, ale i zaproponował interes. Żadnej nie jest łatwo tak iść z każdym i udawać przyjemność. A ten biały proszek był czystą przyjemnością, co poczuła już po chwili. Wszystko jej się podobało.

– Powiedział, że to pudełko jest warte sto złotych, panie władzo! Że jakby koleżanki chciały spróbować… A on wróci i będzie tego więcej. No głupia bym była, jakbym odmówiła! – stwierdziła z przekonaniem dziwka.

– Kiedy to było? – Pióro komisarza zawisło w oczekiwaniu nad papierem.

– Kiedy?... – zawahała się. – Na pewno przed niedzielą, panie władzo, w piątek to bodaj przyszedł...

– Jak się nazywał? – spytał bez przekonania Maciejewski.

– A bo to się kogoś pyta o takie rzeczy?

– Jak wyglądał?

– No tak w ogóle to całkiem fajny taki, tylko... – zastanowiła się.

– Tylko?

– Tylko miał zajęczą wargę.

Komisarz plasnął pięścią w otwartą dłoń. Jeżeli Feliks Susek nie dość, że żyje, ale jeszcze jest zamieszany w handel narkotykami, Borowik i Korcz-Jasnocki będą musieli mu to wyjaśnić!

*

Przodownik Witold Fałniewicz bez entuzjazmu pojechał taksówką pana Florczaka po Krystynę Kusik. Był skonany, bo tego dnia musiał w zastępstwie Zielnego odwiedzić w areszcie śledczym pewnego pasera i nakłonić do zapracowania na okoliczności łagodzące, sprawdzić doniesienie o prowadzeniu nielegalnego domu publicznego i dwa o nielegalnym wyszynku.

Po drugie, ta gra operacyjna, w którą niechętnie wtajemniczył go kierownik, wydała się Fałniewiczowi z góry przegrana.

Po trzecie i ostatnie, nie miał śmiałości do kobiet, więc ta Kusik zupełnie mu nie pasowała.

Kiedy wszedł do jej mieszkania przy Chlewnej, akurat smażyła cebulę obok rozłożonych wykrojów i robótek. W starej spódnicy i rozdeptanych pantoflach, bez pończoch i w niezbyt czystej bluzce z lnianej piki bardzo mu się spodobała. Taka domowa i… bezpieczna. Fałniewiczowi było wręcz przykro burzyć ten spokój wizytowym garniturem, muszką, a zwłaszcza metalowym znaczkiem z numerem służbowym.

– Musi pani pójść ze mną – powiedział krótko. – To polecenie komisarza Maciejewskiego.

– Ale za co? – jęknęła, ściągając buzię w ciup.

– Niech pani zdejmie cebulę z kuchenki – poradził tajniak. – Przypala się. Pójdziemy razem do restauracji. Pokażę pani kogoś, a pani powie, czy go już widziała.

– Do restauracji?

– Tak. – Wywiadowca schował policyjną blachę. – Czekam w taksówce przed bramą, proszę się pospieszyć.

Tak ludzie mówią, że to pusta lalka –
la belle madame Loulou z alei Róż.
Zapewne tak, to nie westalka,
tancerką jest, to jasne już

– zanucił pan Florczak, widząc, że Fałniewicz wychodzi sam i zapala papierosa oparty o auto.

– Pan dobrze się bawi? – burknął tajniak. – Przy kierowniku Maciejewskim bym tego nie powiedział, ale to nie jest przyjemne dla niej ani dla mnie. Wygląda na miłą dziewczynę.

– No to mamy co najmniej pół godziny postoju. – Szofer zgasił silnik i wyszedł z auta. – Takie miłe dziewczyny to zwykle najgorsze france. Ale pana to przecież nie obchodzi, bo pan służbowo?

– Oczywiście, że służbowo! – Fałniewicz zaciągnął się i strzepnął popiół.

– No to czemu się pan denerwuje? – Taksówkarz też wyciągnął papierosy.

No tak, grunt to spokojnie czekać. Fałniewicz sam wiosną przesłuchiwał jednego, który w parku naśladował Onana, wychylając się, gdy alejką przechodziła młoda kobieta. Miał pecha, bo za którymś razem trafił na dziewczynę wracającą właśnie z kursu samoobrony dla kobiet w szkole policyjnej – pomysł społeczny przodownik Anińskiej. Potem na komisariacie facet szedł w zaparte: otóż znajoma spóźniała się na schadzkę, a jemu przykrzyło się spokojnie czekać.

Tak jak przewidział pan Florczak, Krystyna Kusik zeszła na dół po ponad trzydziestu minutach, ubrana w niezbyt pasującą do okazji, bo czarną pelerynkę, ale pod nią miała ciemnowiśniową sukienkę, a do tego o ton ciemniejsze pantofle na obcasie, rękawiczki i balową błyszczącą torebkę.

– Grzej pan motor, panie Florczak. – Tajniak strzelił niedopalonym papierosem w spory wianuszek petów, jaki utworzył się obok auta, i otworzył krawcowej drzwi taksówki. – Bardzo proszę. – Podał kobiecie rękę.

*

Podkomisarz Stanisław Borowik obrzucił spojrzeniem jeszcze pustawą salę „Europy". Obciągnął mankiety koszuli i wolnym krokiem podszedł do stolika w głębi, przy którym siedział Zyga. Podali sobie ręce, ale mina kolegi z Komendy Wojewódzkiej jednoznacznie wskazywała, że robi Maciejewskiemu niezasłużoną uprzejmość.

– Wódeczki? – zachęcił Zyga, wskazując karafkę i kieliszki, które już czekały na stole w miłym towarzystwie przystawek.

– Wykosztowałeś się – mruknął Borowik. – A na jaką okoliczność? – Wymownie spojrzał na zegarek.

– A na taką, Stachu, że ty chyba nie do końca rozumiesz, w co się tu gra. – Maciejewski przysunął się z krzesłem. –

Jesteś pewien, że ten twój Korcz-Jasnocki nie podłoży nam świni?

– Tego mojego Korcza-Jasnockiego, jak to ująłeś, znam dłużej niż ciebie – mruknął śledczy z Wojewódzkiej, ale Zyga nie mógł nie zauważyć, że palce jego lewej dłoni lekko zmięły obrus.

– A pamiętasz mecenasa Lennerta? – Maciejewski nalał. – To był mój przyjaciel, a jednak narobił mi kłopotów w trzydziestym.

– To twoja wersja. – Borowik wypił z takim obrzydzeniem, jakby przed zbliżającym się adwentem ślubował trzeźwość Najświętszej Panience. – Nic na niego nie miałeś.

– Stachu, co to za mowa? – Zyga zmierzył go wzrokiem. – Adwokat jesteś czy glina?

Staszek bez entuzjazmu nabił na widelec marynowanego rydza i plasterek kiełbasy.

– Ty chyba dawno nie czytałeś ustawy o policji – powiedział, żując. – Masz robić to, co do ciebie należy. Nie wchodzić do cudzego ogródka ani nie szukać dziury w całym.

– To bardzo interesująca wykładnia! – Maciejewski parsknął wymuszonym śmiechem. – A pamiętasz sprawę ukraińskiego popa spod Chełma? Oskarżony o nieobyczajne kontakty z prostytutkami. Niby prowadziła to obyczajówka, ale obaj wiemy z czyjej inspiracji. Tyle że dziwka trafiła się niezbyt rozgarnięta! Argumentowała jego „zboczenie" tym, że kazał jej się rozebrać do naga, a nie tylko podwinąć halkę, jak stoi w Piśmie… I sprawa rozeszła się po kościach, a chełmski Wydział Śledczy oberwał za złe przygotowanie świadków. – Komisarz nalał do kieliszków. – Twoje zdrowie!

– Kazałeś mi tu przyjść, żeby poplotkować, Zyga? – Borowik stuknął się z nim niechętnie.

– Ja kazałem? – Maciejewski rozwarł szeroko oczy. – Ja cię tylko serdecznie zaprosiłem. A historia popa jest bardzo pouczająca. Czy nasi koledzy z Chełma dostali z Dwójki jakiś kwit, co mają robić i skąd dokąd? Nie. A co, jeśli za rok czy dwa my znajdziemy się pod ścianą? Jesteś pewien, że twój Korcz-Jasnocki będzie wobec nas lojalny?

– Mówiliśmy o tym niedawno. – Borowik odsunął talerz i podniósł się z krzesła. – Grasz o trzecią gwiazdkę. Inny by mnie w rękę pocałował za taką szansę.

– Czekaj, czekaj! – Maciejewski pociągnął go za rękaw i Staszek usiadł. Fałniewicza i Kusik wciąż nie było. Zyga rzucił okiem na zegarek. – Ja też cię mogę pocałować, to ci się należy po tylu latach wiernej przyjaźni. Tylko czy ty naprawdę nie rozumiesz, że w razie kłopotów również będziesz umoczony?

– O co ci właściwie chodzi, Zyga? – Staszek spojrzał na niego badawczo.

– Napij się – zachęcił komisarz, znowu nalewając. – Ty masz spółkę z kapitanem i git, jak mawiają na Lubartowskiej. Ale co by ci szkodziło na wszelki wypadek mieć drugą, ze mną?…

– Co wiesz? – Ton głosu Borowika zmienił się w jednej chwili. Teraz był skupiony i rzeczowy.

I git, pomyślał z zadowoleniem Maciejewski.

*

Nie zdradzi nigdy róża, kto uwielbia cię tak.
Jak gwiazda świecisz ku mnie,
Aż odwagi mi brak…

– śpiewała w radio Szretterówna, a Róża Marczyńska jeszcze raz przejrzała się w lustrze. Sama nie wiedziała, czy sprawiła to nowa fryzura, czy kupiona wczoraj bielizna, ale aż miała ochotę pogładzić się po opiętym czarną pończochą udzie albo po piersiach, które długo wybierany biustonosz podawał jak na tacy. Zastanowiła się chwilę i rozpięła żabki pasa do pończoch. Majtki na wierzch, to lepsza kolejność, gdy z Zygą wrócą z teatru, a on nie będzie mógł oderwać od niej oczu ani rąk. Otwarty kalendarzyk mówił sam za siebie: dziś mogą począć dziecko.

Chciała je mieć właśnie teraz, gdy czuła się już całkiem wolna od nałogu, a poza tym była jeszcze dość młoda – za kilka lat, kiedy przyjdzie odebrać córeczkę albo synka ze szkoły, nie chciałaby usłyszeć gdzieś z kąta klasy: „To twoja mama czy babcia?". A z Zygą było jej ostatnio coraz lepiej; może wszystko co najgorsze naprawdę mieli już za sobą? Sama też nie była niepokalana, więc nauczyła się rozumieć i jego słabości.

Dlatego na drzwiach szafy obok nowej sukni z czarnej lamy z rypsowymi perełkami wisiał garnitur i biała koszula. Wyprasowała ją, kupiła spinki, a nawet wyczyściła Zygmuntowi lakierki. Znalazła też jego stary, nieco przyciasny, ale wciąż wyglądający dobrze płaszcz, niestety biały szalik zjadły mole, jeszcze na Rurach Jezuickich. U siebie tego robactwa nie tolerowała! Szalik nie był jednak konieczny, do teatru mieli pięć minut na piechotę. Mężczyzna wchodzący do foyer w rozpiętym płaszczu, spod którego widać elegancki garnitur, to odrobina nonszalancji w dobrym tonie, na pewno pasująca do bokserskiej gęby Zygi.

Była szczęśliwa i podniecona, dopóki nie spojrzała na zegarek. Jeżeli Zygmunt nie przyjdzie w ciągu kilku minut, nie zdąży się ogolić! Pobiegła do łazienki, żeby rozrobić mu mydło, sprawdziła, czy w maszynce na pewno jest wciąż ostra, choć już używana żyletka. Potem powoli zaczęła się ubierać…

W sukni też wyglądała zjawiskowo, czarny był dla niej idealnym kolorem: wyszczuplał i podkreślał miękkie jak puch jasne włosy. Nowa fryzura, upięta wysoko, dodawała Róży wzrostu.

W radio skończyły się piosenki, nadszedł czas na wiadomości, więc wyłączyła je, żeby nie psuć sobie humoru. Zegarek tykał, a Zygi wciąż nie było! A co, jeśli w ogóle nie przyjdzie? Jeśli coś go zatrzyma? Jakaś nagła sprawa?

A tam sprawa! Wódka!

Marczyńska opanowała się. W żadnym razie nie będzie płakać, żeby łzy nie zmyły tuszu ani pudru. Wyjrzała przez okno. Pan Antoni niósł wiadro z węglem do swojej służbówki.

Śliczna etola, którą kupiła sobie po ukończeniu kursu pielęgniarskiego, i dobrana kilka lat później mufka wdzięczyły się na kanapie, ale już nie poprawiały Róży humoru. Wrzuci do szafy razem z kopertową torebką, i tak na nic się nie przydadzą! No przecież nie pójdzie sama do teatru jak jakaś dziwka albo stara panna! Za późno, żeby poprosić którąś z koleżanek ze szpitala, zresztą żadnej nie poznała bliżej. Sąsiadkę? Niezręcznie…

Mimo to włożyła buciki na obcasie.

– Czym ja się truję?! – powiedziała na głos do swojego odbicia w lustrze. W Warszawie wyzwolone panie chodzą same i do teatrów, i nawet do kina, czytała o tym w „Kobiecie Współczesnej"!

Lustro milczało. Tykał za to zegarek: zostało ledwie dwadzieścia pięć minut. Zdjęła go, bo nie pasował do kreacji, co najwyżej do pielęgniarskiego fartucha. Naszyjnik, pierścionek, etola, mufka… Niczego nie zapomnieć! I niech szlag trafi Zygę, za nic nie pozwolić zepsuć sobie tego wieczoru!

Przez moment zastanawiała się, czy nie zostawić ciemnego garnituru Zygi na widoku, najlepiej w przedpokoju, tak by kiedy wróci, nie mógł go nie zauważyć i nie zastanowić się chociaż przez chwilę. Nie, postanowiła, niech nie myśli, że mi zależało! Zgasiła światło i zamknęła drzwi.

*

Maciejewski sięgnął po kolejnego papierosa. Koncepty na zatrzymanie Borowika już mu się kończyły.

Kolega z Komendy Wojewódzkiej wysłuchał propozycji zrobienia dobrego interesu. Jej wyłuszczenie komisarz zdołał rozciągnąć do piętnastu minut; Fałniewicza z młodą krawcową wciąż nie było.

– Ty masz jakąś manię prześladowczą, Zyga – skrzywił się Staszek. – Naprawdę wierzysz, że wojsko istnieje tylko po to, żeby ci zrobić na złość? Niby dlaczego Henryk miałby nas wystawić?

Pytanie o aksjomat, jak Maciejewski pamiętał ze szkoły, jest rzeczą po prostu niestosowną. A funkcją istnienia armii jest uwłaczanie glinom, policji zaś robienie na złość nadętym oficerom. Z drugiej strony, najlepsze interesy robi się właśnie na dostawach dla wojska…

– Na przykład gdyby się trafiła okazja zostać majorem? – rzucił Zyga.

– Zaczynasz wariować. – Borowik zakręcił kieliszkiem, po czym odstawił go na stół. – Czy gdybym nie znał Henryka, tobym się w to pakował? Pakowałbym ciebie?

– Koszula bliższa ciału – mruknął Maciejewski. – Stachu, po co robisz komedie? Nie byłem ci do niczego potrzebny. Dlaczego zrzuciłeś nam tę sprawę, skoro sam mogłeś ją poprowadzić?

– Bo my nie zajmujemy się pierdułami, Zyga. Dobrze wiesz.

– Owszem, wiem – pokiwał głową komisarz. – I wiem również, że jak się robi kanty, nieźle jest rozłożyć odpowiedzialność. Buduj dom na skale, poucza Pismo Święte.

– Słuchaj, niezręcznie mi to mówić właśnie tobie, ale zaczynasz srać wyżej głowy. – Borowik pochylił się w stronę Maciejewskiego. – Kto ukręcił łeb sprawie donosów na ciebie? Ja. Kto załatwił komendanta Makowieckiego w trzydziestym pierwszym?

Tego ciosu Zyga spodziewał się dużo wcześniej. Oczywiście mógł przyjąć go na gardę, ale mógł też skontrować. Rossowskim? Nie, w żadnym wypadku! Gdy się nie ma asa, którego by można ukryć w rękawie, dobrze trzymać tam chociaż waleta… Maltretując w popielniczce uparcie dymiący niedopałek, komisarz rozejrzał się po sali. Nareszcie! Krawcowa w towarzystwie Fałniewicza siedziała cztery stoliki dalej i uważnie przyglądała się Borowikowi.

– Kraft – odparł Maciejewski. – To nie ty, to Kraft wygrzebał kwity na Makowieckiego. Rozmawialiśmy o tym w tej samej knajpie, tylko przy tamtym stoliku. – Wskazał palcem w kąt, by zmusić Stacha do odwrócenia głowy. Niech panna Kusik obejrzy go sobie dokładniej.

– Być może, ale czy musiałem popierać wtedy Krafta? – Borowik zmiął serwetę i spojrzał na zegarek. – Tak czy siak, jesteś mi coś winien. Kiedy piłeś z Heńkiem wódkę, jakoś ci nie śmierdziała, więc i teraz nie narzekaj.

– A czy ja narzekam? – rozłożył ręce Zyga.

*

To ten? – Fałniewicz wskazał Borowika.

Krystyna Kusik skrzywiła się. Dopiero co zdążyła rzucić okiem na lokal, w którym nigdy nie była i raczej być nie planowała… „To się teraz nosi, sama widziałam w «Europie»", tak właśnie mogłaby mówić klientkom, przerabiając ich stare suknie na kolejne pogrzeby, chrzciny, wesela. Miała więc wiele do oglądania, tymczasem gliniarz przypomniał jej, po co została tu sprowadzona.

– Nie, gdzieżby ten! – wzruszyła ramionami. – Mówiłam panu komisarzowi, że to był jakiś zwykły tajniak. Pan wie, byle jaki taki. – Fałniewicz nie był usatysfakcjonowany, więc dodała: – Tamtego albo na ten przykład pana tobym przecież zapamiętała, bez dwóch zdań! – Zamrugała powiekami.

– Jest pani pewna?

– Mogę przysiąc! – Kusik przyłożyła obie dłonie do piersi. Ha, wreszcie zwrócił uwagę na jej dekolt!

Niestety, zaraz zapalił papierosa i dalej obserwował stolik, przy którym siedzieli komisarz Maciejewski i jego podejrzany.

– Ładnie tutaj – mimo wszystko próbowała podtrzymać konwersację.

– Jesteśmy tu służbowo – przypomniał.

– Jeśli pan się nie pogniewa… Przepraszam na chwilę.

– Gdzie pani idzie? – Odwrócił się niespokojnie ku młodej krawcowej.

– Tylko na chwilę.

Wstała. Nie to, żeby uczucia jej się skropliły, jak mówił jej ojciec. Chciała po prostu zobaczyć białe kafelki, czysty sedes, umyć ręce w ciepłej wodzie. Tak po prostu.

Tymczasem Fałniewicz zgasił papierosa i wypił łyk prawie zimnej kawy. Komisarz Borowik właśnie wstawał od stolika, więc wywiadowca zasłonił twarz menu. Nie była to może ciekawa lektura, jednak ceny robiły wrażenie.

– Czym jeszcze mogę państwu służyć? – Niczym diablik kusiciel przyplątał się kelner.

– Poczekam z zamówieniem na moją panią. – Fałniewicz chciał go spławić, ale facet puścił do niego oko i nachylił się konfidencjonalnie.

– Proponowałbym szampana. Ośmielę się zauważyć, wiem, co kobietki lubią.

– Niech będzie – mruknął wywiadowca. Miał chęć położyć na obrusie swoją służbową blachę, której widoku nie lubią na ogół ani kobietki, ani kelnerzy. Tylko kierownik gotów potem łeb mu urwać. – Jeden kieliszek!– zaznaczył Fałniewicz.

– Jeden kieliszek szampana? – Kelner zrobił taką minę, jakby policjant rozkazał mu podać ciastko z ogórkiem kiszonym. – Ach, szanowny pan wybaczy, w pierwszej chwili nie zrozumiałem żartu! Butelkę szampana i dwa kieliszki, służę w tej chwili!

– Dobrze, butelkę – westchnął wywiadowca. – Tylko niedużą. I nie tego drogiego!

Kelner skłonił się ze źle skrywaną nonszalancją, po czym trzymając wysoko tacę, odpłynął między stolikami.

Tajniak zapalił kolejnego papierosa i zerknął na salę. Dym wpadł mu do oka i wszystko na chwilę rozmgliło się jak w kinie tuż przed końcem melodramatu. Zielny zawsze się z tych filmów śmiał, ale on je lubił. Falowały czarne garnitury gości, nad nimi białe gorsy kelnerów… Fałniewicz zamrugał. Z tła wyłonił się brązowy kształt: to Maciejewski, zapłaciwszy rachunek, szedł w jego stronę w swojej zmiętoszonej tweedowej marynarce.

– I jak? – zapytał, siadając. – Rozpoznała go może?

– Nie rozpoznała, panie kierowniku – pokręcił głową wywiadowca. – Jest pewna, że to nie on. A komisarz Borowik nie zorientował się? To przecież nasz stary numer…

– Dla nas stary, dla Borowika nie. Gdzie ona jest?

– Poszła... no wie pan gdzie...

Zyga zdziwił się skrępowaniem Fałniewicza. Nie spodziewał się po nim tyle pretensjonalnego taktu.

– Odwieziesz ją do domu. Potem jesteś wolny.

Fałniewicz odprowadził go wzrokiem. W wejściu na salę minęli się z Krystyną Kusik, która z miną damy, wolno płynąc przez „Europę", ukłoniła się komisarzowi. Usiadła przy stoliku z taką miną, że równie dobrze mogłaby powiedzieć teraz „kocham" jak „pocałuj mnie w dupę".

A Witek Fałniewicz przyłapał się na myśli, że chociaż powinno być mu to obojętne, tej drugiej opcji nie chciałby usłyszeć.

– Zamówiłem pani szampana – powiedział zły na siebie. – Potem odwiozę panią do domu.

*

Róża Marczyńska dawno nie czuła się tak bardzo sama. Nawet starsi gimnazjaliści, którym chyba tylko z powodu kryzysu sprzedano bilety na wieczorne przedstawienie, przyszli w grupie kolegów. No przecież wcale nie liczyła, że Zyga będzie zainteresowany muzyką! Jeśli już, to nogami albo dekoltem tej całej Mathi Lirhen. Ale miał być po to, aby pomóc jej zdjąć palto i oddać je do szatni, odprowadzić pod rękę po schodach na widownię.

Niemniej zbyt wiele przygotowań poczyniła na ten wieczór, który miał być cudowny jak wieczory sprzed lat, sprzed tej całej historii, o której nie chciała myśleć. Nie może teraz po prostu wyjść. Lecz kiedy sama zdejmowała okrycie i oddawała je do szatni, miała wrażenie, że wszyscy na nią patrzą, i chciało jej się płakać.

Trzymała się jednak! Spacerowała sobie, od niechcenia zerkając w lustra, jakby naprawdę była niezależną, potrafiącą doskonale się bawić w swoim własnym towarzystwie kobietą, felietonistką „Kobiety Współczesnej" po prostu! Grała świetnie do pierwszego dzwonka.

Nie, nie mogła patrzeć na te kobiety prowadzone na widownię pod rękę przez swoich mężów, narzeczonych czy braci! Najpierw odwróciła się do okna, ale opadające płatki śniegu wyglądały tak przygnębiająco, że z rozdrażnienia niemal zaczęła płakać. Zmusiła się więc, by spojrzeć w stronę schodów. I wtedy zobaczyła samotnego kapitana lotnictwa.

Oficer tak samo jak ona rozglądał się po pustoszejącym foyer, jakby na kogoś czekał i wciąż miał kruchą nadzieję. W końcu spotkali się wzrokiem.

Róża ścisnęła mocniej torebkę i ruszyła w jego stronę, starając się każdemu krokowi dodać sprężystości i pewności siebie. Kiedy stanęła przed lotnikiem, była już tak zdesperowana… Nie, nie była zdesperowana! Była przede wszystkim wściekła na Zygę.

– Przepraszam pana. – Wyczarowała na twarzy uśmiech, z jakim nie pokazywała się od co najmniej pięciu lat. – Widzi pan, mam drobny kłopot. Umówiłam się z narzeczonym, tymczasem…

– Tak piękne kobiety nie powinny same chodzić do teatru. – Oficer ukradkiem spojrzał na zegarek.

– A brzydkie? – wystrzeliła Róża. Dowcip pojawił się jej w głowie jak na zawołanie.

Lotnik ostentacyjnie rozejrzał się po sali.

– Nie widzę tu ani jednej brzydkiej kobiety. – Pochylił się, całując dłoń nieznajomej. – Kapitan Henryk Korcz-Jasnocki.

– Róża Marczyńska. – Posłała mu kolejny promienny uśmiech. – Oczywiście, gdyby pana towarzyszka pojawiła się…

– Byłem umówiony z przyjacielem, nie z żadną damą. Sam sobie winien. – Oficer podał jej ramię. – Z przyjemnością zastąpię pani narzeczonego.

– Nie wiem tylko, czy ja będę potrafiła grać rolę pańskiego kolegi… – Pielęgniarka objęła dłonią rękaw munduru.

– Bardzo proszę grać więc swoją. Jakie ma pani miejsca? – Sięgnął po bilety Róży. – W dziesiątym rzędzie? – Podarł je i wrzucił do popielnicy.

Marczyńska nie zdążyła zaprotestować. Zygę pewnie by szlag trafił! On nie bawiłby się w takie wielkopańskie gesty, tylko zrobił awanturę w kasie, żeby zwrócono mu pieniądze.

Ale Zygi tu nie było, a ona na złość swojemu glinie postanowiła dobrze się bawić.

I bawiła się doskonale, mimo że sam koncert był przeciętny. „Imponujący repertuar", powiedziała jednak kapitanowi, gdy zapytał o wrażenia. Tego, że nawet w kabarecie przy Szpitalnej, znacznie bliżej swojej kamienicy, zdarzało jej się słyszeć szansonistki o ciekawszej barwie głosu, nie dodała. Bo i nie o to chodziło Róży tego wieczoru! Ważne było tylko, że naprawdę czuła się wciąż jeszcze dość młoda i ładna, a zachowanie lotnika świadczyło, że może się podobać nie tylko glinom i dozorcom. O tak, pan Antoni był jasnowidzem na miarę Ossowieckiego!

Po koncercie kapitan Korcz-Jasnocki odprowadził ją do szatni.

– Może przyjmie pani zaproszenie na lampkę wina? – zapytał, podając Róży okrycie. Najwyraźniej bardzo poważnie potraktował swoją rolę zastępczego narzeczonego.

To Marczyńską trochę stremowało, chociaż może gdyby nie dyżur w szpitalu od szóstej rano…

– Przepraszam pana – do lotnika podeszła młoda dziewczyna wyglądająca trochę na pokojówkę, ale z makijażem i fryzurą artystki scenicznej – pani Mathi Lirhen prosiła przekazać. – Uśmiechnęła się, podając dużą elegancką kopertę, i zniknęła za zasłoniętymi kotarą drzwiami obok szatni.

Róża uzmysłowiła sobie, że patrzy na kopertę z nieprzyzwoitą wręcz ciekawością, zmusiła się więc do odwrócenia wzroku. Dziesięć, dziewięć, osiem… Nie, jednak nie zdołała się powstrzymać i zerknęła przez ramię. Kapitan Korcz-Jasnocki trzymał w ręku fotos śpiewaczki z autografem!

– To pan zna Mathi Lirhen? – wyrwało jej się.

– Mój przyjaciel… lubi obracać się w kręgu artystów – odparł kapitan, chowając do kieszeni złożoną, równie wytworną jak koperta kartkę, która wysunęła się z koperty. – Ale ponieważ nie znalazł czasu, by podziwiać swoją znajomą, będę zaszczycony, jeśli fotografia przypadnie pani.

Boże, jak on patrzył! Gdyby była młodsza albo wypiła kilka lampek wina, pewnie byłaby w stanie uwierzyć, że w życiu może być jak w powieści. Niestety przed wyjściem, przez Zygę, oczywiście, nie wypiła nawet herbaty!

– Byłbym tym bardziej zaszczycony, gdyby przyjęła pani zaproszenie na małą kolacyjkę – ciągnął Korcz-Jasnocki.

Mała kolacyjka i jeszcze mniejsze śniadanko? Stanowczo powinna pójść, chociażby na złość Zygmuntowi. Już widziała jego minę, gdy zaczyna się zastanawiać, czy alarmować swój komisariat, czy jeszcze poczekać. Na myśl, że zaniepokojony Zyga wypala ostatniego papierosa i zaczyna go nosić, aż się uśmiechnęła…

– A zatem zgoda? – Kapitan przyjął jej minę za dobrą monetę.

Ale psuć taki mimo wszystko udany wieczór? Zemsta zemstą, jednak źle skrywany wyraz przesytu lub rozczarowania na twarzy przystojnego lotnika, który za jakieś dwie godziny z pewnością by dostrzegła?... Pokręciła głową.

– Więc może chociaż odprowadzę panią do domu? – nie ustępował oficer.

Na to zgodziła się chętnie. Bardzo chciała zobaczyć minę pana Antoniego, kiedy otworzy jej bramę i zobaczy kapitana lotnictwa całującego w mankiet najbardziej adorowaną lokatorkę.

*

Zyga wyszedł z „Europy" i zapiął szczelnie płaszcz. Ostatnie opadłe liście na placu Litewskim zdawały się wyrywać ku poczcie, ale kolejny podmuch wiatru zawracał je w stronę Dowództwa Okręgu Korpusu, gdzie rezydowała też lubelska ekspozytura II Oddziału. Poetycki obrazek, uznał komisarz. I alegoryczny.

Maciejewskiego minęły dwie roześmiane dziewczyny w towarzystwie ponurego studenta. Z przeciwnej strony, od kina „Corso", zmęczonym krokiem szedł ku Krakowskiemu Przedmieściu mężczyzna w uniformie biletera. A kilkanaście kroków od Zygi, pod drzewem na skraju placu Litewskiego, przystanęła znajoma postać w dopasowanej jesionce z futrzanym kołnierzem i czarnym meloniku, niczym tajniak sprzed lat piętnastu. Wyraźnie unikając światła latarni, facet zerkał na glinę.

Komisarz ruszył w jego stronę, przecinając na ukos jezdnię.

– Czyżby mnie pan szukał, panie Myszkowski? – zapytał, wbijając ręce w kieszenie.

– Szukałem – kiwnął głową dawny doliniarz – bo cisnął mnie pan o Feliksa Suska. Mówił pan: facet z zajęczą wargą... – Rozejrzał się dyskretnie i dodał ciszej: – Mam cynk dla pana.

– Pan?! – zdziwił się Zyga. – Pan ma dla mnie cynk? A czemu zawdzięczam tę uprzejmość, panie Myszkowski, jeśli można wiedzieć?

– Z całym szacunkiem dla pana komisarza, ale w życiu nie wyświadczyłbym uprzejmości glinie. To sprawa sumienia.

– Sumienia. – Maciejewski pokiwał głową i spojrzał na zegarek. Coś miał tego wieczoru do zrobienia, coś obiecał Róży, ale co? Jeżeli wyleciało mu z głowy, pewnie nie było tak ważne jak sprawa narkotyków. – Skoro sumienia, to zapraszam na wódkę.

– Wypić z panem to mogłem za spokój duszy Kaprana – pokręcił głową kieszonkowiec na emeryturze. – Żeby go ten drewniany kulas nie uwierał na tamtym świecie. Ale do knajpy z panem? Jeszcze by ktoś zobaczył! Sprawa jest krótka, na ulicy to załatwimy.

– Skoro pan chce... – Maciejewski wskazał alejkę prowadzącą przez plac Litewski ku pomnikowi Konstytucji 3 Maja. Zaśmiecona mokrymi liśćmi, wręcz poetycko pasowała do załatwiania śliskich spraw. – Papierosa?

– Na ulicy się nie pali. – Myszkowski wbił ręce w kieszenie i ruszył pierwszy przez plac.

Zyga, nie mogąc znaleźć niespalonej zapałki, również musiał trzymać się savoir-vivre'u.

– Pan wie, ja jestem doliniarz starej szkoły – zaczął emeryt. – Nie kradnie się biednym, kobietom w ciąży i tak dalej. Ale to już nie te czasy, tyle skurwysyństwa to nie było za cara, co teraz za Polski. Nawet jak siedziałem, nigdy bym nie podał ręki alfonsowi. Prędzej glinie.

– Bardzo pan uprzejmy, panie Myszkowski – mruknął zniecierpliwiony tym wstępem komisarz.

– Chyba już jednak alfons lepszy albo bandyta niż ten, co sprzedaje morfinę czy tę, no… kokainę. To gówniana robota, śmierdząca, w sam raz dla wszy. – Doliniarz pokręcił głową. – Pamięta pan Józka Lipaka? – Spojrzał badawczo na Maciejewskiego. – Po odsiadce wyszedł z ferajny i za bagażowego robi.

Zyga nie mógł pamiętać Lipaka, bo nigdy z nim nie rozmawiał, pamiętał za to dobrze raport Lepińskiego z komisariatu na dworcu kolejowym.

– I cóż ten Lipak? – zapytał komisarz, siląc się na spokój. Myszkowski i tak dobrze wiedział, jaką informację mu sprzedaje, podbijać jej wartości komisarz nie zamierzał.

– A widziałem się z nim. Przypadkiem – odparł emerytowany złodziej. – I on tego do protokołu nie podał, pan rozumie, jak to jest, kiedy się siedziało w kryminale, ale Lipak zapamiętał tego gościa, który porzucił walizkę. Poznałby go po zajęczej wardze.

– Po zajęczej wardze… – powtórzył Zyga. – Coś więcej?

– Wzrostu Lipaka, czyli panu… – Myszkowski spojrzał na komisarza. – Panu by sięgał do brody. To tyle. – Zatrzymał się. – I niech pan pamięta, nic mi pan nie jest winien. Nie robię tego dla pana, tylko bo tak trzeba. Jak pan się tym nie zajmie, zajmie się ferajna, ale pójdzie poruta po mieście, a po co to komu? Ja już mam swoje lata i lubię spokój.

– I przyszedł pan z tym do mnie z własnej inicjatywy jako praworządny obywatel? – krzywo uśmiechnął się komisarz.

– A robi to jakąś różnicę? Szacunek panu władzy. – Stary złodziej uchylił melonika i odszedł wolnym, spacerowym krokiem.

Krystyna Kusik, otulona ładną, niestety zbyt przewiewną pelerynką, przytupywała, czekając na otwarcie bramy. Było jej zimno, ale wesoło, jakby w głowie wciąż tryskały frywolne bąbelki szampana. Wypiła więcej niż pół butelki, ale wcale nie zamierzała iść spać.

Fałniewicz zastukał jeszcze raz, po chwili usłyszeli niechętne „zara, zara" i szuranie butów.

Dozorczyni najpierw otaksowała złym spojrzeniem tajniaka, potem zmierzyła wzrokiem lokatorkę. Ta tylko by się prowadzała z coraz to nowymi absztyfikantami, o, taksówkami jeździła, a ją zrywa w nocy do otwierania bramy! Fałniewicz dał jednak babie złotówkę i złość przeszła.

– Proszę poczekać – polecił. – Odprowadzę tylko pannę Krystynę i wracam.

Już ona znała takie „tylko odprowadzę"! Godzinę będą się migdalić albo i lepiej. Potem się zabierze, to prawda. I Kryśka nie pierwsza lepsza, żeby rano cała kamienica widziała, jak gach od niej wychodzi. W rękawiczkach nie było widać, czy nosi obrączkę, jednak na nos dozorczyni wyglądał na żonatego. Dlatego przymknęła tylko bramę i wróciła do stróżówki złapać trochę snu.

Tymczasem młoda krawcowa wchodziła po schodach bardzo niezadowolona, że żarówka ciągle mruga, przez co idący z tyłu pan Witold nie może w pełni docenić jej figury. Pewno, komisarz podobał jej się bardziej, ale gdzie dziewczynie z Bronowic do takiej szychy… Poza tym potrafił być straszny! Dał czekoladki, a potem tak spojrzał, że aż się robiło na zmianę zimno i gorąco.

A ten wydawał się miły i poczciwy, zupełnie jak te wielkie konie pociągowe, na których sadzał ją dziadek, kiedy była mała. Nie denerwowały się, nawet kiedy ciągała je za grzywę, tylko gdy złapała za uszy, to parskały obrażone. Tajniak również miał wielkie uszy, za które mogłaby go targać. I chociaż policyjny wywiadowca, nie wyglądał jej na bystrego. Przodownik! Ile może zarabiać przodownik? Ze dwieście złotych?...

Umyślnie długo szukała klucza w torebce, żeby przysunął się bliżej i poświecił zapałką.

– A może pan wejdzie? Zimno, zrobię panu herbaty – zaproponowała, otwierając drzwi.

Fałniewicz zatrzymał się na progu i nawet nie próbował ukryć zaskoczenia. Ależ ta dziewczyna była ładna! Żeby tak spotkali się przed wojną... Tyle że przed wojną panna Krystyna bawiła się jeszcze lalkami.

– Szofer czeka – mruknął.

– Ja wiem. – Spuściła oczy. To zawsze działało. – U mnie pewnie biednie i brzydko.

– Przeciwnie! – gwałtownie zaprzeczył tajniak. – Ładne obrazki. – Wskazał jej malunki na ścianie kuchni.

Zauważył!, ucieszyła się krawcowa. Niby postawny mężczyzna, ale taki więcej nieśmiały, wrażliwy. On to by się pewnie nawet nie złościł, jakby go zdradzała.

– Proszę pana, niech mi pan powie. – Zdjęła pelerynkę, żeby przyciągnąć jego wzrok dekoltem. Podeszła bliżej. – Pan komisarz to panu na pewno o mnie opowiedział. Pan musi teraz mną pogardzać, prawda?

Nawet się nie spodziewała takiego sukcesu. Pan Witold chwycił jej rękę i przycisnął do ust. Już miała cicho zachlipać, kiedy nagle odwrócił się i wyszedł bez słowa.

– Cholera jasna! – zaklęła. Co zrobiła nie tak?

Usiadła na kuchennym krześle i zaczęła rozpinać klamerki bucików. Nie była pewna, ale chyba usłyszała odjeżdżające auto. Wsunęła na stopy domowe pantofle. Wypiłaby przed snem szklankę herbaty, nie chciało jej się jednak rozpalać pod kuchnią. Nalała sobie tylko wody z czajnika. Po kawie i szampanie smakowała wstrętnie, czuć było w niej kamień.

Krystyna Kusik rozpięła górną haftkę sukienki i w tym momencie usłyszała ciche kroki na korytarzu.

Uśmiechnęła się i szybko na powrót zapiąwszy ubranie, znowu zaczęła zmieniać buciki. Zanim zapukał, już była przy drzwiach.

Kiedy jednak otworzyła, zamiast pana Witolda ujrzała przed sobą znacznie niższego mężczyznę w czarnym płaszczu z postawionym kołnierzem i zsuniętym nisko kapeluszem. Wpakował się do mieszkania, jakby było jego, i zamknął za sobą drzwi.

– Ty jesteś Krystyna Kusik? – zapytał, mierząc ją obleśnym wzrokiem. Pomyślała, że oczy ma czarne i mętne jak stare studnie. W zagłębieniu krzywej, zajęczej wargi zbierała się ślina.

– Proszę się wynosić – jęknęła przestraszona. – Ja pana nie znam!

– Nie drzyj się, dobrze radzę – powiedział to tak spokojnie i tak powoli, że głos zamarł jej w gardle. – Ja pana nie znam! – powtórzył dyszkantem, po czym zaśmiał się, bardzo tym ubawiony. – Jak to mnie nie znasz, skoro gazety o nas piszą?

– G-gazety? – wydukała.

– A tak, gazety – kiwnął głową, rozglądając się po kuchni. Zajrzał do pokoju i zapalił światło, ręce mu lekko drżały. Oblizał się na widok szerokiego, wygodnego łóżka. – Feliks Susek jestem.

Gdyby strach krawcowej był trochę mniejszy, pamiętałaby, że mężczyzna kazał jej być cicho. Jednak widok ducha sprawił, że zupełnie o tym zapomniała. Jej histeryczny krzyk obudził nie tylko czujną dozorczynię, ale całą kamienicę.

*

Zgrzytnął klucz w zamku i Maciejewski zaczął pospiesznie upychać ubrania w bieliźniarce. Kiedy wrócił i nie zastał Róży, oczywiście przypomniał sobie o teatrze.

Potem przypomniał sobie także, jakie preteksty wymyślała pięć lat temu, by nikt nie posądził jej o morfinizm. Ochlapał w łazience twarz zimną wodą i zaczął śledztwo standardowo, od rewizji.

– Co ty, sprzątasz o tej porze? – zapytała zaskoczona Róża, ale po chwili tknęło ją coś znacznie gorszego: – Wódki szukasz, pijaku?!

Marczyńska stała w drzwiach w rozpiętym palcie, w najlepszej sukni, trzymając w dłoniach balową kopertową torebkę. Ależ idiotycznie wyglądał, klęcząc przed bieliźniarką jak złodziej. Lub jak zboczony fetyszysta. I ona myślała mieć z nim dziecko!

– Gdzie byłeś? Znowu w knajpie?!

Fakt, czuć było od niego wódką. Mógł umyć zęby, jednak nie pomyślał o tym.

Tylko o co te pretensje? O to, że opiekuje się nią jak dzieckiem? Kto dałby jej pracę, gdyby on nie zaszantażował dyrektora szpitala, gdyby nie: „Oczywiście porozmawiam z poszkodowaną, skłonię ją do cofnięcia skargi, ale czy u pana nie znalazłaby się wolna posada pielęgniarki?". Chroni ją przed powrotem do nałogu, od pięciu lat jest prawie jak mąż, prawie jak ojciec, wcale się z tym nie obnosząc!

– Tak, ale w celach operacyjnych – prawie nie skłamał. – Nie mogę ci powiedzieć. Nagła akcja.

– A teraz? Czego tak nagle szukasz? – odcięła się.

– Haków na… – rzucił bez zastanowienia, ale w porę urwał. – To znaczy haczyków. Moich haczyków na ryby.

– I ja mam w to uwierzyć! – potrząsnęła głową.

Idiota, powinien był powiedzieć: papierosów. Albo że szuka zapałek. To by zabrzmiało bardziej wiarygodnie. Nie popisał się jak na glinę, nawet zamroczonego alkoholem.

– Kochanie, Różo… Jak to dobrze, że nie zrezygnowałaś z teatru!

– A żebyś, draniu, wiedział! – krzyknęła. – Nie było ciebie, to poszłam z innym. Masz! – Wyjęła z torebki koronny dowód, fotos niemieckiej śpiewaczki, ale dopiero po chwili sobie uzmysłowiła, że chociaż dotykały go ręce kapitana Korcza-Jasnockiego, to przecież jest na nim jedynie autograf Mathi Lirhen.

– Poszłaś z którymś lekarzem? – zapytał posępnie. O, dobrze pamiętał minę doktora Gilanowicza, kiedy ten o niej mówił, stary satyr!

– Poszłam sama! Sama! – wykrzyknęła. – I zapraszał mnie na kolację lotnik, kapitan!

Boże, jakie do idiotyczne!, uświadomiła sobie, ledwie to powiedziała. Całkiem dziecinne.

– Kapitan? Jak się nazywał? – Zyga poczerwieniał na twarzy.

– Po co mam ci mówić, i tak nie znasz żadnego lotnika! – prychnęła.

– Jak się nazywał?! – Omal nie złapał jej za łokieć, zamiast tego chwycił zdjęcie niemieckiej śpiewaczki.

– Kapitan Korcz-Jasnocki – powiedziała z uśmiechem podpatrzonym u Mathi Lirhen. Minęło tyle lat bez najmniejszej sceny zazdrości, ależ jej tego brakowało!

– Korcz-Jasnocki… – powtórzył Maciejewski, obracając w palcach fotos szansonistki otulonej w puszyste boa. – Tego to akurat znam…

Gładka i lśniąca powierzchnia zdjęcia, w jednym miejscu lekko uszkodzona, odbijała światło lampy. Nagle Zyga, jakby całkiem stracił zainteresowanie Różą i tym, że poszła na koncert z innym mężczyzną, podniósł fotografię do oczu i zaczął oglądać ją pod światło. Marczyńska niemal zagotowała się ze złości.

– Dlaczego nic nie mówisz?! – krzyknęła. – Tak ci się podoba ta Niemra?!

– Niemra? – Podniósł głowę. – Tak, tak, Niemra, chwileczkę!

Urwał kawałek leżącej na stole gazety i wyjął pióro. *R. XVI + flieg an 20. Nov. nachmittags. M.*, zanotował swoim krzywym pismem.

Róża nic nie rozumiała z treści notatki, natomiast inna rzecz stała się dla niej całkiem jasna: cholerny glina bawi się w Sherlocka Holmesa, a cała jego zazdrość zdechła, zanim się rozwinęła. Powinna była pójść z tym lotnikiem i do restauracji, i nawet do lokalu z gabinetami! Może po raz pierwszy od pięciu lat spędziłaby przyjemny wieczór, poczułaby się choć przez chwilę adorowana.

– Dobrze, nie musisz ze mną rozmawiać! – Zanim zdążył jej przeszkodzić, zabrała mu zdjęcie i ze złością zaczęła drzeć na kawałki. I tak wcale nie podobał jej się śpiew Mathi Lirhen! A przede wszystkim Zyga potrafił jej wszystko obrzydzić, na ten fotos nie potrafiłaby już patrzeć!

– Co ty robisz?! – Złapał ją za ręce.

– Może jeszcze będziesz mnie bił? – Wyrwała się. Zapiekła ją otarta skóra na nadgarstkach. – Co ja ci złego zrobiłam, że marnujesz mi życie?

Zamilkła przestraszona. Wcale nie zamierzała tego mówić. To wcale nie ona tak myślała, to tylko pan Antoni...

Zyga stał z opuszczonymi rękami w brudnej marynarce, wymiętej koszuli, z przekrzywionym krawatem. Zacisnął zęby, chyba zbierał się do przeprosin. Przyjmie je, nie będzie czekać do rana, nie każe mu spać na kanapie...

– Zniszczyłaś mi dowód – odezwał się wreszcie.

Żałosny glina!

Róża z rozmachem zatrzasnęła drzwi sypialni i w ubraniu, płacząc, rzuciła się na łóżko.

Kiedy rano z potworną migreną wychodziła na dyżur, Maciejewski jeszcze chrapał, skulony na kanapie. Śmierdziała przepełniona popielniczka, jednak Marczyńska nie dostrzegła nigdzie kawałków podartego zdjęcia, które cisnęła na podłogę.

Zdziwiłaby się, jak starannie je pozbierał.

Jak szpicel ze szpiclem

Lublin, marzec 1945 roku

Odkąd Grabarz odesłał protokolantkę, przesłuchanie ciągnęło się co najmniej piątą godzinę. Spuchnięte od obcasów ruskiego klawisza stopy Maciejewskiego z krwawoczerwonych stały się już fioletowe. Po majorze jednak nie było widać zmęczenia.

– Mamy czas. – Przerzucił kilka stron w aktach. – A znacie Anińską Natalię?

Areszowali Anińską. Pod jakim zarzutem? Były komisarz zupełnie nie wiedział, co może powiedzieć, aby nie pogrążyć dawnej szefowej obyczajówki. Zwłaszcza że nie spotkał jej od przedwojny. Zapewne tak jak on trafiła do granatowej policji albo Kripo, więc…

– Głuchy, kurwa, jesteś?! – Grabarz walnął czymś w blat biurka. Czymś ciężkim, na pewno nie ręką. Ale czym, tego Zyga nie mógł dostrzec. Lampa wyżerała mu oczy.

– Znałem – zaczął spokojnie, chociaż kosztowało go to wiele wysiłku – raczej pobieżnie. Tylko ze służby.

– Maciejewski, ciągle nie rozumiesz wyższości komunizmu nad faszyzmem – pokręcił głową bezpieczniak. – Ile razy mam ci powtarzać, że u nas wszyscy w końcu śpiewają? Anińska też, że ledwie cię znała, że prawie żeście nie rozmawiali, a jednak od słowa do słowa... Wiesz, że za Niemca dosłużyła się aspiranta?

– Nie wiem. Prawie nie znam Anińskiej – wycedził Zyga.

– *Nie znajesz* – powiedział współczującym tonem major. – *Ja uże znaju, szto nie znajesz.* A Marczyńską Różę znasz?

Kropla potu spłynęła komisarzowi po karku, wzdłuż kręgosłupa, między pośladki. Ledwie opanował drżenie rąk. W którym miesiącu ciąży była, kiedy widział ją po raz ostatni? Czwartym, piątym? Nie pamiętał, ale jakby nie liczyć, powinna już urodzić. Jeśli o niej wiedzą, co z dzieckiem? A jeśli ją mają?!

– Ty nawet nie wiesz, Maciejewski, jak dużo mi właśnie powiedziałeś – zaśmiał się bezpieczniak. – Myślisz, że co? Że ja nie widzę, jak się teraz męczysz? Znasz, znasz... Znasz Różę Maciejewską, z domu Marczyńską. I jak? Nie szkoda ci żony? Opuszczonej kobiecie możemy zapewnić towarzystwo...

Ręce skute z przodu. Rzucić się na Grabarza, złapać skurwiela za gardło. Przy odrobinie szczęścia może zdołałby zabić, zanim wpadnie ten bandzior Saszka.

Ale ręce drżały, oczy piekły, stopy zmiażdżone... Na kolanach podpełznąć do bezpieczniaka, całować po butach...

Zyga gotów byłby w tej chwili to zrobić, gdyby nie resztki trzeźwego rozumu. To byłoby najgorsze, po czymś takim nie miałby odwrotu.

– Masz rację, Maciejewski, chuj z żoną! – Major machnął ręką major. – Ale dzieciaka to ci szkoda, co?

– To nie moje dziecko! – krzyknął dawny komisarz i ugryzł się w język, ale za późno. Błąd! Morda w kubeł, kretynie!

– Kurwiła ci się? – spytał bezpieczniak, tym razem współczująco.

Zyga oklapł, zupełnie jakby zeszło z niego powietrze. Mięśnie miał jak z waty, żołądek podszedł do gardła. Gdyby pochylił głowę, wyrzygałby więzienną kolację. Zanim przedwojenna policja jako tako okrzepła, minęło prawie dziesięć lat... Teraz trwa wojna, a bezpieka już trzyma za mordę wszystko, wszystko! Wszechmocna i wszechwiedząca bezpieka, to do niej powinien modlić się Duski.

Kurwiła się, suka, obywatelu majorze... Ona nic nie wiedziała, że byłem wspólnikiem reakcyjnej bandy... Nic mnie nie obchodzi, co z nią zrobicie... Róża Marczyńska z narażeniem życia opiekowała się podczas okupacji chorą Żydówką...

Różne sprzeczne warianty zeznań rodziły się w głowie Zygi. Kolejne krople potu ciekły po plecach. Milczał jednak, już milczał.

– My możemy wszystko, Maciejewski – mówił Grabarz. – Ty wreszcie się domyśliłeś, bo jesteś mądry skurwysyn. Nie podłączali ci jeszcze jaj do prądu? Nie? Ale wyobrażasz sobie, jak by ci pyta stała. No to wyobraź sobie teraz pizdę i dwa kable, iskrę... My możemy wszystko, ale ja czemuś lubię takich mądrych skurwysynów.

Co to było? Nadzieja?!

– Ja i tak mam czapę. – By tak po prostu wzruszyć ramionami, Zyga musiał użyć chyba wszystkich mięśni. – Ja już się nie przydam.

– Więcej wiary w nową, demokratyczną Polskę, komisarzu – zarechotał Grabarz. – Ty jesteś gówno, nawóz historii, ale i gówno jest potrzebne, żeby nam coś urosło. Na to nie trzeba dialektyki, wystarczy chłopski rozum.

Komisarz podniósł głowę. Spoza uchylonych powiek popatrzył prosto w światło lampy, za którą gdzieś w ciemności były oczy Grabarza. Miał uwierzyć w bezpiekę? Wierzył. Wierzył tak mocno, że do spółki z Duskim potrafiłby już napisać

Czerwoną Księgę Rodzaju. W tej żydowskiej, Zyga pamiętał to z obrazków z dzieciństwa, był jeden skurwysyn, który chciał zarżnąć dla Boga własnego syna. Ale tamta menda nie nazywała się Maciejewski!

– Nie pasałem krów jak obywatel major – warknął. Niech mu nawet i podłączą jaja do prądu, dobrze, niech cała złość bezpieki skupi się na nim! – Nie znam się na nawozach, ale będę zeznawał! We wrześniu czterdziestego czwartego zerwałem plakat o reformie rolnej i podtarłem nim sobie...

– Taki z ciebie twardy skurwysyn? – przerwał mu Grabarz. – Saszka!

– Z moim wspólnikiem Kisłą Ignacym, tym, co zginął podczas obławy, w całym mieście zrywaliśmy obwieszczenia o reformie rolnej i podcieraliśmy sobie nimi...

Za plecami Maciejewskiego skrzypnęły drzwi.

– Papier był kurewsko twardy. Jeśli obywatel major mógłby na przyszłość...

– *Saszka, ty znajesz, szto diełat'* – z sadystycznym uśmiechem twardo powiedział major.

– *Da, toczno!* – zarechotał klawisz.

Grabarz wyszedł w samą porę, bo Maciejewskiemu zabrakło pomysłu, co jeszcze mógłby robić z dekretami PKWN-u.

Żałowajets'a narod:
„Stalin nam chuja dajot!".
Stalin eta wożd', nie bliadz',
sztoby żopu padstawliat'

– zaczął podśpiewywać dozorca. Komisarz usłyszał za plecami szczęk metalowych narzędzi. Starał się nie odgadywać, do czego mają posłużyć.

*

Lublin, 15 listopada 1936 roku

R.XVI + *flieg an 20 Nov. nachmittags.* M.

Maciejewski jeszcze raz przebiegł wzrokiem notatkę z fotosu Mathi Lirhen. R XVI to musiał być któryś z modeli samolotów produkowanych jeszcze przez Plagego i Laśkiewicza, również „przylatuje 20 listopada po południu" brzmiało jednoznacznie. No i na koniec „M." – jak Mathi Lirhen? Ale o co chodziło z tym plusem?

To był drobiazg, nieistotny szczególik, który wprawdzie psuł komisarzowi wyrazistość jego układanki, rozrysowanej na arkuszu papieru kancelaryjnego, jednak nie mógł zepsuć satysfakcji: ostatnie wydarzenia w końcu splotły się w jeden wzór. Najważniejsze były dwa zworniki: Feliks Susek, który łączył LWS i narkotyki, i kapitan Dwójki, który na rysunku Zygi jedną ręką trzymał za nogę Suska, a drugą skrzydło samolotu ze swastyką, którym leciała panna Lirhen. I chociaż temu oficerowi nie mógł nic zrobić, to rozerwać łańcuch jak najbardziej. Wystarczyłoby przyskrzynić Suska, przycisnąć pod kątem narkotyków, od początku działając oficjalnie, produkując na niego takie kwity, żeby nawet Dwójka nie od razu zdołała wyciągnąć go z aresztu.

Tylko co z uszkodzonym drążkiem w samolocie Rossowskiego w 1931? Przy nazwisku pilota Maciejewski dodał datę i cmentarny krzyż. Interes, by uziemić tamtą maszynę, miał każdy, komu zależało na plajcie Plagego i Laśkiewicza, tak samo wojsko, jak i konkurencja. Rudlicki zaprojektował jednak samolot zbyt dobrze, dlatego musiał nie ze swojej woli zostać ziemianinem. Z kolei nit wrzucony do silnika „Łosia" niepokojąco zbiegał się komisarzowi w czasie z wypadkiem „Żubra". Oko za oko, ząb za ząb, jak w porachunkach drobnych bandziorów z przedmieścia? Bo tak jak w złodziejskiej bandzie może być tylko jeden szef, tak samo wojsko nie zamówi naraz dwóch bombowców. Chociaż jaki to miałoby mieć sens teraz, dociekał Zyga, gdy obie firmy są pod kontrolą wojska? Na logikę pasowałby tu obcy wywiad – Maciejewski spojrzał na swoją notatkę o R XVI+, który przyleci 20 listopada – ale dlaczego z tym obcym wywiadem współpracuje kontrwywiad w osobie Korcza-Jasnockiego? Sprzedał się czy grał operacyjnie?

Pokombinował jeszcze przy swoich rysunkach, ale jakby nie patrzeć, nowa wersja wypychała poza ramkę i pułkownika Rossowskiego, i wypadek „Żubra". Fakt, warto byłoby wiedzieć o tych sprawach więcej, przynajmniej by mieć haka na Korcza-Jasnockiego, ale to nie był jego rewir, w przeciwieństwie do handlu narkotykami.

Zaterkotał telefon na biurku komisarza.

– Maciejewski – warknął glina.

– Komisarz Leon Przygoda. A pan, panie Zygmuncie, nawet w niedzielę na posterunku? – usłyszał w słuchawce rozbawiony głos dawnego znajomego, jeszcze ze służby w Zamościu. Zwykle telefonowali do siebie, gdy któryś potrzebował sprawdzić jakiś trop, ale od pewnego czasu nie mieli okazji rozmawiać. – Słyszałem, że zajmuje się pan jakąś sprawą z narkotykami – przeszedł od razu do rzeczy Przygoda.

– Istotnie, panie Leonie, wciągnęła mnie narkotycznie – Zyga uśmiechnął się kwaśno.

– No to chcę panu tylko powiedzieć, że też prowadziłem podobną. I awansowałem – dodał Przygoda z przekąsem. – Na komendanta powiatowego w Rawie Mazowieckiej.

– W Rawie? – zdziwił się Maciejewski. – Pan? Zastępca naczelnika Urzędu Śledczego?

– Panie Zygmuncie, nawet naczelnicy nie są wieczni, a co dopiero ich skromni zastępcy. Z panem może być gorzej, bo pan ma niewyparzoną gębę. Więc ostrzegam własnym przykładem. Do widzenia. – Przygoda chciał odłożyć słuchawkę, ale Zyga wtrącił jeszcze:

– Chwileczkę, panie Leonie, a nie maczał przypadkiem w tym palców kapitan Korcz-Jasnocki?

– Pan jest jak zwykle dobrze poinformowany. To pewnie wie pan również, o kim się mówi jako o moim następcy?

– Nie, skąd! – zdziwił się komisarz. – Gdzie mi znać stosunki w stolicy!

– No to zaskoczy pana, o czym ćwierkają stołeczne wróble. – Przygoda nagle spoważniał. – O pańskim dobrym koledze, podkomisarzu Borowiku.

Zyga zaniemówił na chwilę, nim rzucił do słuchawki:

– Słucham? Jest pan pewien?

– A czegóż w policji mogę być pewien! Niech pan przyjedzie kiedyś do Rawy, tylko ostrzegam, kolej tam nie dochodzi! – Warszawski śledczy rozłączył się.

Maciejewski przez chwilę patrzył zdębiały na aparat, po czym otworzył okno, żeby zapalić. Która to już niedziela na komisariacie, i to pod rząd?, myślał, grzebiąc w zapałkach.

– Jeszcze trochę, a zacznę przyjmować gości – mruknął pod nosem.

W złą godzinę, bo kwadrans później posterunkowy przyprowadził Krystynę Kusik. Dziewczyna była blada, oczy miała podkrążone, ręce jej dygotały.

– Co się pani stało? – Maciejewski gestem odesłał policjanta. – Proszę. – Podsunął jej krzesło.

– W nocy… – Usiadła roztrzęsiona. Zyga nalał jej do szklanki wody z karafki. – Jak pan Witold, to znaczy pan przodownik mnie odwiózł – westchnęła – był u mnie Susek.

– Susek? Przecież Susek nie żyje – skłamał komisarz. Powinien urzędowo zająć swoje miejsce za biurkiem, ale za bardzo go nosiło. Przysunął sobie krzesło i usiadł obok krawcowej, dotykając kolanem jej kolana. – Jak to było?

– Myślałam, że to pan Fałniewicz wrócił, i otworzyłam. – Wypiła pół szklanki, głośno przełykając. – Kazał mi być cicho, a potem powiedział, że jest właśnie Feliksem Suskiem. Pomyślałam, że to duch, i strasznie zaczęłam krzyczeć! Sąsiedzi się zbiegli... Jak się uspokoiłam, to i zrozumiałam, że to przecież nie był duch. Że nie zniknął, a uciekł, ale panie komisarzu, ten Feliks Susek żyje! On mógł mnie zabić!

– Proszę się nie denerwować. – Maciejewski położył jej dłoń na ramieniu i natychmiast cofnął. – Czy ktoś zawołał policjanta?

– Policjanta?! – wykrzyknęła dziewczyna. – Przecież tamten uciekł, to co by zrobił policjant. Tylko protokołem męczył. Pan miał rację, oni mi nie darują. – Otarła chustką oczy. – Ale to pana wina! – jej podniesiony głos załamał się histerycznie. – Oni wiedzą, że ja wam powiedziałam... Ja wszystko odwołuję! Było tak, jak napisali w gazecie: nie chciałam tego Suska i on się z rozpaczy powiesił. Tak powiem w sądzie!

– Proszę się nie denerwować – powtórzył Zyga, sam siląc się na spokój. Przysunął sobie telefon. – Przodownika Fałniewicza spod ziemi wygrzebać! – rzucił do słuchawki. – Proszę się nie obawiać, zajmiemy się panią. A tamten? Proszę sobie dokładnie przypomnieć, jak wyglądał.

– Okropnie, jak morderca! – sapnęła krawcowa. – I miał tutaj... – Dotknęła ust.

– Zajęczą wargę? – podpowiedział Zyga.

– Zajęczą – zajęczała Krystyna Kusik.

*

Zyga, co ty wyprawiasz? – spytał Borowik.

Maciejewski przełożył słuchawkę do drugiej ręki i rozparty wygodnie w fotelu komisarza Herra, zaciągnął się papierosem.

– Ja? Korzystam jedynie ze swoich uprawnień jako kierownik Śledczego, a więc zastępca komendanta. Komendanta chorego i niedysponowanego.

– Szukasz Suska.

– Nic podobnego, przecież Susek nie żyje – zaprotestował Maciejewski. – Szukam niezidentyfikowanego handlarza narkotykami z zajęczą wargą, który wczoraj wieczorem wdarł się do cudzego mieszkania. Jak wiesz, jest to przestępstwo zagrożone…

– Nie wciskaj mi kitu! – zdenerwował się Borowik. – Postawiłeś na nogi połowę mundurowych.

– Taki już mój los – zaśmiał się Zyga. – W niedzielę trudno o więcej.

– Odwołaj poszukiwania.

– Stachu, sam wiesz, że nie mogę, choćbym chciał ci nieba przychylić – zaczął cynicznie Maciejewski. Borowik rzucił słuchawką.

Piłka była w grze. Zyga wolałby wprawdzie być rozgrywającym niż trenerem, jednak nie można mieć w życiu wszystkiego. Fałniewicz buszował po spelunach, Anińska sprawdzała burdele, nawet Kraft, chociaż był Dzień Pański, przeglądał meldunki z komisariatów.

I naraz komisarz zaśmiał się sam do siebie. Dotarło do niego, którego napastnika należy kryć, żeby przejąć piłkę. Podniósł słuchawkę i połączył się ze swoim gabinetem.

– Gienek, rzuć te kwity – polecił. – Wezwij Wilczka i Lubelskiego z II Komisariatu. Niech pilnują komisarza Borowika. I odwołaj Fałniewicza! Niech zaraz wraca do Śledczego.

– Zyga, ty zwariowałeś – ostrzegł przyjaciel.

– Przeciwnie, miałem objawienie.

*

Mężczyzna z zajęczą wargą zastygł pochylony nad stolikiem do kart. Osłonięte pokrowcami meble świadczyły dobitnie, że nie oczekuje żadnych gości. A jednak pukanie powtórzyło się. Gospodarz przykrył stolik zszarzałym płótnem i podszedł do drzwi.

– Kto tam? – zapytał.

– Od kapitana Korcza-Jasnockiego. Niech pan otworzy!

Zanim mężczyzna przekręcił klucz, omiótł wzrokiem mieszkanie. Wszystko wyglądało dokładnie tak, jak poprzedniej nocy, kiedy się tu ukrył. Prawie wszystko: pokrowiec na kanapie był pognieciony.

Tymczasem podkomisarz Stanisław Borowik, zniecierpliwiony wyczekiwaniem pod drzwiami, zastukał raz jeszcze, tym razem mocniej. Przygnał tu na piechotę zaraz po telefonie do Maciejewskiego. Przynajmniej przypomniał sobie czasy, gdy służył w brygadzie pościgowej. Kiedy drzwi się wreszcie otworzyły, wpadł do środka i starannie je zamknął.

– O co chodzi? – mruknął facet z zajęczą wargą, niższy od niego o pół głowy.

– Nazywasz się pan Marian Kurczuk? Przynajmniej chwilowo?

– A czy ja się pytam, jak pan się nazywasz? – Kurczuk spojrzał na niego wyzywająco. – Co powiedział kapitan?

– Kapitan prosił uprzejmie zapytać, po co pan do niej chodził, do jasnej cholery?! – warknął Borowik. – Nie mówiono panu, żeby siedzieć cicho? A teraz szuka pana policja.

Potrącając ramieniem Kurczuka, wszedł do środka i usiadł w fotelu.

– Kapitan wściekły, co? – Mężczyzna z zajęczą wargą porzucił już prowokujący ton. Wytarł spocone dłonie o spodnie.

– Ja też jestem wściekły! – Śledczy walnął pięścią w oparcie fotela. Z pokrowca podniósł się kurz. – Nie po to robię z pana samobójcę, żeby się pan pałętał po mieście.

Wstał, zrobił kilka kroków po pokoju i jego wzrok padł na krzywo przykryty stolik do kart. Szarpnął płótno.

– Ostrożnie! – zawołał Kurczuk.

Krzyknął za późno. Biały proszek uniósł się w powietrze, na lakierowanym blacie został jedynie rozmazany ślad po starannie usypanej kokainowej ścieżce. Szklana fifka stoczyła się i stłukła na podłodze. Nietknięte pozostało tylko metalowe pudełko po cukierkach ślazowych. Borowik chwycił je i otworzył.

– Co to ma być?! – Poczerwieniał.

– Towar – Mężczyzna wzruszył ramionami. – Chce pan spróbować?

Komisarz Borowik, odłożywszy pudełko, złapał go za klapy marynarki i szarpnął do góry. Nie żeby zaczęły go nagle interesować sprawy Heńka Korcza-Jasnockiego, nie jego cyrk i nie jego małpy. Skoro Dwójka z jakichś powodów trzyma parasol nad handlem narkotykami, to musi mieć swoje powody. Jednakże skoro i on bierze udział w tej grze, a co gorsza: skoro wziął w niej udział Maciejewski, nie życzył sobie żadnych błędów! Żadnych narkomanów, którzy z nudów biorą kokainę, a potem wpadają na durne pomysły, jak ten ze straszeniem jakiejś dziwki!

– Ty idioto jeden! – wycedził prosto w rozszerzone źrenice. – Szmato! Masz szczęście, że nie ma tu kapitana. Agent z bożej łaski! Jakbyś dla mnie pracował, już bym cię roztarł na ścianie.

– Zabierz pan te ręce! – Kurczuk wyrwał się i wierzchem dłoni otarł ślinę w kąciku zajęczej wargi. – Kapitan mnie sobie rozetrze albo i nie, a tobie nic do tego, glino.

Borowik zamachnął się, by walnąć go na odlew w ten durny pysk, ale przeszkodziło mu pukanie do drzwi. Henio Korcz- -Jasnocki? No i znakomicie!

– Kapitan zeżre cię, kretynie, na zakąskę do wódeczki – zapowiedział. – I to już za chwilę.

Kurczuk przygarbił się, oklapł jak przedziurawiony balon. Wolno podszedł do drzwi.

– Kto tam? – zapytał niepewnie.

– Administrator – usłyszał znajomy głos Arona Goldberga.

– Otwórz i spław go! – syknął śledczy. Cóż, Henryk był na jakiejś odprawie w Dowództwie Okręgu Korpusu. Miał się wyrwać jak najszybciej, ale widocznie przyjdzie na niego jeszcze trochę poczekać.

*

Kapitan Korcz-Jasnocki rzeczywiście od kilku godzin siedział za szerokim ciemnym biurkiem w Samodzielnym Referacie Informacyjnym przy lubelskim Dowództwie Okręgu Korpu-su, ale wyłącznie w towarzystwie portretów marszałka Rydza- -Śmigłego i prezydenta Mościckiego. W niedzielę o żadnej odprawie nie mogło być mowy. Skoro Staszek w to uwierzył, świadczyło to z jednej strony o tym, że oficer Dwójki miał nie najmądrzejszych przyjaciół, a z drugiej, że Borowik wpadł w panikę. To akurat kapitan potrafił zrozumieć: kolega ze szkolnej ławy grał o taki przydział służbowy, z którego świet-nie utrzymana, asfaltowa droga wiedzie prosto do Komendy Głównej. Tyle że o tym nikt w Lublinie nie wiedział i nie miał prawa wiedzieć, nawet komendant wojewódzki.

Niech wreszcie sam coś załatwi, uznał Korcz-Jasnocki. Ochronić agenta „Kurczuka" przed glinami jako glina potrafi najlepiej.

Tymczasem kapitan musiał popracować nad tym, jak się pozbyć rzekomego samobójcy, i to raz na zawsze! Narobił zbyt wielu kłopotów.

Z góry, ze służbowego mieszkania generała Smorawińskiego, dochodziły stłumione przez grube mury dźwięki gramofonu. Na biurku sierżanta dyżurnego przy wejściu do dawnego pałacu Lubomirskich odzywał się czasem telefon, w Referacie Informacyjnym ledwie słyszalny. Poza tym Korcz-Jasnocki był całkiem sam. Sam ze swoimi papierami i myślami.

W tarnopolskie go, na Kresy, pod samą granicę! To wydawało się najlepszym, bo najprostszym wyjściem. Oczywiście lojalnie uprzedzić kolegów z tamtejszej placówki, że w razie czego „Kurczuk" jest na straty, mogą go nawet, cholernego kokainistę, wystawić sowieckiemu NKWD!

Mściwe plany przerwał kapitanowi dzwonek bezpośredniego telefonu. Ten numer nie znajdował się w książce PAST-y. Lotnik spojrzał na aparat. Jeszcze dwa sygnały, potem przez pół minuty cisza i kolejne trzy, chyba nawet bardziej wściekłe, wibrujące. Wiedział już, kto telefonuje, ale zdziwiła go seria niemieckich przekleństw, którymi przywitała go Mathi.

– Nie denerwuj się – poprosił. – Co się dzieje?

– Co się dzieje, *zum Teufel*?! – krzyknęła. – To ja się pytam, co się dzieje! Siedzę w tym podłym hotelu, na tej zasranej prowincji prawie tydzień, a ty mi nie powiedziałeś, że i na tym lotnisku nie jest czysto?!

– Jak to nie jest? – Kapitan zacisnął zęby. – Z kim rozmawiałaś?

– Z bardzo miłym tutejszym urzędnikiem, który dotrzymał mi towarzystwa przy obiedzie w restauracji. Wyobraź sobie, dawno nie szlifował niemieckiego i był niezwykle rad, mogąc mi opowiedzieć nieco tutejszych plotek.

– Mathi, ale ja nie mam czasu na plotki – burknął Korcz-Jasnocki. – Przyjdę do ciebie wieczorem, to…

– Na tę plotkę musisz znaleźć czas! W LWS-ie tuż przed moim przyjazdem powiesił się jakiś dozorca czy inny kretyn, kręci się tam policja i piszą o tym wszystkie gazety. I jeśli myślisz…

– Naszym sprawom to nie zagraża – przerwał jej kapitan.

– Jeśli myślisz – nie dała się zbyć – że w tej sytuacji będę czekać w hotelu na twoją wiadomość o dostawie, to ty mnie jeszcze nie znasz. Sama tam pojadę. Właściwie nie sama, z Alfim, telefonowałam już do niego.

– Mathi, rozumiem, paszport dyplomatyczny Alfiego bywał przydatny, ale tym razem to nie jest dobry pomysł. Zaufaj mi… – Henryk Korcz-Jasnocki zmusił się do miękkiego, głębokiego tonu głosu.

– Nie tym razem, Heinrich – ucięła i rzuciła słuchawką.

*

Administracja, niech pan otworzy! – Pukanie powtórzyło się.

– Powiedziałem: otwórz i spław go! – syknął komisarz Borowik.

Szczęknął obracany w zamku klucz, Kurczuk otworzył drzwi. I rzeczywiście zobaczył przed sobą dozorcę Arona Goldberga, jednak w towarzystwie trzech innych mężczyzn: postawnego grubasa, niższego nieco niechluja ze złamanym nosem i niewysokiego chudzielca. Sądząc po rysach twarzy, tylko ten ostatni mógłby być mieszkańcem „Spółdomu".

– Policja! – Niechluj pchnął Kurczuka, jednocześnie podstawiając mu pod nos znaczek służbowy.

Zanim mężczyzna zdążył zareagować, miał już unieruchomione ręce. Szarpnął się, ale bezskutecznie. Chudzielec, wywiadowca Lubelski z II Komisariatu, miał niezłą krzepę.

– Dziękuję panu. – Niechluj zamknął administratorowi drzwi przed nosem i wszedł do pokoju.

Borowik dopadł stolika do kart, żeby schować pudełko z kokainą. Nie zdążył.

– Serwus, Stachu. – Komisarz Maciejewski uśmiechnął się. Od razu zwrócił uwagę na ślad białego proszku na blacie eleganckiego mebla. – Nie wiem, jak mam ci dziękować. – Podszedł i uścisnął dłoń Borowika. Jeszcze nią potrząsnął, by ten gest nie umknął tajniakom, a tym bardziej przeszukiwanemu przez nich mężczyźnie. – My szukamy ptaszka od prawie doby, a ty go ująłeś. Oczywiście napiszę o tym w raporcie.

– Zyga – szepnął mu kolega z Komendy Wojewódzkiej – teraz już całkiem wlazłeś w gówno. Nie będę mógł ci pomóc. A jeżeli napiszesz, że Feliks Susek…

– Feliks Susek? – Maciejewski zrobił zdziwioną minę. – W żadnym razie. Przecież Susek się powiesił, a śledztwo umorzone z braku znamion przestępstwa. Co ma w dokumentach? – Odwrócił się do tajniaków.

Fałniewicz skuł mu już ręce za plecami, Lubelski przeszukiwał kieszenie.

– Marian Kurczuk, panie komisarzu – powiedział wywiadowca, gdy odnalazł dowód osobisty.

– No właśnie, to Marian Kurczuk, podejrzany o handel narkotykami i usiłowanie napadu. Jeszcze raz serdecznie ci dziękuję. – Znów uścisnął dłoń Borowika. – Wziąłem samochód z komendy. Podwieźć cię gdzieś?

– Szarżujesz – warknął Staszek.

– Nic podobnego! Rzadko jeżdżę autem, dlatego prowadzę bardzo ostrożnie. – Zyga zarechotał.

*

Lublin, 16 listopada 1936 roku

Krystyna Kusik wzdrygnęła się, zaglądając przez lipo do celi w izbie zatrzymań. Przepisy sugerowały wprawdzie, by w takich razach używać lustra fenickiego, jednak skąd komendy powiatowe mają wziąć pieniądze na takie luksusy, już nie mówiły.

– To on? – zapytał Zyga.

– On – szepnęła.

Uśmiechnął się zadowolony, że załatwił dwie sprawy za jednym zamachem: krawcowa skruszona, bo samo wejście do lochów I Komisariatu na każdym robi wrażenie, a Kurczuk *vel* Susek rozpoznany i przymknięty. Co prawda, po nocnym maglowaniu przyznał się tylko do posiadania kokainy na własny użytek, więc sędzia śledczy podważyłby zasadność zatrzymania, jednak była dopiero siódma rano i sąd jeszcze nie rozpoczął pracy.

– A czy to nie on dał pani pierścionek w zamian za te kłamstwa?

– Nie, ta jego warga… – Krystyna Kusik zawahała się. – Nie, tamten był taki zupełnie zwyczajny. Ja panu tak dziękuję, że pan go złapał. – Krawcowa dotknęła ramienia komisarza. – Ale to nie był on. On mnie napadł, ale ten od pierścionka był inny. Pan myśli, że ich jest cała banda?

– Już ja się tego dowiem. – Klapa zamknęła się z cichym zgrzytem. – Proszę iść prosto do domu i nie otwierać nikomu nieznajomemu. Żadnemu listonoszowi, inkasentowi,

rozumie pani? Chyba że przyjdę ja albo przodownik Fałniewicz.

Odprowadził dziewczynę do poczekalni i dłuższą chwilę
patrzył na jej zgrabnie poruszające się biodra. Odwróci się?

Odwróciła i jeszcze uśmiechnęła zalotnie. Prawie jak kiedyś Róża…

*

No więc jak się ostatecznie nazywasz? – powtórzył Maciejewski.

Czas naglił. Sędzia śledczy Rudniewski, swoją drogą całkiem przyjemny człowiek, ale formalista, zapewne wszedł już
do gabinetu i zaczął przeglądać papiery, które przyniósł mu
ten smutny jesienny poniedziałek. Za chwilę dotrze do informacji policyjnej o zatrzymaniu niejakiego Kurczuka, podejrzanego o wtargnięcie i napaść. Rudniewski odłoży ją na bok,
ma w końcu kilogramy ważniejszych spraw, jednak odezwie
się telefon, jak nie z Komendy Wojewódzkiej, to z prokuratury, a jak nie z prokuratury, to z Samodzielnego Referatu
Informacyjnego Dowództwa Okręgu Korpusu.

– Marian Kurczuk, jak mówiłem. Proszę mi zdjąć kajdanki.

– Nie mogę, bałbym się – zarechotał Zyga. – Jesteś niebez-
pieczny, Kurczuk. A co podejrzany Kurczuk robił w mieszka-
niu wynajętym na nazwisko Susek Lucjan?

– Miałem klucze – cierpliwie powtórzył siedzący przed
śledczym mężczyzna.

– Miał podejrzany klucze od Suska, tak… – Zyga pokiwał
głową. – Jest podejrzany spokrewniony z Lucjanem Suskiem?

– Nie jestem.

– A może jest podejrzany pederastą, kochankiem Lucjana
Suska?

– Nie jestem pederastą! – krzyknął przesłuchiwany.

– Skoro nie jest podejrzany ani krewnym, ani kochankiem Lucjana Suska, to jaki jest charakter waszej znajomości? – cisnął Zyga.

– Luźny.

– O, dobrze, że mi przypomniałeś! – ucieszył się komisarz. – Kajdanki się nie poluźniły? – Spojrzał znacząco na Fałniewicza.

Ten podniósł do góry skute przeguby Kurczuka i ściśnięte mocniej bransolety przeskoczyły o jeden ząb. Mężczyzna skrzywił się z bólu.

– Rzeczywiście, straszna tandeta – mruknął tajniak.

– Luźny charakter znajomości – zanotował Maciejewski. – Bardzo gościnny człowiek ten Lucjan Susek… A jak był ostatnio ubrany?

– A co to ma do rzeczy?

– Sprawdzić kajdanki! – Śledczy skinął na wywiadowcę. Fałniewicz docisnął je jeszcze o jeden ząb.

– W garnitur popiel-aaa-ty – jęczał Kurczuk. – Kapelusz miał… szary chyba. Nie pamiętam! Zdejmij!!!

– Nie denerwuj się, to szybciej pójdzie – poradził Zyga. – A więc Susek był ubrany w szare odcienie… Nie sądzisz, że to niestosowne?

– Dlaczego? – wydukał przesłuchiwany.

– Bo skoro tak niedawno pochował brata, powinien nosić żałobę. Ja bym nosił. A ty? – Maciejewski zwrócił się do Fałniewicza.

– Bezwarunkowo – kiwnął głową wywiadowca. – Tylko że ja mam siostrę.

– Siostrę? – zaciekawił się komisarz. – Gdzie mieszka?

– Pod Nałęczowem.

– Piękna okolica.

– I mają z mężem piękne gospodarstwo. – Tajniak wszedł w rolę. – Do tego sad owocowy i...

– Zdejmijcie to!!! – krzyknął Kurczuk.

– Sad owocowy! – rozmarzył się Zyga. – A ja, widzisz, sam jestem. Sam jak palec.

– To musi być ciężko panu komisarzowi – zasmucił się Fałniewicz.

– A komu jest lekko?...

– Będę mówił! – wrzasnął przesłuchiwany. – Będę mówił, tylko niech pan zdejmie te kajdanki!

– Coś za coś. – Maciejewski odwrócił się w jego stronę i wyjął z szuflady biurka pudełko z kokainą. – Na początek mi powiedz, co to jest. Bo że nie cukierki ślazowe, to już zauważyłem.

I rzeczywiście Kurczuk zaczął mówić. Powiedział nawet, że nie jest ani Kurczukiem, ani żadnym z braci Susków, ale Jakubem Obrokiem, synem Włodzimierza, aresztowanym za komunistyczne ulotki podczas służby wojskowej, a potem pozyskanym przez II Oddział Sztabu Głównego jako prowokator. Przez prawie rok pracował jako strażnik w LWS-ie, a jednocześnie zajmował się przewożeniem z Warszawy do Lublina narkotyków. Miało to jakiś związek z naprawami gwarancyjnymi lubelskich samolotów, z tym, że to wykonywały zakłady na Okęciu, on jedynie brał walizkę i przyjeżdżał z nią tutaj, by zostawić w przechowalni bagażu. Nakazano mu w razie najmniejszego zagrożenia porzucić towar i zniknąć, dlatego gdy przypadkiem jeden z transportów uległ uszkodzeniu, on wrócił do wagonu i drugim wyjściem, przez tory, wśliznął się do osobowego Lublin–Łuków–Siedlce.

Skusiło go spróbować. I spodobała mu się odwaga, pewność siebie, jakie czuł po wciągnięciu niepozornej białej kreseczki proszku. Zaczął podbierać towar, najpierw dla siebie, potem żeby dorobić... Może gdyby był ostrożniejszy, mniej chciwy, nic by się nie stało, ale przesadził i kapitan Korcz-Jasnocki zdecydował się zdjąć go z LWS-u. Miał mu załatwić nowe dokumenty i przydział, a Obrok *vel* Kurczuk miał siedzieć cicho...

– To prawda? – upewnił się Maciejewski, zamykając notes.

– Prawda – kiwnął głową Obrok. – Ale i tak wam nic z tego nie przyjdzie – zapowiedział mściwie, rozmasowując obolałe nadgarstki. – Wy nie wiecie, co to Dwójka.

– Wyprowadzić! – rozkazał Zyga. – A ty – wymierzył palec w zatrzymanego – uważaj na schodach, bo świeżo myte, łatwo się poślizgnąć.

Sędzia śledczy Rudniewski zatelefonował pół godziny później. Komisarz przyznał się do pomyłki. Zapewne nie pierwszy i nie ostatni raz.

Dopiero wtedy przypomniał sobie, że nie zapytał o ten drobiazg, który psuł mu układankę. O plus przy nazwie samolotu R XVI...

*

Maciejewski, wchodząc po drewnianych schodach na piętro kamienicy przy Dolnej Panny Marii, miał jeszcze nikłą nadzieję, że Tadek Zielny wraca już do zdrowia. Niestety, z ledwością poznał faceta, który mu otworzył. Tajniak miał wypieki na twarzy, przepocone włosy i w spodniach od piżamy wpuszczonych w grube wełniane skarpety ani trochę nie wyglądał na amanta z przedmieścia. Na funkcjonariusza służby śledczej jeszcze mniej.

– Pan kierownik? – zdziwił się, otwierając szerzej drzwi, i zaczął kasłać.

W niewielkim sublokatorskim pokoju tajniaka śmierdziało czosnkiem i syropem, na stołku obok łóżka urósł nierówny stos przeglądanych z nudów gazet. Gdy Maciejewski zawadził o niego połą płaszcza, odkrył także tani podręcznik kamasutry.

– Literatura fachowa? – burknął. – Dlaczego nie leżysz w łóżku?

– Bo pan kierownik zapukał. – Zielny opadł na nie ciężko i przykrył się kołdrą. – Napije się pan kawy? Trzeba tylko zawołać pannę Mariannę, tu zaraz, drzwi w drzwi...

– A to pannę Mariannę uczysz kamasutry? – Maciejewski zdjął kapelusz i położył na stole. – W twoim stanie?

– Czytam sobie na sucho... znaczy się teoretycznie. – Zielny kichnął i wysmarkał nos w wyciągniętą spod poduszki chustkę. – Przecież chory jestem.

Brzmiało to rzeczywiście żałośnie. Tajniak oddychał ciężko, a gorąco buchało z niego jak z pieca. Akurat teraz! By dorwać Obroka *vel* Kurczuka *vel* Suska, Zyga zaangażował stanowczo zbyt wielu ludzi. Drugi taki numer i „Herr Komendant" łeb mu urwie, kiedy wróci z chorobowego. Pewnie i tak już mu donieśli... Tymczasem komisarz potrzebował ludzi do obserwacji lotniska i tej Mathi Lirhen. R XVI miał przylecieć dopiero za cztery dni, tylko co, jeśli zmienią termin? Kapitan Korcz-Jasnocki nie jest, niestety, debilem, wobec wpadki Suska może zmienić plany...

Oprócz tego ktoś wciąż musiał pilnować Krystynę Kusik. To ostatnie zadanie niezbyt chętnie wypełniał Fałniewicz, no ale rozdwoić się nie mógł.

– Widzę, że jesteś chory – mruknął Zyga.

Gdyby to właśnie jemu powierzyć młodą krawcową, byłby właściwy człowiek na właściwym miejscu. Byle nie szalał z kamasutrą! Może i niezbyt lotna, ale śliczna i w gruncie rzeczy chyba dobra dziewczyna... Dlaczego Fałniewiczowi tak nie pasowała?

– A pan kierownik ma jakąś sprawę?

– Nie, sprawdzam tylko na polecenie Komendy Głównej, czy przypadkiem nie symulujesz. – Maciejewski sięgnął po kapelusz. Posiedzi tu dłużej i jeszcze się zarazi! – Chociaż... – Zmarszczył czoło. – Co ci powiedział Duski?

– Duski? – Zielny zaniósł się kaszlem. – Ten księgowy? Bredził coś o dziwnym zachowaniu, że ten Susek niby ostatnio wszczynał kłótnie, drzwiami trzaskał... Ale jak zapytałem, z kim się kłócił, to zaczął kręcić, że on się z robotniczą klasą nie zadaje, nie rozpoznaje... – Tajniak wzruszył ramionami. – Zresztą ma to pan kierownik w mojej notatce.

– A ja akurat mam teraz czas czytać twoje notatki – burknął Zyga.

Rozejrzał się po pokoju. Typowo męski bałagan, niedomknięta szafa, kurz na parapecie, miednica i dzbanek w rybki, pewnie pożyczone od panny Marianny... Właśnie, rybki!

– Zielny, ty najlepiej znasz Fałniewicza... Chodzi mi po głowie, że nigdy żadnych kobiet, to jego wypieszczone akwarium...

– Że niby Fałniewicz to pederasta? – spytał domyślnie chory tajniak i zaniósł się takim śmiechem, że złapał go atak kaszlu. – Niemożliwe. Mnie żadnych awansów nigdy nie czynił, a sam pan kierownik rozumie... – Przygładził tłuste włosy.

– Jakby ci trzeba było postawić bańki, to poproszę Różę.

– Panią Różę? – Zielny spojrzał na komisarza podejrzliwie. Nie, chyba mu nie powiedziała, że pięć lat wcześniej oni... Akurat jej na pielęgniarkę stanowczo by sobie nie życzył. – Lekarz nic nie mówił o bańkach.

– No to zdrowia życzę! – Maciejewski machnął kapeluszem i wyszedł.

*

To pan telefonował? – upewnił się chudy portier z niemodnym przedziałkiem pośrodku głowy.

Komisarz kiwnął głową. Wykonał tego popołudnia kilkadziesiąt rozmów, w tym dziewięć razy pytał w hotelowych recepcjach o Mathi Lirhen, bo jakoś nie przyszło mu do głowy, aby berlińska artystka zatrzymała się tu, w „Centralnym". Obstawiał „Europejski" albo „Wiktorię", potem wykręcał już kolejne numery z książki PAST-y.

Portier tymczasem odebrał klucz od mężczyzny z wielkimi, sterczącymi na boki wąsami i w palcie z bobrowym kołnierzem..

– Mam nadzieję, że szanowny pan zachowa dobre wspomnienie z pobytu w naszym hotelu. – Ukłonił się nisko, wyciągając łapę po napiwek.

– Łoj, co tu ćmić, panie? – Gość wzruszył ramionami i sięgnął do kieszeni tylko po to jednak, by wydobyć wielki zegarek, pewnie pamiętający jeszcze młodość cesarza Franciszka Józefa. Sprawdziwszy godzinę, podniósł walizkę. – Ładnie tu u was, ale brudno.

Z przylepionym uśmiechem portier odczekał, aż wąsacz wyjdzie, nim znów spojrzał na Maciejewskiego.

– Przyjeżdża teraz tego chamstwa... – Pokręcił głową. – Chce pan pewnie obejrzeć książkę meldunkową? – zapytał, podsuwając ją usłużnie.

Zyga przerzucił kilka kartek. Mathi Lirhen, pokój numer 7, zameldowana 10 listopada… Zamknął księgę i zmierzył mężczyznę zimnym spojrzeniem.

– Portierzy hotelowi należą do najrozumniejszych ludzi na tym nieprzyjemnym świecie – powiedział. – Pan zgodzi się zapewne?

– Miło mi to słyszeć, panie komisarzu. – Na twarz cerbera z „Centralnego" wypłynął fałszywy uśmieszek.

– W takim razie proszę dobrze usłyszeć również to, co panu teraz powiem. I zapamiętać. – Zyga oparł się łokciami o kontuar. – Jeżeli pani Lirhen dostanie list, telegram, będzie do niej telefon albo ktoś przyniesie chociażby bukiecik fiołków…

– Raczej nie o tej porze roku – wtrącił portier.

– Niech pan nie będzie takim detalistą. – Mina komisarza świadczyła o tym, że wprawdzie docenił żart, ale nie zachęcała do dalszych. – Jeżeli ktoś do niej przyjdzie, zadzwoni pan. – Położył na blacie wizytówkę. – A jeśli nikt nie odbierze, to pod ten. – Dopisał numer dyżurnego. – Nie po kwadransie ani po godzinie, ale natychmiast. Może się też zdarzyć, że ktoś wsunie panu do kieszeni jakiś banknocik i poprosi o dyskrecję, bo takie rzeczy zdarzają się w hotelach, prawda?

– Istotnie, panie komisarzu, niekiedy się zdarzają – kiwnął głową chudzielec.

– Dlatego i policja nie będzie gorsza. – Maciejewski włożył za wykrochmaloną białą poszetkę portiera dwadzieścia złotych. – Czy od tego kogoś weźmie pan forsę, czy nie, to nie moja sprawa. Podobnie jak pański dyskomfort moralny, gdy mu pan obieca milczeć jak grób, a potem zatelefonuje do mnie. Bo jako lojalny obywatel praworządnego państwa tak pan przecież zrobi.

– Nie inaczej, panie komisarzu – obiecał portier. – Gdyby się jednak zdarzyło, że zamiast mnie będzie zmiennik... – Mężczyzna niedwuznacznie potarł kciukiem o palec wskazujący.

– O, przepraszam! – Maciejewski znów sięgnął do jego kieszonki i wyjął banknot. Rozprostował go na kontuarze, a potem przedarł na pół. – Sądziłem, że jest pan mądry, a pan jesteś tylko sprytny. To na zachętę. – Podał portierowi pół dwudziestozłotówki. Emilia Plater na marginesie przedniej strony wprawdzie ocalała, jednak wieśniaczka na odwrocie musiała się czuć rozdarta: i dosłownie, i dlatego, że każde z jej dzieci poszło teraz w inną stronę. – Reszta, gdy pan zatelefonujesz. A może masz pan więcej zmienników?

Portier zacisnął zęby.

*

Lublin, marzec 1945 roku

Żarówka w celi zamigotała i Maciejewski, do tej pory spokojnie ignorujący Duskiego, który próbował go wciągnąć w rozmowę o dobrych przedwojennych czasach, naraz zmarszczył brwi.

Gdzieś już widział te ostre cienie na szczupłej twarzy i szczurze, zmrużone oczy...

Coś zaczęło mu świtać w pamięci, ale zanim ciężkie i powolne wspomnienie zdołało się z niej wydobyć, zazgrzytała odciągana zasuwa. Obaj więźniowie stanęli na baczność.

– Obywatelu oddziałowy, melduję celę... – zaczął Duski, ale ruski klawisz tylko splunął przez zęby i domyślny buchalter zaraz się zamknął.

– *Maciejewskij*! – warknął dozorca.

Zyga posłusznie wyszedł na korytarz. Spodziewał się kolejnego przesłuchania, nowych sztuczek majora Grabarza, ale ku jego zdziwieniu klawisz, ledwie zamknął zasuwę, gestem kazał mu stanąć pod ścianą. Rozejrzał się i wyjął z kieszeni dwa papierosy.

– *Szto eto?* – zapytał były komisarz.

– *Tielegrammy wam* – zarechotał nieprzyjemnie Rosjanin. – *Razcwietanija nie nada.*

– *Poczemu eto dziełajet'e?*

– *Skaży prawdu, ty urka?*

Maciejewski spojrzał klawiszowi w oczy. W wybałuszonych, żabich ślepiach bandziora ubranego w mundur widział zadowolenie z rozpoznania kamrata. No bo czy jakiś frajer stawiałby się majorowi i nie lizał butów, byle przestali bić? Rosjanin nie rozumiał ani słowa z przesłuchań, reagował tylko na komendy, jak pies. Ktoś mądry dałby psu kiełbasę do powąchania. Zyga jednak nie miał zamiaru sprawiać skurwysynowi ani odrobiny przyjemności, mimo że prawda wcale mu się nie opłacała.

– *Niet, ja glina, znaczyt mient.*

– *K stienu, swołocz!* – ryknął dozorca.

Przyciśnięty nosem i ustami do więziennego muru Maciejewski czuł, zdawało mu się, wszystkie zapachy i smaki pierdla: słony pot, słodką krew i zgniłą nutę zbyt długo noszonych męskich gaci. Klawisz obszukał go, złośliwie uderzając przy okazji w jądra.

Wepchnięty z powrotem do celi, Zyga nawet już tego nie pamiętał. Strażnik nie odebrał grypsów, to było najważniejsze.

– *Duskij!* – rozkazał.

Gdy współwięzień zniknął z celi, Maciejewski pospiesznie rozerwał niedokładnie sklejone bibułki obu papierosów. Cenny tytoń ostrożnie zsypał na środek lewej dłoni.

~~Panie Kierownika~~ Zyga, mnie nawet przestali bić. A Cie-
bie? Ja już stąd nie wyjdę. Jakby co, zeznawaj na mnie, ja
to biorę. Wyczujesz. Wiem, masz to w dupie, ale modlę
się za Ciebie. W. Fałniewicz

Żyje!, odetchnął z ulgą Zyga. Kiedy jednak rozwinął drugi
gryps, cała tak skrupulatnie zebrana machorka rozsypała się
po betonowej posadzce.

My nie dokończyli, Maciejewski! Gdy będziesz myślał,
co możemy zrobić twojej żonie, pomyśl też o dziecku.
Chłopak zdrowy, powinszować! Może za 20–30 lat zajmie
moje miejsce? Może zgnije w kopalni? Myśl, Maciejewski!
Grabarz

– O co mu chodzi? – zastanawiał się Duski, kiedy po chwili
wrócił do celi i szczęknęła zamykana zasuwa. – Pan wie, gdzie
on mnie macał? Mój Boże, dlaczego tak nas upokarzają?!

Kak pod naszym, pod mostom
szczuka jebnuła chwostom,
diewki paschy nie doździalis',
my je wyjebli postom!

– wyśpiewywał tymczasem klawisz.

Qui pro quo

Zyga spał tak fatalnie, jakby to była noc przed bitwą.
Kilkakrotnie wstawał i wychodził do kuchni, żeby zapalić
papierosa, posunął się nawet do tego, że o trzeciej nad ranem przygotował sobie słabą, za to długo parzoną herbatę.
Normalnie, wypiwszy ją ze wstrętem, natychmiast zasypiał.
Tym razem nie pomogła. Nic, tylko rozłożyć gazetę na stole
i wyczyścić rewolwer.

By nie obudzić Róży, komisarz domknął drzwi do kuchni
i wyjął z paczki przedostatniego papierosa. Jedną zasadzkę na
Korcza-Jasnockiego zdołał zastawić w hotelu, bo nie wątpił,
że Mathi Lirhen, czy jak tam się ona naprawdę nazywała, to
będzie dobry hak na kapitana. Gorzej, że nie miał nikogo na
lotnisku, co psuło mu symetrię, na wypadek gdyby pierwszy
haczyk się urwał. A dwójkarz był silniejszą rybą, niż Zyga na
początku sądził. Trzecia gwiazdka! Już był w ogródku, już
witał się z gąską…

W dodatku kiedy zaczął podliczać pieniądze z funduszu
operacyjnego, które poszły na dorożki i łapówki w tej zupełnie
nieformalnej, gorzej: całkowicie osobistej sprawie, zrobiło
mu się nieswojo. Zawsze dusił każdy grosz, prywatny czy
służbowy, a teraz może nie wystarczyć forsy na stałych konfidentów. Tyle dobrego, że koniec roku blisko. Jednakże tym

bardziej musiał przyszpilić Korcza-Jasnockiego, zbyt wiele w to zainwestował i zbyt wiele było do stracenia.

Pozostawał jeszcze trop Krystyny Kusik. Maciejewski planował wykorzystać ją do ostatecznego uderzenia. Bo jeżeli nie przekupił jej ani Borowik, ani Obrok, pozostawał tylko kapitan.

Chciał pomówić z nią jak najwcześniej, ale z komisariatu mógł wyrwać się dopiero po dwunastej, po odprawie i odpisaniu na kilka sążnistych pism sędziego śledczego. Mimo chłodu postanowił pójść piechotą i zaoszczędzić złotówkę na dorożce.

Drzwi mieszkania krawcowej były uchylone, stukotała maszyna do szycia, a asystował jej zupełnie nie do rytmu patetyczny głos chłopca przed mutacją:

Pan Marszałek Piłsudski mieszka w Belwederze,
Mundur nosi wspaniały, ordery rozliczne,
Podwładnych, gdy potrzeba, do „galopu" bierze,
Kłaniają mu się osły zagraniczne…

– Posły! Posły zagraniczne, Michasiu – poprawiła Krystyna Kusik, nie przerywając roboty.

– To powinno być „posłowie". Głupi ten wiersz – przytomnie zauważył chłopiec.

– No, powiedz to nauczycielce, to zobaczysz! – Maszyna zatrzymała się, zaszeleścił materiał. – A dała ci mama te pięćdziesiąt groszy na kino?

– A tam! – Michaś wzruszył ramionami. – Ale ja nie chcę do kina! Pani wie, przecież ten, no… *Sztandar zwycięstwa* to nam pokazywali w zeszłym roku. Ja bym chciał na *Rapsodię Bałtyku*. To też patriotyczne, o marynarzach i lotnikach.

– Oj, Michaś, Michaś, to bardziej o miłości niż o marynarzach! – zaśmiała się ślicznie panna Krystyna. Na chłopcu chyba również zrobiło to wrażenie, bo przestał kiwać się na krześle i usiadł prosto, jakby chciał udać bardziej dorosłego. I wyższego. – Skoro mama nie ma, ja ci dam na bilet. Przyniesiesz mi za to wody. I nie zagaduj już, bo masz wiersz do nauczenia. Była pierwsza zwrotka, drugą umiesz, to teraz trzecia!

Zaś Dziadek ma dla wszystkich serce dobrotliwe,
Jednakowo miłuje każde polskie dziecko.
Pochwali kiedy dobre, chłoszcze gdy leniwe,
Uczy je cenić prawdę, a pogardzać sprzeczką.

– I widzisz? Wiersz wcale nie jest głupi – wtrąciła wychowawczo krawcowa. – Dalej!

– *Cokolwiek jest potrzebne Rzeczypospolitej…* – niemal zapiszczał chłopiec w patriotycznym uniesieniu, zaraz jednak urwał deklamację, zauważywszy cień na korytarzu. Maciejewski zapukał i pchnął uchylone drzwi.

– Panna Krystyna, jak widzę, ma też talenty pedagogiczne. – Uchylił kapelusza i uśmiechnął się.

Kobieta przerwała robotę, a chłopiec w kraciastym swetrze i z przekrzywionym kołnierzykiem za dużej koszuli spojrzał na niego wzrokiem początkowo tylko speszonym, po chwili już nienawistnym.

Zyga odchrząknął. To była przecież wariacja na temat jednego ze stuprocentowo skutecznych damsko-męskich zagajeń Zielnego, tymczasem w jego ustach zabrzmiała tak wrednie, jakby służył w obyczajówce. Albo w pionie politycznym.

– Mam marynarkę do przeróbki. – Położył na kuchennym stole niedbale owinięty sznurkiem pakunek. Sądził, że to będzie lepszy pretekst niż kolejna bombonierka. I bardziej praktyczny.

– Biegnij, Michaś, potem cię odpytam. – Krawcowa zamknęła książkę, zakładając ją paskiem szarego papieru pakowego. Chłopiec niechętnie zsunął się z krzesła.

Kiedy mijał komisarza, ten podniósł rękę, by przyjaźnie potargać mu włosy. Nie żeby lubił dzieci, ale odrodzona Ojczyzna gnębiła ich obu swymi mitami i kompleksami, zobaczył więc w Michasiu towarzysza niedoli. Cofnął jednak dłoń, kiedy chłopiec, zadzierając głowę, spojrzał mu hardo w oczy.

Jeszcze jeden!, uznał Zyga. Jeszcze jeden skuszony przez miss Chlewnej albo i całych Bronowic.

Co pomyślał Michaś, tego komisarz nie mógł oczywiście wiedzieć. Lecz znając życie, musiało to być coś w rodzaju: „A spróbuj, sukinsynie, skrzywdzić pannę Krysię…”.

– I zamknij drzwi, mój mały – poprosiła krawcowa, ale już nie tonem pedagogicznym, a niskim i głęboko seksualnym.

Zamknął, aż mało nie wyleciały z futryny.

– Niech pan zdejmie okrycie. – Krystyna Kusik wstała i podeszła do komisarza tak blisko, że tylko idiota nie złapałby jej za biodra i nie przyciągnął jeszcze bliżej. A jednak Maciejewski był idiotą. W dodatku na służbie.

*

Róża Marczyńska początkowo bała się nocnych dyżurów: tych długich godzin samotności, odgłosu własnych kroków na szpitalnym korytarzu i nasłuchiwania, czy z którejś sali nie dobiegnie płacz albo jęk bólu. Prawie modliła się, aby dobiegł. Jeśli w szpitalu było za cicho, nieraz zdawało się jej, że ona jedna tu jeszcze żyje.

Rutyna, tylko rutyna mogła jej pomóc, zwłaszcza że metalowa szafka z morfiną i innymi lekami ścisłego zarachowania była tak blisko! Wystarczyłoby ukraść klucz albo wyłamać zamek… Marczyńska zabierała więc do szpitala powieści sensacyjne, ostatnio *Proboszcza w kasynie gry* z Biblioteki Nowości Cukrowskiego. Dziesięć stron i obchód po wszystkich salach na oddziale, dziesięć stron i obchód, a co trzydzieści zaglądała do dyżurnego doktora z pytaniem, czy czegoś nie potrzebuje. Nocne dyżury miały natomiast tę zaletę, że po powrocie mogła przespać cały dzień i o niczym nie myśleć.

Tym razem jednak nie było jej to dane, bo ledwie zapadła w głębszy sen, z podwórka dał się słyszeć głośny kwik konia. Róża otworzyła oczy i wzdrygnęła się z zimna. Przez otwarty lufcik wpadł do pokoju samotny płatek śniegu, by roztopić się na parkiecie.

– Nie mógł zamknąć, jak wywietrzył? – burczała pod nosem, szukając stopami po omacku nocnych pantofli. – Najpierw nadymi, potem lodówkę robi! Szkoda że nie na oścież rozwalił… – Podeszła do okna.

Przed oficyną stał furgon wyładowany dywanami. Żydowski woźnica w płaszczu łata na łacie trzymał konia za uzdę i coś do niego mówił. Drugi Żyd, niziutki i gruby, ale w porządniejszym palcie, narzuconym na roboczy fartuch, ostrożnie zlazł z kozła.

– Psik! – krzyknął, grożąc pięścią.

Czarna półdzika kotka czmychnęła między kubły na śmieci. Dozorca tolerował ją, bo odkąd się przybłąkała, z piwnic tej i kilku sąsiednich kamienic przy Szpitalnej zniknęły szczury i myszy. Zwierzę miało jednak zwyczaj zaczajania się w kącie podwórka, by nagłym skokiem wystraszyć Marczyńską. Jak się okazało, nie tylko ją, konie również.

Ktoś się wprowadza?, pomyślała zdziwiona.

Niski mężczyzna wskazał swojemu towarzyszowi dwa zrolowane dywany, woźnica bez wysiłku zarzucił je sobie na ramiona. Po chwili zniknęli pielęgniarce z oczu, bo weszli do jej klatki schodowej. Rozejrzała się, czy nikt z okien naprzeciwko nie dostrzeże przez koronki firanki prawie przezroczystej nocnej koszuli pracującej po nocach sąsiadki, i wspiąwszy się na krzesło, zatrzasnęła lufcik.

Chciała wrócić do łóżka, lecz przeszkodziło jej stukanie do drzwi.

– Momencik, zaraz! – zawołała, narzucając prędko szlafrok.

Przechodząc przez pokój dzienny, odruchowo omiotła go wzrokiem. Na szczęście Zyga nie zostawił rano bałaganu. Szczęknęła zasuwka i zdziwiona Róża zobaczyła furmana z dywanami.

– Aj, ja bardzo szanowną panią przepraszam, jeśli nie w porę! – Przed wysokiego osiłka przepchnął się niziutki Żyd. Nawet Marczyńska mogła patrzeć na niego z góry. – Ja jestem Abram Bursztyn i bardzo szanowną panią przepraszam! Tu można, za pozwoleniem szanownej pani? – Władował się do przedpokoju i skinął na woźnicę. Ten z obojętną miną położył dywany na podłodze. – Mnie jest tak bardzo przykro, że panią obudziłem, ale niech pani spojrzy, toż to nie dywan, to dzieło sztuki, proszę szanownej pani! A ten drugi…

– Ale pan się pomylił, niczego nie zamawiałam. – Marczyńska cofnęła się zaskoczona. – Może magister Daszkiewiczowa, tylko to naprzeciwko.

– Ja bardzo uprzejmie szanownej pani dziękuję! – Bursztyn ukłonił się z rewerencją. – Zapamiętam na pewno, żeby znaleźć piękny dywan dla pani magister. Ale te są dla pani, na pewno. Gdy idzie o piękny dywan dla pięknej kobiety, Abram Bursztyn nie myli się nigdy! No bo przecież to szanowna pani jest Róża Marczyńska? Aj, jak mądrze postąpiła mamusia szanownej pani! Piękny kwiat, piękne imię, piękna pani. I piękny towar! – Schylił się i odwinął kawałek najpierw czerwono-szarego dywanu w śliczne kwiaty, potem cudownie puszysty róg drugiego w kolorach brzoskwini i dojrzałych wiśni. – Proszę tylko powiedzieć który!

– Mówiłam, nie zamawiałam. I nie mam pieniędzy! – Róża cofnęła się, by przypadkiem nie dotknąć brzoskwiniowego dywanu i nie pokazać, jak bardzo chciałaby go mieć. Po takim można byłoby chodzić boso choćby i w największy mróz!

– Aj, po co mówić o pieniądzach?! – Handlarz zrobił zniesmaczoną minę. – Ja jestem Żyd, a czy ja coś mówię o pieniądzach? Taka kobieta jak pani to nawet nie powinna o nich myśleć! Po co?! Pani dziś nie ma pieniędzy, ale jutro czy za miesiąc będzie miała dużo. Dywanik się spodoba, to zrobimy interes. A nie spodoba się szanownej pani, to przywiozę inny.

– Ja mało zarabiam! – jęknęła Marczyńska.

– Ja jestem Abram Bursztyn, a nie żaden, tfu!, komornik! Ja się nie pytam, kto ile zarabia. Zadowolenie szanownej pani to dla mnie więcej niż pieniądze. Zostawimy oba – postanowił. – Kłaniam się szanownej pani! – Zgiął kark tak nisko, jakby pomylił ją z angielską królową, ale nie zapomniał wcisnąć Róży wizytówki z reklamą swojego składu.

Marczyńska została sama z dwoma nowymi dywanami. Skredytowanymi dywanami! Co ten Bursztyn miał na myśli, że jutro albo za miesiąc będzie miała pieniądze? Wiedział o jakimś spadku? No bo niemożliwe, aby to Zyga zrobił jej taką drogą niespodziankę! Chociaż…

Róża podbiegła do okna i otworzyła je, omal nie zrywając żabek od firanki.

– Proszę panów! – zawołała do woźnicy i handlarza nieporadnie sadowiącego się w wozie.

– Czym mogę szanownej pani służyć? – Abram Bursztyn uśmiechnął się szeroko.

– Czy mój... – zająknęła się – czy podkomisarz Maciejewski wie o tych dywanach?

– O, p o d k o m i s a r z Maciejewski to nie wie. Ale k o m i - s a r z Maciejewski na pewno będzie szczęśliwy, mogąc pani sprawić przyjemność. Do widzenia szanownej pani! – Handlarz opadł na kozioł i szturchnął furmana.

A Róża z hałasem zatrzasnęła okno. Urwana firanka spadła z karnisza, grzechocząc żabkami.

– Ty świnio! – zaszlochała Marczyńska, siadając na zimnej podłodze. – Ty sukinsynu, ty brudna policyjna świnio!... To ja się od Żyda muszę dowiadywać?!...

*

Bernard Marmurowski od trzech lat prowadził agenturę celną i ubezpieczeniową w szarej kamienicy u zbiegu ulic 1 Maja, Wolskiej i Bychawskiej. Budynek ten zresztą planował niedługo wykupić, bo nie wątpił, że gdy tylko całkiem minie kryzys, po kolejnych dziesięciu latach prosperity to gwiaździste skrzyżowanie stanie się drugim centrum Lublina, Bychawska czymś w rodzaju drugiego Krakowskiego Przedmieścia (lub jeszcze lepiej: Piotrkowską z miasta Łodzi), a ulica 1 Maja może nawet warszawską Targową. A pępkiem tego nowego świata będzie jego nieruchomość, która wówczas sięgnie pięciu, a może i dziesięciu pięter. Marmurowski już widział oczyma wyobraźni, jak pali cygara w gabinecie na szczycie wieżowca i z zadowoleniem patrzy a to na stację kolejową, odprawiającą długie składy do Warszawy, Lwowa albo i dalej, do Rumunii, a to w drugą stronę: na lotnisko, ze cztery razy większe, przyjmujące samoloty z całej Europy. Każdy z tych pociągów, każdy z aeroplanów oznaczałby kolejne pieniądze dla Marmurowskiego. W 1950, no może w 1960 roku, sprzeda to swoje imperium, kupi sobie samolot i poleci do Palestyny. Na własne oczy zobaczy Jerozolimę, no i przede wszystkim odwiedzi kibuce dawnych znajomych z Poalej Syjon. „Patrzcie – tak powie – coście zostawili! Tam była wasza Jerozolima, wasza Ziemia Obiecana. Z antysemitami, nierozumiejącą was policją, Dmowskim, Trzeciakiem i Kolbem, ale tam były też pieniądze, na któreście sobie pogwizdali, więc ja je zarobiłem".

To finalne, cokolwiek mściwe marzenie, lepiej było jednak skryć na dnie serca i nawet o nim nie myśleć, mimo zbliżającego się radosnego święta Chanuka. Bo ledwie wyobraził sobie siebie jako dostojnego, obrzydliwie bogatego starca, w drzwiach ciasnego kantorka zobaczył swego dobroczyńcę, a więc jednego z tych ludzi, których wolałby nigdy nie oglądać.

– Pan Berel Marmur, i to przy tuszy! Dobrze pan wygląda – powiedział mężczyzna, zamykając za sobą drzwi. – O, przepraszam, pan Bernard Marmurowski! Jak interesy? – Przystawił sobie krzesło i usiadł. Ale nie okrakiem jak wówczas, kiedy widzieli się po raz pierwszy, w zupełnie innych okolicznościach: na komisariacie policji. I kapelusz też położył sobie skromnie na kolanach, nie rzucił go na biurko.

– Pan komisarz chciałby się ubezpieczyć? – uśmiechnął się z przymusem Marmurowski. – Życie, mieszkanie, odpowiedzialność cywilna? Wiem, kupuje pan auto!

– Nie, panie Marmur. – Zyga Maciejewski wyjął notes w zniszczonej okładce. – Jako agent ubezpieczeniowy nie interesuje mnie pan ani trochę. Raczej jako celny. Krótko mówiąc, spłaci pan dzisiaj część swojego długu.

– Jeśli cokolwiek jestem panu winien... – Marmur *vel* Marmurowski przeniósł wzrok na niewielką kasę ogniotrwałą, nad którą do sufitu piętrzyły się półki z księgami rachunkowymi.

– Pan zawsze będzie mi coś winien i dobrze pan o tym wie. Zapalę, jeśli pan pozwoli. – Komisarz wyjął z kieszeni pogniecioną paczkę papierosów i zaczął grzebać w pudełku z zapałkami. – Zawsze, bo przedawnienie przedawnieniem, ale tamta sprawa wciąż może narobić panu wstydu. Taki wstyd to przecież kłopot dla człowieka interesu. Po urzędach siedzą kundle, gotowi koncesję odebrać, i nawet nie dlatego, że nie lubią Żydów, a ze strachu przed wyższą instancją. Pan o tym dobrze wie, panie Marmur... przepraszam, panie Marmurowski.

Przyszły właściciel fortuny znów stał się chudym, z oszczędności odwracającym kołnierzyk na drugą stronę prowincjuszem, który z fałszywymi dokumentami przyjechał tu z Włodawy, licząc, że w dużym mieście najpierw zapadnie się pod ziemię, a potem zacznie nowe życie. Jak jakaś roślina. Ale człowiek nie ziemniak ani brukiew...

– Oczywiście, zawsze będę pamiętał pańską przysługę. – Starał się mówić lekko, chociaż wszystko go gniotło i uwierało, począwszy od skrojonego na miarę garnituru, a kończąc na poduszce przeciw hemoroidom. – Jest mi wręcz przykro, że pan mi o tym przypomina. – Podał Maciejewskiemu ogień. – Uprzejmie służę i proszę rozkazywać.

– Myślę, że dla pana będzie to drobnostka, panie Marmurowski, inaczej nie śmiałbym fatygować. – Tak fałszywej miny agent celny dawno nie widział, nawet gdy pewien znajomy krewnego innego znajomego przyszedł się go radzić, jak poza cłem wywieźć z kraju dwa tysiące dolarów i chyba z parę kilo złotych rubli. – Potrzebuję wiedzieć wszystko o przylotach i odlotach samolotów typu R XVI na niemieckich papierach, powiedzmy, z ostatnich dwóch lat.

– Z Lublina? – zapytał rzeczowo Marmurowski.

– Z takim drobiazgiem nie przychodziłbym do pana. – Papieros komisarza otarł się o brzeg kryształowej popielnicy, obnażając czerwony żar. – Z całego kraju.

– To przecież łatwo może pan sprawdzić drogą urzędową – zdziwił się agent.

– A pan wierzy urzędnikom, panie Marmurowski? – Komisarz zgasił papierosa i wstał. – Tu jest moja wizytówka. Gdyby mnie nie było, proszę nikomu niczego nie mówić, tylko kazać dyżurnemu, żeby mnie odszukał. I telefonować za pół godziny.

– Oczywiście. – Agent obrócił w dłoniach kartonik. – W przyszłym tygodniu przedstawię panu, czego się dowiem.

– W przyszłym tygodniu to ja sam będę wszystko wiedział. Przed niedzielą, panie Marmurowski. – Zyga spojrzał groźnie spod kapelusza. – A najlepiej jutro.

Gdy tylko zamknęły się drzwi, agent westchnął ciężko i sięgnął po słuchawkę.

Natomiast Maciejewski znowu pomyślał o Krystynie Kusik, z której wdzięków nie skorzystał, mimo że podawała mu je niemal na tacy. Właśnie z tego powodu wchodził do biura Marmurowskiego zły na siebie, ale teraz opuścił je w znacznie lepszym humorze. Pośniegowe błoto mlaskało pod kołami konnych furgonów i ciężarówek, z fabryki maszyn rolniczych po prawej stronie niósł się zgrzytliwy hałas pasów transmisyjnych, mimo to plac Bychawski wydał się naraz komisarzowi wspaniałym miejscem, zupełnie jakby tajemni-cze fluidy zainfekowały go futurystycznymi planami agenta celnego i ubezpieczeniowego. Dlatego postanowił naprawić grzech zaniechania i ruszył z powrotem w stronę Bronowic. Odwrócił wzrok od sterczącej z drugiej strony Czerniejówki niedokończonej wieży kościoła św. Michała Archanioła, cho-ciaż bez wątpienia sterczała specjalnie, by zwrócić uwagę Zygi na fakt, iż działa w zamiarze bezpośrednim popełnienia czy-nu opisanego w paragrafie szóstym Dekalogu.

*

Przeskakując po dwa stopnie, Maciejewski wbiegł na piętro kamienicy przy Chlewnej. I tam omal nie wpadł na siedzącego na schodach chłopca, którego Kusik przepytywała z wiersza. Dzieciak ukradkiem otarł łzę.

– Ktoś cię skrzywdził, Michasiu? – Zyga pochylił się nad nim, od przeszło kwadransa wyjątkowo życzliwie usposo-biony.

– Dla kogo Michaś, dla tego Michaś! – warknął chłopak, komicznie pociągając przy tym nosem. – Ja pana nie znam!

Zadzierając głowę, zmierzył komisarza spojrzeniem. Naraz zaśmiał się jak wariat i zbiegł na dół.

– Co ci tak nagle wesoło?! – krzyknął za nim komisarz. Trzasnęły drzwi i to musiało wystarczyć policjantowi za od-powiedź.

Zyga wolno wszedł na piętro i zapukał do drzwi krawcowej. Była w domu, to akurat nie pozostawiało wątpliwości, bo jeszcze przed chwilą słyszał ze środka jej głos. Teraz zrobiło się cicho.

– To ja, Maciejewski – powiedział komisarz, pukając po-nownie.

Za drzwiami coś skrzypnęło, usłyszał zduszony kobiecy głos, jakby chciała krzyknąć, ale ktoś zakrył jej usta.

Dziwne zachowanie dzieciaka, pogróżki Borowika... Do ciężkiej cholery, przecież Zyga tylko blefował, strasząc dziewczynę zemstą tych, którzy stoją za śmiercią Suska! Zaczął jednak naprawdę się o nią bać, zupełnie jak o Różę w trzydziestym pierwszym, gdy przyłapano ją na kradzieży morfiny.

Maciejewski wyjął i odbezpieczył rewolwer, drugą ręką naciskając klamkę. Drzwi ustąpiły na szerokość dłoni, otworzyć szerzej nie pozwalał łańcuch. Niemniej to wystarczyło, by dostrzec potężnego mężczyznę w płaszczu i rzuconą na stół, zupełnie bezradną krawcową.

Zyga cofnął się i jak buhaj natarł na drzwi. Grzmotnął o ścianę wyrwany z futryny łańcuch i komisarz wpadł do środka z bronią gotową do strzału.

Na kuchennym stole, wśród robótek krawieckich, leżała rozkraczona Krystyna Kusik. Jeden pantofel wciąż trzymał się stopy, drugi leżał na podłodze. Jeszcze żyła, jeszcze się poruszała! Morderca wystawił głowę spod jej spódnicy... Dlaczego trzymał ją pod spódnicą, zamiast patrzeć duszonej ofierze w oczy?

– Fałniewicz? – Komisarz opuścił broń.

Wywiadowca spojrzał na swojego przełożonego co najmniej tak samo zdziwiony. Zaczerwienił się i otarł usta.

– Ja... Tu... Wytłumaczę panu kierownikowi...

Krawcowa złapała sukienkę klientki, której dolna część była rozłożona na stole, a górną, jeszcze niewykończoną, trzymała stopka maszyny do szycia. Gdy szarpnęła materiał, by skromnie zasłonić swój pełny biust, dał się słyszeć odgłos prucia.

– Podarło się i cała robota na nic – zauważył Maciejewski, chowając rewolwer. – Słucham, co pan przodownik ma mi do powiedzenia! – Po Zielnym mógłby się tego spodziewać, ale Fałniewicz! Fakt, że nie był pedałem, właśnie naocznie sprawdził.

– Ja… My… Nie spodziewałem się tu pana kierownika – wystękał wywiadowca.

– Pewnie, pewnie! – Zyga obejrzał się za kuszącą krawcową, która uciekła do pokoju, stukając stopami po podłodze. – Gdyby się mnie państwo spodziewali, byłaby wódka i coś na ząb. Może i nastawiony patefon, co?

– Pan kierownik wie, że ja nigdy nie… Na miłość boską, niech pan poczeka na korytarzu! – krzyknął. Pierwszy raz, odkąd się znali.

– Jak sobie życzysz! – Maciejewski trzasnął drzwiami.

Gdyby tak nawinął mu się Michaś albo ten rudy kot, który pierwszy przywitał go na schodach przy Chlewnej… Dawno nie był tak wściekły, bo dawno nie sponiewierano tak jego męskiej dumy. Przecież szedł tutaj, by to przed nim Krystyna Kusik rozłożyła nogi, tymczasem ubiegł go nawet nie fircyk Zielny, ale ten spokojny, słoniowaty tajniak od złotych rybek, cholera jasna! Zyga wygrzebał z kieszeni nową paczkę zapałek i zaciągnął się papierosem. Chwilę później wyszedł Fałniewicz i cicho zamknął za sobą drzwi.

– Oczywiście poniosę surowe konsekwencje, panie kierowniku – zaczął poważnie – tylko…

– Tylko niech to zostanie między nami, tak? – burknął komisarz.

– Nie – pokręcił głową tajniak. – Tylko niech pan pamięta, że to moja wina, nie jej.

– Błędny rycerz jesteś, Donkiszot jakiś? – pokręcił głową Maciejewski. – Razem z Zielnym tyle lat robisz przy dziwkach, a wciąż znasz się tylko na złotych rybkach…

Z drugiej strony, wyrzuty sumienia Fałniewicza były mu całkiem na rękę... Tak, właśnie znalazł kogoś, kto chętnie poświęci czas poza służbą na obserwowanie lotniska. Więcej, kogoś, kto w tym celu weźmie kilka dni wolnych.

– Idziemy – rozkazał. Powoli zszedł na dół, a tajniak jak wielki, potulny pies trzymał się krok za nim. Dopiero na ulicy komisarz zaszczycił go spojrzeniem.

– Oczywiście, gdybym wiedział, że pan kierownik ma co do tej panny swoje plany... – zaczął ze skruchą wywiadowca.

Zyga cisnął niedopałek do rynsztoka.

– Ja?! Co ci chodzi po głowie? – skłamał. Czyżby erotyczny pociąg do młodej krawcowej miał już wypisany na gębie? Że nawet nie najbystrzejsi tajniacy odczytują to niczym dziewiętnastowieczny fizjonomista skłonność do określonych typów przestępstw albo zboczeń seksualnych? – Fałniewicz, po każdym bym się tego spodziewał, ale nie po tobie – zmienił temat. – Wódka? Rozumiem, ludzka rzecz. Łapówka? Nie rozpieszcza nas kochana ojczyzna. Ale dziwki na służbie obracać? – Zyga znów poczuł ukłucie zazdrości. Gdyby wtedy nie wyszedł, gdyby odwiedził Marmurowicza później! – I to żebyś ją jeszcze po ludzku przerżnął i też coś z tego miał!

– To nie jest pańska sprawa! – warknął Fałniewicz.

– Rzeczywiście – uśmiechnął się podle Maciejewski. – Wracamy, żebyś napisał mi podanie o kilka dni urlopu. Oczywiście natychmiast je przyjmę. A ty będziesz musiał w wolnym czasie trochę poszpiclować...

*

Madejowa wytarła ręce w mokry, lepiący jej się do biustu łach, rzecz pośrednią między halką, podomką a zwykłą szmatą. W balii pełnej szarej, lekko spienionej wody wypłynęły na powierzchnię niczym topielec ciemnoszare drelichowe spodnie. Dzieciak, który jeszcze przed chwilą kulił się na nocniku, przestraszony najściem obcych mężczyzn, teraz wstał. Fałniewicz poczuł mdłości. Jedno dziecięce gówno aż tak nie śmierdzi, tego był pewien.

– Niby sublokator? – Madejowa rozejrzała się po kuchni. Złapała za rękę chłopczyka z czerwonym nosem, podwinęła mu koszulkę i posadziła na nocniku. – Teraz ty. A ten pan to niby gdzie będzie spać?

– Na stryszku. – Zyga wskazał klapę w suficie.

– Eee, tam brud! – Babsko pokręciło głową. Jej monstrualne sutki wybrzuszyły ubranie jak dwa nabiegłe ropą wrzody.

Tam brud, powtórzył w duchu Fałniewicz. Aż trudno mu było sobie wyobrazić coś gorszego, niż widział tutaj.

– A ile niby ma płacić? – zainteresowała się kobieta.

– Płacić? – Komisarz zmierzył ją wzrokiem i bardzo wolno, bardzo podle pokręcił głową. – Chcecie chyba, Madejowa, żeby wasz mąż utrzymał posadę. Ja prowadzę poważne śledztwa i nie mam czasu zajmować się drobnym łamaniem przepisów. Ale jeśli chcecie, mogę i tym...

Urwał, bo coś otarło mu się o nogawkę. Kolejny pełzający po podłodze bachor!

– Ile wy właściwie macie dzieci? – wyrwało mu się, bo poprzednim razem widział tylko trójkę.

Fałniewiczowi często zdarzało się robić naloty na meliny, widział ludzi tak przeżartych alkoholem, że nie pamiętali własnego imienia, ale żeby matka nie wiedziała, ile ma dzieci? Madejowa już drugi raz próbowała porachować na palcach i co chwila się myliła. Zaczęła więc od początku:

– Z pierwszym mężem to był Antoś, potem Helenka…

– A lat ile macie?

– Ja? – Spojrzała tak zdumiona, jakby komisarz zapytał w obcym języku.

– Nieważne! – Machnął ręką. – Więc w sprawie sublokatora…

Skrzypnęły drzwi i z pokoju wynurzyła się niczym zjawa albo gnom z jakiejś okrutnej bajki maleńka, sucha starucha, okutana w kilka połatanych wełnianych chust.

– Głupia suka! – Kobiecina podeszła do Madejowej i wyciągając wysoko rękę, kułakiem zdzieliła ją po plecach. Synowa schowała głowę w ramiona, mimo że tamta nie dałaby rady dosięgnąć tak wysoko. Może stając na stołku. – Kurwa taka, niedojda, władzy będzie pyskować! Ja ci tu zara, jak tylko kija wezmę! – zagroziła.

Maciejewski patrzył na obie baby nie mniej zaskoczony niż jego tajniak. Starucha obróciła się ku niemu z przymilnym uśmiechem.

– Będzie tak, jak pan władza sobie zażyczy. Ja swoje lata mam, ja wiem, jak jest i co trzeba. Do nas za cara jeszcze żandarmy przychodziły, się żyło z nimi w zgodzie, to i one krzywdy nie zrobiły. Nie jest tak, panie władza? Temu panu pościele się tam, w izbie…

– Na stryszku! – powtórzył z uporem Zyga.

– Jak na stryszku, to na stryszku. – Babina wzruszyła ramionami. – Idź ogarnij! – rozkazała synowej.

Ta szybko przyniosła z sieni drabinę i wspięła się po niej, by odwalić klapę. Spod spódnicy widać było grube, owłosione łydki z dalszymi przyległościami. Fałniewicz odwrócił wzrok.

*

Był wprawdzie wtorek, ale zdaniem Zygi, miał wszystkie cechy poniedziałku, najbardziej przykrego dnia tygodnia, gdy ledwie jedną rzecz uda się skleić, inna leci z rąk. A ulica Kościuszki była pełna knajp, każda z nich obiecywała chwilę oddechu. Bo na wytchnienie przy Róży Maciejewski nie liczył, wciąż była na niego wściekła z powodu Mathi Lirhen.

Jedniutkiego pod śledzika obiecał sobie komisarz i pchnął niepozorne drzwi restauracji „Pod Czternastoma Cyckami". Nabrał głęboko powietrza przesyconego tytoniowym dymem, zapachem domowej kuchni i nutą tanich perfum młodszych wspólniczek, pracujących jako kelnerki. Drażniło go tylko, że akurat trafił na publiczny przegląd prasy przy dwóch stolikach w głębi: lewy zajęli redaktorzy „Expressu", prawy „Głosu Lubelskiego", prawie jak w sejmie. Mimo wszystko było to najmilsze miejsce, jakie w tym dniu Maciejewski potrafił sobie wyobrazić. Dwa głębsze, nie więcej, postanowił, siadając z brzegu przy barze.

– Samoloty spadały, spadają i będą spadać – wywodził ktoś przy stoliku „Expressu". – Pilotów mamy więcej niż maszyn, to kogo obchodzi bezpieczeństwo? Są na to statystyki. Tym bardziej kogo obchodzi, że to może być koniec lubelskiej fabryki?

Zyga zerknął za okno. Ulicą przeszły dwie zapamiętale trajkoczące dziewczyny, potem policjant z obwiązaną sznurkiem paczką pod pachą; wysoce nieregulaminowo. Komisarz wypił pierwszą wódkę: za LWS albo na pohybel LWS-owi. Nie weszła dobrze, paliła, więc szybko zagryzł śledziem.

– To jest dopiero początek prawdziwej fabryki lotniczej! – Teraz dla odmiany zagrzmiał ktoś z „Głosu". – Pan albo nie wie, albo nie chce pamiętać, ale dziesięć lat temu to Plage i Laśkiewicz wciskali wojsku takie maszyny, że co druga rozlatywała się w powietrzu. A ilu pilotów zginęło! Pisał o tym świętej pamięci redaktor Binder.

– Binder to pisał, że Plage był niemieckim szpiegiem.

– A nie był? Teraz fabryka jest wreszcie państwowa.

Druga wódka aż wykręciła Maciejewskiemu gębę. Zamówił jeszcze duże jasne, żeby spłukać przykry posmak. Za to śledź był wyborny, tłusty i nieprzesolony.

– Już godzinę kłócą się o ten samolot – wzruszyła ramionami bufetowa. Jej biust poruszył się równomiernie pod bluzką. – Wcześniej roztrząsali, czy umyślnie nie uszkodzili go Sowieci.

– A co robiliby Sowieci pod Warszawą? – Zyga pociągnął łyk piwa. Chłód i lekka goryczka przyjemnie masowały gardło, pianka strzelała prosto w nos zapachem chmielu.

– A co zwykle robią Sowieci pod Warszawą? – Bufetowa zaśmiała się cicho i puściła oko do komisarza.

Nie lubił tego, ale z pełnym przekonaniem dał jej napiwek. Kobieta okazała się znacznie bardziej inteligentna i dowcipna, niż na to wyglądała. Maciejewski w dużo lepszym humorze opuścił restaurację i poszedł prosto do domu.

Pierwsze, co go zaniepokoiło, gdy włożył klucz do zamka, to że drzwi były otwarte. Przez głowę przebiegła mu myśl o *qui pro quo* u krawcowej. Nacisnął klamkę i zobaczył Różę wśród porozrzucanych po podłodze ubrań.

– Włamali się do nas? – zapytał zaskoczony. – Przecież cały dzień byłaś w domu.

Wszedł i o mało nie wyrżnął czołem w ścianę przedpokoju, potykając się o dwa zrolowane dywany.

– Jeśli było jakieś włamanie – syknęła Marczyńska – to nie do ciebie.

Przyklękła na podłodze i teraz dopiero komisarz uświadomił sobie, co ona robi. Wszystkie porozrzucane ubrania należały do niego. Róża zaś spokojnymi, metodycznymi ruchami upychała je w walizce.

– Wyrzucasz mnie? Dlaczego? – Spróbował ją objąć, ale dostał łokciem w brzuch.

– Podobno dostałeś awans – warknęła.

– To jeszcze nic pewnego… – mruknął zdziwiony. Kto jej powiedział?

– Nic pewnego?! – Gwałtownie wstała znad walizki. Jasny lok wysmyknął się jej spod spinki i opadł na twarz. Marczyńska odrzuciła go energicznym ruchem głowy. – Żydowscy handlarze już nawet wiedzą – wskazała dywany – a ja? Ja nic!

– To nie jest takie proste… – zaczął Zyga. – Wytłumaczę ci.

– Jeśli już chcesz coś tłumaczyć, wytłumacz mi to! – Cisnęła mu w twarz jakiś pakunek w szarym papierze.

Rozwinął opakowanie i omal się nie zaśmiał. Poznał swoją starą marynarkę, teraz nieco poszerzoną i odprasowaną, ale najbardziej zabawny był liścik skreślony dziewczęcym charakterem pisma:

Wielce Szanowny Panie Komisarzu!

W pierwszych słowach mego listu pragnę bardzo Pana Komisarza przeprosić. Pan był dla mnie bardzo dobry, a ja zawiniłam wobec Pana. Przysięgam, że z tamtym mężczyzną nic mnie nie łączy! Ze wstydu cierpię teraz katusze i zrobiłabym wszystko, żeby mi Pan wybaczył. Marynarkę poszerzyłam, tak jak Pan prosił, i teraz na pewno będzie ładnie leżała. Bardzo się o to starałam, to może Pan nie będzie o mnie myślał tak źle. Kończąc ten krótki list, jeszcze raz błagam Pana o wybaczenie mojej słabości i żeby Pan przyszedł, a wtedy ja wszystko wytłomaczę i jeszcze raz przeproszę.

Szczerze oddana

Krystyna Kusik

– Wytłumaczę ci, to dość komiczne nieporozumienie. Różo, ja cię proszę – powiedział niemal czule.

– Ty sam jesteś komiczne nieporozumienie! – krzyknęła. – My razem to komiczne nieporozumienie! I wiesz, co jest jeszcze bardziej komiczne? Tę twoją marynarkę i ten cholerny liścik przyniósł przed półgodziną bardzo komiczny policjant z twojego komicznego komisariatu. Trzeba było dać tej kurwie adres, to przynajmniej wstydu przed ludźmi byś mi zaoszczędził!

– Przysięgam, z tą kobietą nic mnie nie łączy – zapewnił Zyga.

Marczyńska wybuchła śmiechem i dopiero teraz komisarz uświadomił sobie, że niechcący powtórzył jeden z bon motów Krystyny Kusik.

– Krawcowa! – Róża trzęsła się od histerycznego chichotu. – Jutro będzie pewnie praczka, a potem znajdziesz sobie jakąś dziewuchę prosto ze wsi – zakończyła niemal z nienawiścią. – Będzie wam razem dobrze w tej twojej norze na Rurach. Krzyż na drogę! – Wcisnęła mu w ręce starą, okutą na rogach drewnianą walizkę i wypchnęła komisarza za drzwi, zamykając je za nim na zasuwkę.

Chwilę stał, nie wiedząc, co robić. Zapukać i wszystko wyjaśnić? Odczekać, aż ta wariatka trochę ochłonie?

Drzwi otworzyły się cicho. Więc to tylko taka babska demonstracja!, odetchnął Maciejewski.

Róża z trudem wypchnęła na korytarz dwa zrolowane dywany. Jeden zaczepił się o poręcz, więc Marczyńska kopnęła go ze złością.

– Daj, pomogę – poprosił potulnie komisarz.

– Bez łaski! – warknęła Róża.

Ciężki rulon potoczył się po posadzce. Maciejewski chciał nadepnąć go i zatrzymać, ale nie zdążył, jego but trafił tylko na róg miękkiej wzorzystej materii. Dywan podskoczył na stopniu betonowych schodów i rozwinął się, pokrywając je wzorem w brzoskwiniowe kwiaty.

– Proszę cię – zaczął Zyga, ledwie powstrzymując śmiech – przecież widzisz, że robimy niepotrzebną komedię przed sąsiadami.

Niestety nie zdołał rozbawić Marczyńskiej.

– Klucz! – Wyciągnęła rękę. – Oddaj mój klucz!

Wydobył go z kieszeni i teraz drzwi tak trzasnęły, że musiała to słyszeć cała kamienica. A komisarz podniósł walizkę i powoli zszedł po schodach przystrojonych jak dla honorowego gościa.

Incydent dyplomatyczny

Lublin, 20 listopada 1936 roku

Ja to się nawet cieszę, że pan tu jest – powiedział Madej, odkorkowując flaszkę.

Fałniewicz spojrzał podejrzliwie na butelkę: cholera wie, czy nie chcą go otruć. Jednak bez wątpienia była to zwykła monopolka, prosto ze sklepu, facet zeskrobał lak nożem na jego oczach.

– Myślę sobie, skoro komisarz czegoś chce, a ja mu to dam, to musi nie będzie szkodził. Nie będzie? – upewnił się, nalewając do stakana.

– Nie będzie. – Tajniak wypił i odstawił szklankę denkiem do góry.

– Obraził się pan? – zapytał niepewnie gospodarz.

– Mam robotę. – Fałniewicz nie marzył o niczym innym, tylko jak się go pozbyć.

Trzecią dobę tkwił tutaj jak idiota z lornetką przy oczach. Widział robotników, którzy ręcznymi pługami oczyszczali ze śniegu pole wzlotów, ale żaden samolot się nie pojawił. Ani z napisem R XVI+, ani z żadnym innym.

– Aeroplanów pan wyglądasz. – Madej, już nie zawracając sobie głowy stakanami, pociągnął prosto z butelki. – Ja się na tym znam. W końcu nie od wczoraj robię na tej fabryce.

– A co to jest R XVI plus?

– R XVI? Był taki, jeszcze za poprzednich właścicieli. Ale plus? Nie słyszałem. Był R XVI sportowy, był taki do wożenia chorych…

A może plus to był krzyż jak na karetce pogotowia?, pomyślał Fałniewicz.

– Jak wygląda ten samolot?

– Jak samolot. – Madej wzruszył ramionami. – Poznać bym poznał, ale żeby powiedzieć, jak wygląda… Może jeszcze kropelkę, bo ziąb? – Bez pytania odwrócił szklaneczkę tajniaka i nalał. – Z panem, od razu żem pomyślał, to się dogadam.

– A o co chodzi, panie Madej? – westchnął ciężko wywiadowca.

Strażnik rozejrzał się podejrzliwie, jakby ktoś na stryszku mógł ich podsłuchać.

– O komisarza. Żeby nie szkodził – sprecyzował. – Bo czy to moja wina, że kiedy inni chodzili do ruskiej szkoły, ja żem na cudzym robił? Jakby nie wojna, tobym do dziś parobkował.

Tajniak ziewnął, ale Madej widocznie należał do takich, którym więcej niż trzy zdania do sensu zdarza się powiedzieć najwyżej raz na rok, ale jak już zaczną, nie potrafią przestać.

– Pan myśli, że ze mnie dupa nie chłop, żem sobie lepszej baby nie znalazł, co? Dzieciaków jej narobiłem, co prawda, to prawda. No ale co miałem robić, skoro mąż jestem? Szpetna? Dopust boski, grunt, że poczciwa. – Madej stanowczo pokiwał głową, jakby sam siebie postanowił w tym upewnić. – To nie jej wina ta choroba… Zaraził teściową jakiś sołdat skurwysyn, jeszcze za cara.

Fałniewicz wypił i nadstawił szklaneczkę. Niech się już raz wygada i da spokój.

– Taka się urodziła, nie za ładna, nie tego na rozumie, ale względem tego, co u kobity najważniejsze, to ja się tam nie skarżę. Pan to musi ma żonę jak laleczka, miastową?

– Bardzo ładna, rzeczywiście. Młoda, śliczna, blondynka. Jest krawcową. – Wywiadowca sam nie wiedział, po co tak łga.

– A matka to najpierw sama mnie pchała do żeniaczki, żona wtedy z przychówkiem wdową była. Teraz ma ją za ostatnią, ale powiem panu, że gdyby nie jej wdowie pieniądze – gospodarz wzdrygnął się, jakby mu wódka poszła po wszystkich nerwach – tobyśmy ani do Lublina nie mieli za co przyjechać, ani na ten dom, ani roboty bym nie dostał. Ja tam rodzinę utrzymuję, nie obijam się. Tylko żeby ten cały komisarz nie zrobił jakiegoś szwindla, co?

– Nie zrobi, pan będzie spokojny. – To akurat była prawda. Kierownik może przypomni sobie kiedyś o Madeju, jeżeli będzie potrzebował konfidenta, to wszystko.

– Pan jest porządny człowiek – stwierdził gospodarz, patrząc na tajniaka szklistymi, zaczerwienionymi od wódki oczami. – Nie będę kręcił, wcale nie chciałem z panem gadać. Matka mnie zmusiła. Z władzą, mówi, trzeba w zgodzie. Pokorne cielę niby dwie krowy ssie. To ssę, co zrobić? Mnie nie było w życiu lekko. Ale noc się robi, pan czego będzie potrzebował?

Fałniewicz z rezygnacją wypił resztkę wódki. Czego mógł potrzebować? Szampana?

– Koc mi pan da i zbudzi rano – jęknął zbolały. – Zaraz! – Pospiesznie otworzył okno. Nie, to nie był alkoholowy szum w głowie, nad polem wzlotów rzeczywiście dał się słyszeć odgłos motoru.

Madej stanął przy nim i nadstawił ucha.

– R XVI – orzekł, chociaż na niebie nic nie było widać. Na lotnisku zapaliło się kilka reflektorów.

– A skąd pan wie, że R XVI?

– Głupi by nie wiedział. – Strażnik wzruszył ramionami. – Nie słyszysz pan, jak mu motor chodzi?

Fałniewicz rzucił się do drabiny. Sam nie wiedział, jak znalazł się tak szybko na dole, nie łamiąc sobie karku. Któryś z dzieciaków Madeja wszedł mu pod nogi, ale tajniak przeskoczył go. Wybiegł na zewnątrz.

– A płaszcz? A kapelusz? – zawołał przez okno gospodarz.

– Rzuć pan!

Po chwili wywiadowca, ślizgając się na zamarzniętych kałużach, biegł w stronę fabryki. Raz tylko się potknął i wpadł w poszarzałą, wilgotną zaspę. Ale to dobrze, zimno i śnieg natychmiast go otrzeźwiły, jakby wypił najwyżej setkę.

*

Normalnie Zyga poszedłby już do domu, ale mając wybór między spędzeniem nocy w Wydziale Śledczym a powrotem do zapuszczonej nory na Rurach Jezuickich, której sam zaczynał się brzydzić, wybrał służbę po godzinach. Zwłaszcza że w komisariacie był telefon, a Maciejewski tego dnia szczególnie pragnął trzymać rękę na pulsie.

Aparat jednak milczał. Maciejewski zastanawiał się już, jak najwygodniej zestawić sobie krzesła, kiedy do gabinetu zastukała przodownik Anińska. Druga fanatyczka służby śledczej, święta Natalia od prostytutek, pomyślał z masochistyczną złością.

– Przyniosłam panu kanapki – powiedziała, kładąc przed komisarzem bułki z szynką i serem. Spomiędzy warstw pieczywa i wędliny wystawała też jakaś pełna witamin zielenina.

– Pani przodownik – westchnął – czym ja się pani odwdzięczę?

– Proszę się nie bać, żenić się pan komisarz ze mną nie musi. – Na jej pulchną twarz, która wydawała się jeszcze grubsza z powodu przyciasnego munduru, wypłynął przyjacielski uśmiech. – Niech mi pan odda zgubę.

– Przepraszam, zapomniałem! – Sięgnął do szafki pod biurkiem, gdzie poniewierał się czarny krawat pożyczony na pogrzeb Kaprana. – A ożenić to ja bym się z panią mógł, czemu nie! Tak jak dziś spędzalibyśmy upojne wieczory na komisariacie, a nasze dzieci bawiłyby się kajdankami.

Zarumieniła się? Niemożliwe! Włączył elektryczny czajnik i z kanapką w zębach rozejrzał się za dwiema czystymi szklankami. No, przynajmniej jedną, dla Anińskiej.

Poszukiwania przerwał mu telefon. Oby coś się ruszyło!, pomyślał.

– Tu Marmurowski – usłyszał Zyga i odetchnął. Wreszcie! – Przepraszam, że dopiero teraz dzwonię, ale rzeczywiście urzędnikom nie zawsze można ufać. Mam wiadomości, o które pan komisarz prosił. Mogę mówić?

– Chwileczkę, zaraz! – Komisarz rozejrzał się za swoim notesem, który bez wątpienia był ukryty pod stosem papierów. Jakimś cudem Anińska odnalazła go pierwsza i jeszcze podała pióro. Maciejewski podziękował jej skinieniem głowy, usiadł za biurkiem. – Jestem wdzięczny, mogę notować.

– Na niemieckich znakach lata do Polski tylko jeden R XVI, medyczny. Przechodził następujące kontrole celne…

Medyczny? Więc nie plus, a krzyż! W dodatku z informacji Marmurowskiego wyłaniała się uderzająca prawidłowość: konstrukcja, chociaż ciepło przyjęta na kongresie lotnictwa sanitarnego w Hiszpanii, psuła się regularnie raz na półtora miesiąca i przylatywała do Polski na przegląd, następnego dnia wylatywała najzupełniej sprawna, by po jakimś czasie znowu potrzebować fachowego oka techników z firmy producenta.

– Zaraz, zaraz… – Zyga przerzucił pospiesznie poczynione notatki. – Więc kiedy to się zaczęło?

– Tak jak panu przedstawiam, z początkiem tego roku – westchnął agent celny i ubezpieczeniowy.

– I nie zgłaszano nic do oclenia?

– To właśnie jest najciekawsze, panie komisarzu. – Marmurowski zaśmiał się do słuchawki. – Nie pytam, jak ich pan namierzył, bo robota idealna. Po prostu idealna! Za każdym razem artykuł 42, punkt 5 c: bagaż dyplomatyczny.

– I ja nie pytam, skąd pan zdobył te informacje, ale bardzo dziękuję. – Komisarz odłożył słuchawkę.

Kilkoma kęsami pożarł kolejną kanapkę Anińskiej, ale o buchającym parą czajniku zapomniał. Usiadł nad swoimi notatkami, podkreślając w nich kolejne zastanawiające fragmenty.

Przodownik Anińska sama znalazła dwie szklanki. Jedna wyglądała na czystą, z drugiej wystarczyło wyrzucić zaschnięte fusy i jako tako przetrzeć na brzegach. Złota kobieta!

Nie zdążyła zalać kawy wrzątkiem, gdy telefon znowu zadzwonił.

– Halo, telefonuję z hotelu „Centralny". Czy mówię z komisarzem Maciejewskim?

Zyga nie rozpoznał głosu mężczyzny po drugiej stronie linii. Zapewne zmiennik portiera, któremu wręczył połowę dwudziestozłotówki. Cholera, gdzie jest druga połowa?, zaniepokoił się, przeszukując kieszenie. Na szczęście wciąż była w górnej kieszeni marynarki.

– Maciejewski przy aparacie – odpowiedział komisarz. – I cóż z panią Lirhen?

Portier chyba przytknął słuchawkę do ust, bo Zyga słyszał wyraźnie jego przyspieszony oddech.

– Przed chwilą wsiadła do auta i odjechała.

– Zwolniła pokój? – zaniepokoił się Maciejewski.

– Nie, jakby miała zwolnić, tobym zatelefonował wcześniej. Przyszedł do niej gość, wsiedli i pojechali. Czarną tatrą – sprecyzował portier. – I jeszcze jedno, panie komisarzu! Ten gość miał swastykę wpiętą w krawat. Szpieg, niemiecki szpieg! – wyszeptał z przejęciem.

– Dziękuję, rozliczymy się na dniach. – Zyga odłożył słuchawkę. Swoją drogą to niezła myśl, by oznaczać wszystkich szpiegów swastykami, czerwonymi gwiazdami i tym podobną biżuterią. Kochana odrodzona ojczyzna mogłaby wówczas zlikwidować Dwójkę, bo do rozpoznania wrogiego agenta w zupełności wystarczyłby portier albo i podrzędny posterunkowy.

Komisarz z nadzieją spojrzał na słuchawkę, wciąż jeszcze lekko kołyszącą się na widełkach aparatu. Do szczęścia brakowało mu jednego elementu układanki. I wtedy telefon zadzwonił po raz trzeci.

– Panie kierowniku – sapał Fałniewicz. – Już myślałem, że linia uszkodzona. Zajęte i zajęte!

– Nie pieprz, tylko mów! – warknął Zyga.

– R XVI wylądował. Niech pan przyjeżdża. Florczak będzie zaraz pod komendą.

Komisarz doskoczył do wieszaka, ściągnął płaszcz i kapelusz.

– Dziękuję za kolację, pani przodownik – rzucił. – Kawę wypijemy innym razem.

Policjantka odwiesiła na widełki rzuconą przez Zygę słuchawkę. Z westchnieniem sięgnęła po kanapkę.

*

Starszy posterunkowy Lenz rozumiał polecenie Maciejewskiego jeszcze mniej niż zastępca dyrektora LWS-u, któremu wręczył pismo od komisarza z urzędowymi pieczęciami. Nie przywykł jednak kwestionować poleceń przełożonych. Zabezpieczyć obiekt to zabezpieczyć obiekt. Dlaczego dwa tygodnie po tym, gdy w fabryce znaleziono wisielca? Lenz się nie zastanawiał. Nie należało to do jego obowiązków.

Raz się zawahał: kiedy wylądował samolot i mechanicy wtaczali go do hangaru. Wprawdzie to nie był ten sam budynek, w którym powiesił się Feliks Susek, ale może jako policjant powinien ich przynajmniej rozpytać? Tylko o co, skoro najwyraźniej robili swoje? Stał więc i z surową miną patrzył, czy robotnicy nie będą zachowywać się podejrzanie. Ale gdy skończyli swoją pracę, natychmiast wyszli, klnąc na kierownika, który kazał im zostać po godzinach.

Zaczął padać śnieg i Lenz ukrył się pod daszkiem nad wielkimi wrotami hangaru, tuż pod oświetlającą wejście latarnią. Karabin ciążył mu na ramieniu, ale nie zdjął go, rozluźnił tylko nieco pasek czapki pod brodą.

Posterunkowy dyskretnie się rozejrzał. Nikogo nie było, więc wbrew regulaminowi służby wartowniczej oparł plecy o drewniane wrota. „Nie martwcie się, Lenz, uzbiera wam się dzień za dodatkowe służby, to go sobie odbierzecie przed świętami", obiecał przodownik Koszałka, więc Lenz się nie martwił. Może w tym roku da wreszcie radę wyjechać na wieś do rodziny? Ojciec co prawda chciał mieć syna zawodowego żołnierza, ale granatowy mundur też nie byle co.

Nagle powoli sypiące i zamieniające się w błoto płatki śniegu rozgarnęło światło reflektorów. Policjant z miejsca oderwał się od drzwi. Przy budynku biurowym zahamowało czarne auto i po chwili wysiadły z niego dwie osoby. Szły w jego kierunku.

– Proszę się cofnąć! – nakazał Lenz. – Wstęp wzbroniony.

Szli jednak dalej, więc i on ruszył ku nim, zaciskając palce na pasku karabinu.

– Wstęp wzbroniony – powtórzył.

Przed sobą zobaczył wysokiego mężczyznę w ciemnym płaszczu i dobranym pod kolor kapeluszu. Spod białego szalika wysuwał się brązowy krawat z wpiętym weń czerwono--czarnym znaczkiem. Towarzysząca nieznajomemu kobieta, wysoka i szczupła, miała na sobie długie białe futro, jak jakaś Królowa Śniegu. To właśnie ona zaczęła Lenzowi coś tłumaczyć. Z niemieckich zdań zrozumiał jedynie „inżynier" oraz „idiota". Tak mu się przynajmniej zdawało.

– Nie wolno – powtórzył spokojnie. – Tam jest *verboten*.

Rozłożył ręce, zastępując im drogę. Liczył, że ten gest zrozumie każdy, nawet idiota, o inżynierze nie wspominając. Jednak ku jego zdumieniu mężczyzna najspokojniej w świecie skierował się w stronę drzwi do hangaru. Kobieta, ostrożnie omijając co większe błoto, poszła jego śladem.

Lenz zamarł z głupią, bardzo niesłużbową miną. Po chwili otrząsnął się, zdjął z ramienia karabin i repetował.

– Stój! – zawołał. – Stój i padnij!

Mężczyzna wzruszył ramionami, jednak strzał ostrzegawczy zrobił wrażenie.

– Padnij! – Lenz wskazał błotnistą, rozmiękłą ziemię. – *Legen*, kiedy mówię!

Szkoda mu było patrzeć na tę piękną nieznajomą leżącą w błocie, a jeszcze bardziej szkoda było posterunkowemu tego białego futra. Jednak rozkaz to rozkaz, uznał, trzymając oboje pod karabinem.

*

Maciejewski najpierw szarpnął potężne wrota hangaru i dopiero gdy te ani drgnęły, zauważył mniejsze drzwi dla pracowników. Otworzył je i stanął naprzeciwko sanitarki. Światło lamp odbiło się w oknach wkomponowanej w nasadę skrzydeł kabiny pilota, zupełnie jakby R XVI mrugnął do niego porozumiewawczo.

– Melduję się z dwojgiem zatrzymanych! – Lenz skinął mu głową.

Zyga dotknął palcem ronda kapelusza. Posterunkowy mógłby sobie darować ten ton służbisty, ale komisarz i tak docenił wyraźny postęp. Kiedy się poznali w trzydziestym pierwszym, policjant w takiej sytuacji opuściłby broń i salutował jak głupi.

Mężczyzny, którego Lenz trzymał pod karabinem, Maciejewski nie znał. Za to zgrabną, wysoką blondynkę zidentyfikował od razu. To była Mathi Lirhen, dokładnie taka sama jak na fotosie, tyle że bez powłóczystego spojrzenia i lirycznego półuśmiechu. To akurat było jednak zrozumiałe. Każda by się wściekła, gdyby ubłociła takie śliczne białe futerko. Ile kosztowało, komisarz wolał nie dociekać.

– Dokumenty poproszę – powiedział, by zaraz powtórzyć po niemiecku: – *Ihren Papieren, bitte*!

Mężczyzna otworzył usta, by coś powiedzieć, ale uprzedziła go jego towarzyszka. Wybuchła niekończącym się stekiem przekleństw, których nie znał nawet Goethe, a cóż dopiero Zyga, szlifujący niemiecki na prozie Kafki.

– *Ihren Papieren, bitte*! – powtórzył i chwilę później trzymał w ręku dwie książeczki paszportowe z nazistowskim orłem.

Mathi Lirhen od obelg przeszła do pogróżek, w których pojawiło się nazwisko Korcz. Maciejewski wzruszył ramionami.

Chowając dokumenty zatrzymanych do kieszeni, podszedł do samolotu.

Otworzył drzwi i zajrzał do wnętrza kabiny. Po lewej zobaczył fotel z tabliczką Arzt i szafką z czerwonym krzyżem przy niej. Wyżej znajdowały się dwa miejsca dla lotników. W głębi, obok umywalki i butli z tlenem, we wnęce przeznaczonej zapewne na nosze dla chorych, ułożono kilka skrzynek. Komisarz, nie zwracając uwagi na wciąż awanturujących się aresztantów, otworzył boczny luk.

– Lenz, dajcie bagnet! – rozkazał. – I opuście ten karabin, nie uciekną.

Podważył wieko jednej z drewnianych pak. Pisk puszczających gwoździ był jeszcze głośniejszy niż protesty ubłoconej od stóp do głów kobiety i jej towarzysza, równie utytłanego polską ziemią. Posterunkowy groźnie poruszył karabinem.

– *Ruhe!* – warknął Zyga po niemiecku. – Bo funkcjonariusz założy kajdanki.

– Żądam powiadomienia ambasadora! – nie posłuchał Niemiec.

– A ja wcale nie jestem pewien, czy naprawdę pan tego chce – powiedział komisarz. – Czy ambasador chciałby zobaczyć, co tu mamy?

W skrzyni były owinięte szarym papierem paczki różnej wielkości, na każdej napisano kopiowym ołówkiem nazwę miasta: *Warschau, Krakau, Lublin, Radom...*

– A to co? Poczta lotnicza?

– Dobrze radzę, proszę to zostawić – powiedział z groźbą w głosie Niemiec. – Pan narusza immunitet dyplomatyczny...

– Nic podobnego! Przecież ta paczka jest do mnie. – Podniósł pakunek z napisem *Lublin* i rozerwał papier. Tak jak się spodziewał, fiolki i biały proszek.

Otworzył książeczkę paszportową.

– Herr Alfred Jauch – przeczytał. – Pieczęcie konsularne, tak… Ale naprawdę spodziewa się pan, że ambasador pochwali pana za przemyt narkotyków? Będzie się pan gęsto tłumaczył najpierw w Warszawie, a potem w Berlinie, Herr Jauch.

*

Kapitan Korcz-Jasnocki zajrzał do stojącej przed hangarem czarnej tatry. Auta nie znał, rozpoznał jednak mufkę Mathi na przednim siedzeniu. Latarnia nad wrotami hangaru świeciła, drzwi były uchylone.

A więc przynajmniej na koniec poszło sprawnie! Lotnik poprawił skórzany płaszcz. Jakże zwykły wypadek może wszystko skomplikować! Gdy niecałą godzinę po katastrofie „Żubra" dowiedział się, że Rzewnicki i Szrajer zginęli śmiercią lotnika, przede wszystkim żałował kolegów. Nie przyszło mu wtedy do głowy, jak to wpłynie na układ z Mathi. Tymczasem na Okęciu zrobiło się gorąco, zbyt wielu oficerów żandarmerii łaziło po hangarach, warsztatach, wypytywało… Pomyślał więc o Dęblinie, ale tam z kolei pełno wścibskich młodych podporuczników, szkolących się na pilotów i obserwatorów. A Lublin nie wzbudziłby niczyich podejrzeń, w końcu gdzie najlepiej dokonać naprawy gwarancyjnej szesnastki, jak nie w fabryce, w której została zbudowana i w której Dwójka na posadzie nocnego strażnika ma zaufanego agenta, częściowo wprowadzonego w sprawę?

Początkowo chodziło mu nawet po głowie, by na stałe umieścić tu punkt docelowy. Niestety Obrok *vel* Susek zaczął kombinować na własną rękę, więc musiał być z lws-u usunięty. Upozorowane samobójstwo oficer Dwójki uważał za dobre, sprawdzone rozwiązanie, oczywiście dopóki nie pojawił się Maciejewski... Że też akurat pod jego nosem Feliksowi Suskowi przyszło do głowy zmartwychwstać! Na szczęście z nim koniec, dwukrotne zmartwychwstanie to sztuka, która jeszcze nikomu się nie udała. Gdyby tak i tego cwanego glinę spotkał jakiś nieszczęśliwy wypadek... Niestety nawet Dwójka miewa za krótkie ręce.

Lotnik pchnął drzwi hangaru. Zobaczył zadarty nos R XVI i światło elektryczne odbijające się w przeszklonej kabinie pilota. Jednak ani Mathi, ani Alfie nie podeszli się przywitać. Ona stała wściekła pod ścianą w ubłoconym futrze z białych lisów. On wzrokiem groźniejszym niż u kanclerza Rzeszy mierzył mundurowego policjanta.

– Co tu się dzieje, posterunkowy?! – warknął Korcz--Jasnocki.

Z kabiny samolotu wyszedł Maciejewski.

– Tu? Tu prowadzone są czynności śledcze. – Odsunął kapelusz na tył głowy. – Do pana kapitana też będę miał kilka pytań.

– Proszę się stąd usunąć, podkomisarzu – wycedził lotnik. – I zabrać ze sobą tego idiotę. – Wskazał Lenza. – Tamten pan ma przecież paszport dyplomatyczny. Ten incydent będzie pana drogo kosztował.

*

Fałniewicz, umordowany po biegu na III Komisariat, bo dopiero stamtąd mógł zatelefonować do kierownika Maciejewskiego, przeszedł przez tory i nabrał w garście śniegu. Zanurzył w nim twarz, po czym otarł ją rękawem. Z lewej kieszeni wyjął miętówkę, z prawej papierosa. Ssąc cukierka, zapalił.

Właściwie był już wolny, poza obserwacją lotniska komisarz nie wydał mu żadnych poleceń. Mimo to wywiadowca ruszył z powrotem w stronę parkanu LWS-u. Gdy dopalił machorkowego, rozejrzał się ostrożnie, ale pogoda była wstrętna, więc i ulica pusta. Podskoczył, chwytając się rękami krawędzi ogrodzenia.

A jeśli tam jest pies?, pomyślał, podciągając się z wysiłkiem. Nie, nie było żadnego psa, kiedy pędził ulicą Wrońską, skrajem pola wzlotów, żaden kundel nie zaszczekał.

Wylądował po drugiej stronie, tłukąc sobie kolano. Zastygł, nasłuchując kroków strażnika. Ten jednak siedział pewnie w cieple dyżurki przy bramie, więc wywiadowca obszedł budynki fabryczne i zbliżył się do hangarów. Przed jednym z nich stała czarna tatra z warszawską rejestracją, a w środku, gdy tajniak błysnął latarką, zobaczył białą mufkę. Ten kosztowny dodatek do damskiej garderoby zupełnie mu nie pasował do tajemniczej sprawy kierownika z samolotami i sfingowanym samobójstwem, tym bardziej więc nie pasował mu do fabryki.

Przylepił ucho do drzwi wmontowanych we wrota hangaru, potem delikatnie nacisnął klamkę. Nie skrzypiała.

– To się zobaczy – usłyszał głos kierownika. – Pana Alfreda Jaucha gotów jestem przeprosić, ale jego towarzyszce nie przysługuje immunitet. Natomiast rzekomo zepsuta sanitarka jest pełna morfiny i kokainy. Chce pan zobaczyć?

– To przecież samolot medyczny!

– A dokumenty przewozowe?

– A mógł pan dostać trzecią gwiazdkę…

Fałniewicz uchylił lekko drzwi. Trzecia gwiazdka dla Maciejewskiego? Zbyt długo służył w policji, by spodziewać się awansu swojego kierownika. Prędzej karnego przeniesienia na prowincję.

Najpierw zobaczył odwróconego tyłem do wejścia posterunkowego Lenza, pilnującego właścicielki białej mufki. Bardzo piękna blondynka, niestety jej twarz szpecił wściekły grymas. Podobny tajniak widział u pewnej dzieciobójczyni, ale tamta utopiła noworodka w szambie między innymi dlatego, że nie było jej stać na mufki z białego futra. Obok kobiety stał spokojnie obserwujący rozwój wypadków około trzydziestopięcioletni facet w rozpiętym płaszczu z czarnej wełny i wizytowym garniturze. Na ciemnym krawacie błyszczało mu coś czerwonego, jakby usiadła tam biedronka.

Niemiec, domyślił się Fałniewicz. Znaczek NSDAP.

– A co, kapitanie? Obiecywał pan, a teraz się rozmyślił? – Tajniak usłyszał ironiczny śmiech swojego kierownika i uchylił drzwi nieco szerzej.

Pod skrzydłem sporego nowoczesnego samolotu z czerwonymi krzyżami na skrzydłach i kadłubie stał Maciejewski i oficer lotnictwa, który właśnie nerwowym ruchem rozerwał haftki kołnierza. Guzik, który głośno odbił się od betonowej posadzki, rozwścieczył go jeszcze bardziej.

– Ja pana w proch zetrę! – wrzasnął wojskowy, łapiąc komisarza za ubranie.

– Wolnego, nie tacy próbowali! – Maciejewski ścisnął nadgarstek oficera. – Jest tak: obaj mamy pasztet, z tym że pan większy. Ta sanitarka psuje się jak cholera, kompletne brakoróbstwo. Kursuje niemal regularnie co sześć tygodni, chociaż zwykle lądowała na Okęciu, nie u nas. Sprawdziłem to dokładnie, kapitanie, raport leży na moim biurku, tylko podpisać i wysłać. – Fałniewicz domyślił się, że kierownik blefuje. Nigdy nie przygotował żadnego raportu zawczasu. Gdyby nie komisarz Kraft, z każdym kwitem byliby spóźnieni. – Taki ma pan układ: pomocnictwo w przestępstwie w zamian za pracę agenturalną?

– Jak zdemaskuje mi pan agentów, pociągnę pana za sobą. I niech pan nie myśli, że nie oberwie się panu także za Suska. Wyląduje pan gołą dupą gdzieś w tarnopolskiem – zaśmiał się wojskowy, puszczając płaszcz śledczego.

– Wolałbym w Rawie Mazowieckiej, jak komisarz Przygoda. Tak dla towarzystwa. – Maciejewski, spojrzał na lotnika wyzywająco.

Ten, kręcąc głową, odszedł kilka kroków i zanim Fałniewicz zdążył ostrzec kierownika, sięgnął do kabury. Niemiec wciąż tylko patrzył, za to jego towarzyszka, widząc broń w ręku wojskowego, rzuciła się z pazurami na Lenza. Posterunkowy, i tak mało rozgarnięty, teraz w dodatku zaskoczony, niezgrabnie zasłaniał się karabinem.

– *Schiess!* – krzyknęła blondynka. – *Schiess, Heinrich*!

Fałniewicz, chociaż rzadko musiał sięgać po broń, jednym ruchem wyjął rewolwer i odwiódł kurek.

– Policja! – zawołał. – Rzuć broń, bo strzelam!

Zobaczył, że również Maciejewski kieruje lufę w stronę lotnika. Jedynie Lenz wyraźnie przegrywał ze wściekłą Niemrą.

– Pana już nie ma, Maciejewski – syknął wojskowy. Pistoletu jednak nie rzucił, tylko schował z powrotem do kabury. – Daj spokój, Mathi! – rzucił po niemiecku. – Idziemy.

Zostali we trzech: spocony Fałniewicz, od którego czuć było miętą, tytoniem i wódką, zdezorientowany posterunkowy Lenz ze śladami długich paznokci na gębie i kierownik Wydziału Śledczego Maciejewski. Komisarz sięgnął do kieszeni płaszcza, ale zamiast spodziewanych papierosów znalazł tam paszporty państwa Jauchów.

– Zaczekajcie – powiedział policjantom i wyszedł.

Kapitan Korcz-Jasnocki palił egipskiego przed hangarem i gestykulując, tłumaczył coś Mathi i Alfredowi. Na widok Maciejewskiego umilkł.

– Co znowu? – warknął.

– Państwo zapomnieli paszportów. – Zyga podał kapitanowi dokumenty. – Aha, i jeszcze jedno! – Wyjął papierosa z ust lotnika i wdeptał w błoto. – Tu nie wolno palić.

*

Domyślam się, że to pan narobił tego zamieszania. – Pułkownik wskazał przez okno w kierunku lotniska, skąd przed niecałą godziną doszedł go wystrzał karabinowy.

Maciejewski oderwał wzrok od rozstawionych chyba specjalnie dla niego fotografii. Wszystkie zrobiono na tle samolotu, na najstarszej Rossowski prezentował się w mundurze kapitana, a późniejszy szef lotnictwa Rayski, wówczas poruczniczyna, stał skromnie o pół kroku dalej. Na środkowej major Rossowski i kapitan Rayski jak równy z równym opierali się o to samo skrzydło. Ostatnie zdjęcie przedstawiało obwieszonego orderami generała Rayskiego, a podpułkownik Rossowski chyba tylko przypadkiem zmieścił się w kadrze.

– I coś pan na tym zyskał? – Lotnik wskazał Maciejewskiemu fotel.

– Kiedy byłem mały – Zyga rozparł się wygodnie – stryj opowiedział mi patriotyczną bajeczkę o Traugucie. „I coś pan na tym zyskał?", tak, kiedy już mieli go wieszać, zapytał podobno generał Berg.

Rossowski chwilę trawił dowcip, zanim zdecydował się uśmiechnąć.

– Niech się pan nie martwi, panu tylko zatrują życie – powiedział, podchodząc do biurka i wyjmując z szuflady kilka kartek. – Proszę, lektura na osłodę.

Maciejewski trzymał w rękach ledwie wyraźne odbitki spod kalki maszynowej, trzecią, a może nawet czwartą kopię. Jedną z tych, które się sporządza poza urzędowym zarachowaniem, na zwykle mściwy użytek wytwarzającego. Sam trzymał trochę takich w Wydziale Śledczym, na samym dnie najniższej szuflady.

– Już sporządzili raport? – zdziwił się Zyga.

– Zginęło dwóch pilotów zaprzyjaźnionego kraju. Papiery muszą być w porządku. – Pułkownik spojrzał na niego z wyraźną kpiną. – Niech pan czyta.

L. dz. 6 Pf/Bezp., dnia 13 XI 1936 r.

Ministerstwo Spraw Wojskowych
Dowództwo Żandarmerii

Prokurator
przy Wojskowym Sądzie Okręgowym Nr. I
Warszawa

Nr. 3659. Wypadek prototypu samolotu P.30.BII. z I.T.L.

Przesyłam z tym, że bezpośrednią przyczyną wypadku było gwałtowne wyrwanie samolotu ze stromego lotu nurkowego, po którym nastąpiło oderwanie się i odpadnięcie lewego silnika wraz ze śmigłem i częścią łoża, co spowodowało złamanie się lewego skrzydła, przejście samolotu w półbeczkę i upadek na ziemię.

Prototypowy egzemplarz nie był uzbrojony /wyrzutniki bombowe, broń strzelecka/, zatem wykluczyć należy wybuch bomb lub amunicji oraz awarię wywołaną przez urządzenia inne, niż należące do podstawowego wyposażenia płatowca. Płatowiec, znajdując się w normalnym położeniu na wysokości około 1000 metrów, nie mógł też być wprowadzony umyślnie w stromy lot nurkowy, gdyż byłby to zbyt rażący błąd pilotażu, którego nie mógł popełnić inż. Rzewnicki, gdyż należał on do najzdolniejszych pilotów w I.B.T.L., a przy tym oblatywał ten samolot w czasie prób i znał jego możliwości w powietrzu.

– No, piękne epitafium, panie pułkowniku. – Maciejewski odłożył odbitkę. – W sam raz na nagrobek inżyniera Rzewnickiego.

Zamilkł, bo służąca, albo poinstruowana, albo taka domyślna, cicho otworzyła drzwi i przyniosła tacę z nalewką i dwoma kieliszkami. Rossowski podziękował jej uśmiechem, nalał do kieliszków. Kobieta wyszła równie cicho, jak weszła.

– Drogi panie komisarzu – pilot uśmiechnął się smutno – na ile go znałem, akurat na pięknym nagrobku najmniej mu zależało. – Pułkownik zabrał odbitkę maszynopisu Maciejewskiemu i przerzucił kartkę. – Z tych szczegółów technicznych i tak niewiele pan zrozumie. Ale tu, proszę! Tu niech pan czyta.

Na wystającej ponad teren łopatce lewego śmigła, wbitego w ziemię, znaleziono głęboką wyrwę, z cechami zgniecenia drewna, a na przestrzeni około 500 milimetrów w regularnych odstępach, co 17 mm, ślady wgnieceń w postaci

rowków, pochodzące od nitów. Nadto na jednym z kawałków
tej łopatki znaleziono bardzo silne wgniecenie blachy
okucia śmigła, które w zupełności odpowiada ryglowi zamka drzwiczek, umieszczonych z lewej strony kabiny. Część
drzwiczek, które spowodowały to uszkodzenie, znaleziono
w szczątkach kadłuba.

Dane powyższe świadczą, że drzwiczki przedniej kabiny
w czasie lotu zostały otworzone przez jednego z członków
załogi /według wszelkiego prawdopodobieństwa nieumyśl-
nie, ponieważ żaden z członków załogi nie był przygotowany do skoku ze spadochronem/, po czym po uderzeniu
w śmigło zostały siłą obrotów wrzucone do wnętrza
kabiny. We wnętrzu kabiny mogły one uszkodzić układ
sterowania, za czym przemawiałoby gwałtowne przejście samolotu w lot nurkowy. W czasie nurkowania, gdy
pilot wyrywał samolot przy pomocy gazu, pełne obroty
uszkodzonego lewego śmigła powodowały gwałtowne szar-
pania silnikiem, a następnie wyrwanie go z pierścienia
łoża silnikowego.

Po wypadnięciu silnika nastąpiło łamanie się i rozsy-
pywanie w powietrzu lewego skrzydła wskutek powstałej
wyrwy w skrzydle oraz znacznej szybkości samolotu bez-
pośrednio po wyprowadzeniu go z lotu nurkowego.

We wraku znaleziono cztery ciała lotników o zbliżonych,
ponad wszelką wątpliwość śmiertelnych obrażeniach, dwa
w górnej i dwa w dolnej kabinie...

– Co to oznacza? – Komisarz spojrzał badawczo na lotnika.
– Dalej ciekawe jest tylko jedno zdanie, że badania silników, jakości drewna oraz klejenia poszczególnych elemen-
tów nie wykazały uchybień. – Rossowski zabrał odbitkę

maszynopisu i zamknął w szufladzie biurka. – A wie pan, co by było, gdyby te drzwiczki rzeczywiście wpadły do wnętrza kabiny?

– A nie wpadły? – Zyga ściągnął brwi.

– A czego nam zabrakło w raporcie? – Pułkownik uśmiech- nął się jak wredny profesor przed postawieniem pałki.

Maciejewski pokiwał głową, bo właśnie zrozumiał. Za- brakło dokładnie tego samego, co w sprawie śmierci Suska.

– Ciała – powiedział. – Dwa w górnej kabinie pilota i dwa w nawigacyjnej. Jeżeli drzwiczki rzeczywiście wpadłyby do środka, ci na dole mieliby inne obrażenia.

– I już jest pan mądrzejszy niż biegli, komisarzu. – Rossow- ski nalał mu pełen kielniszek. Zyga stuknął się z nim i wypił, nie wnikając, czy pięćdziesiąt gram nalewki oznacza notę bardzo dobrą czy aż celującą. – Ci w nawigacyjnej byliby dosłownie posiekani. Nie, żaden z nich nie otworzył tych drzwi, to pewne!

– Jednym słowem pic? – upewnił się komisarz.

– Raczej składanie fałszywych zeznań – sprostował puł- kownik, uzupełniając szkło Zygi. – Pańskie zdrowie! – Wy- chylił kielniszek. – Nie, *clou* sprawy jest inne: te absurdalne manewry pilota. Tak doświadczonego pilota jak Rzewnicki. Nawet panu musiało się to wydać dziwne, mam rację?

Prawdę mówiąc, akurat Maciejewskiemu dziwne się nie wydało, bo kompletnie się na tym nie znał, ale niech tam Rossowskiemu będzie, w końcu ekspert. Pułkownik wstał i przechadzając się po pokoju, zaczął wyjaśniać:

– Projekt tej nieudanej maszyny pochłonął grube miliony. Takie pieniądze, o jakich firma Plage i Laśkiewicz mogła sobie tylko pomarzyć. Takie, że nawet nasz cholerny departament aeronautyki nie mógł ich tak po prostu wrzucić w koszty.

Trzeba było koniecznie komuś ten szmelc wcisnąć, a Rumuni sami się prosili.

– Brzmi to jak jakaś historyjka o Cyganie, który chciał sprzedać starego konia – mruknął z powątpiewaniem komisarz.

– A czym samolot różni się od konia, pańskim zdaniem?! – prychnął lotnik. – No ale rozumuje pan słusznie, Rzewnicki wiedział o prototypie coś, o czym nie wiedzieli, i co bardzo ważne, nie mogli się dowiedzieć Pantazi i Popescu. A to też przecież nie byli idioci! Niech pan sobie więc wyobrazi taką sytuację: wszyscy czterej wznoszą się do tego tysiąca metrów i nagle coś im nawala w silniku. Pojęcia nie mam w którym, ale stawiałbym na lewy.

– Tym, co się urwał? – Maciejewski otworzył notes. – No ale z raportu wynika, że to nastąpiło już na małej wysokości.

– Właśnie dlatego. – Rossowski podszedł do stołu, strzepnął popiół z papierosa i znów zaczął spacerować po pokoju. – Pewnie pan wie, że dwusilnikowa maszyna może kontynuować lot nawet z defektem jednego motoru. A z mojej historii wie pan, że niektóre samoloty potrafią nawet wylądować bez pilota. Mamy zatem awarię motoru, może przypadkową, może sabotaż, ale nie o to chodzi, bo tego w tej chwili i tak nie rozstrzygniemy. Po jaką cholerę pilot w sytuacji groźnej, jednak nie beznadziejnej, zamiast najprostszymi środkami ratować samolot, zaczyna robić akrobatyczne manewry? To jest najważniejsze pytanie.

– Więc po jaką? – spytał Zyga, a widząc na twarzy lotnika grymas niezrozumienia, sprecyzował: – Więc po jaką cholerę?

– Bo wiedział, że płatowiec nie wytrzyma lotu z jednym silnikiem. – Pułkownik energicznym ruchem zgasił papierosa. – Za słabe skrzydła, rozumie pan? Przecież „Żubr" miał być stosunkowo lekką cywilną maszyną, dostosowaną do słabszych motorów. Ciołkosz coś tam poprzerabiał, ale głowę dam sobie uciąć, że nie przeprowadzono prób statycznych.

– Czyli? – Komisarz zastygł nad notesem.

– Czyli nie sprawdzono w warunkach laboratoryjnych, jakie i jak rozłożone siły płat może wytrzymać, a przy jakich szlag go trafi. Bo to, co sobie konstruktor wyliczy, to jest oczywiście bardzo pożyteczne, ale często ma się nijak do zachowania płatowca w powietrzu. Rzewnicki latał już tym samolotem, więc musiał wiedzieć, że płat jest słaby. Takie rzeczy czuje się całym ciałem. Kiedy jeden z motorów zgasł, wiedział, że ma tylko jedno wyjście: zrównoważyć opory na obu płatach. – Rozkładając dłonie jak skrzydła, Rossowski najpierw spowodował katastrofę, opierając o brzeg stołu jedynie prawą rękę, a potem równo przyłożył obie. – Rozumie pan? Liczył także, że w locie nurkowym przedmucha ten feralny lewy silnik. Zakładam, że tak właśnie się stało. Niestety pilot przecenił możliwości tej latającej trumny i kiedy motor zaskoczył, siła ciągu wyrwała go ze skrzydła. Rozumie pan? Kot łapie wróbla za ogon, a ten odlatuje, chociaż już bez ogona.

– Zaraz… – Maciejewski potarł się po źle ogolonym policzku. – To samolot się rozpadł, bo ktoś źle obliczył jego wytrzymałość?

– Dokładnie! Jak również dlatego, że Rzewnicki, zamiast być żywym tchórzem, wolał być martwym patriotą. Powinien kazać wszystkim zakładać spadochrony i skakać, póki czas.

– Jak kiedyś pan… – powiedział prowokacyjnie Zyga.

Pułkownik bez słowa nalał do kieliszków.

– Jak kiedyś ja. – Kiwnął głową. – Pańskie zdrowie! Oni mieli duże szanse się uratować, tylko co to byłby za blamaż!

*

Lublin, kwiecień 1945 roku

Kto-to spizdił bałałajku
i nasrał na patiefon,
pojebał maju chaz'ajku,
a na stoł kinuł gandon?

– wyśpiewywał zaufany klawisz Grabarza. Kultura sowiecka niosła się po celach.

Duski klepał modlitwy na górnej pryczy, a Maciejewski, by nie myśleć o Grabarzu, Róży i dziecku, obracał w głowie swoje problemy śledcze z trzydziestego szóstego. Minęło niewiele ponad osiem lat, a wydawały się odległe jak inna epoka. *Aurea prima sata est aetas, quae vindice nullo, sponte sua, sine lege fidem rectumque colebat**, nie wiedzieć skąd przyplątała się byłemu komisarzowi łacińska cytata, za której nieprzyswojenie sobie w innej epoce dostał pałę albo i liniałem po łapach. Wyleciały mu z głowy znacznie ważniejsze rzeczy, a teraz nagle cholerny Owidiusz! Dla kontrastu? Jak to leciało dalej? Zmęczy się łaciną, to na pewno zaśnie… Nic, znowu pustka we łbie. Oprócz fragmentu z *Przemian* przypominał sobie jedynie *rigor mortis***. I koniec.

Natomiast Duski uduchowionym szeptem odmawiał jakąś nieprawdopodobnie skomplikowaną koronkę do Matki Bożej. Przy każdym zawodzącym „O Jezu, wysłuchaj prośby nasze przez Krwawe Łzy Twojej Najświętszej Matki" Zyga zatykał uszy, próbując skupić się na sprawie Suska. Wciąż był wście-

---

*   „Złoty najpierw wiek nastał. Nie z bojaźni kary, / Lecz z własnej chęci człowiek cnoty strzegł i wiary" (Owidiusz, *Przemiany*, ks. 1, w. 89–90, tłum. Bruno Kiciński).

**   *Rigor mortis* (łac.) – stężenie pośmiertne.

kły, że nie dorwał tego skurwysyna, który przekupił Krystynę Kusik, że nie domknął niby to zamkniętej sprawy. Bo co
prawda, po przylocie samolotu z narkotykami nie miało to
już większego znaczenia, ale gdyby znalazł drania wcześniej
i przycisnął, na R XVI czekaliby nie tylko Lenz i Fałniewicz,
lecz cała brygada tajniaków i na dodatek sędzia śledczy Rudniewski w swoim niemodnym meloniku. Korcz-Jasnocki
w kajdankach, oficer Dwójki u prokuratora, to dopiero byłby piękny widok! Grabarzowi też by się spodobał. Może dałby
spokój?… Co za idiotyzm! Taki kundel nigdy nie da spokoju.
Jak już ugryzł, to nie puści.

– Twoje Krwawe Łzy, o Matko Bolesna, kruszą moc szatana!
O Jezu, zakuty w kajdany, przez Twoją Boską łagodność… –
zajęczał Duski, ale Zyga nie dał mu dokończyć. Poderwał się,
wspiął na górną pryczę i złapał księgowego za gardło.

– Zamkniesz się pan wreszcie, do jasnej cholery?! – warknął.

Przerażony buchalter zbladł, jęknął i Maciejewski rozluźnił chwyt. Tylko na chwilę jednak, bo zalała go kolejna fala
wściekłości.

– Czy ten pański Jezus był na gestapo? – wysyczał. – A może
w koncentraku na Majdanku? – Współwięzień zaczął char-
czeć i wierzgać nogami, a Zyga wyliczał dalej: – W getcie, na
Flugplatzu, na Lipowej, do kurwy nędzy? A może kibluje
tu, z nami, na Zamku? Chuj, Jezus nie miał zrywanych paznokci, nikt nie gasił na nim papierosów, nie siedział na od-
wróconym stołku i gówniane miał pojęcie, gówniane, panie
Duski, co to naprawdę jest męka! Tylko raz dostał wycisk,
potem zaraz krzyż i do piachu. Doby to nie trwało, dziecko
szczęścia! Już nawet z pana byłby lepszy zbawiciel, nawet pan
masz lepsze kwalifikacje. – Wybałuszone oczy księgowego
w świetle wiecznie palącej się żarówki nad judaszem nabie-

gły krwią. – Jeszcze raz usłyszę coś o męce Jezusa, to mordę skuję lepiej niż Grabarz.

Puścił Duskiego, okręcił się i prawym prostym huknął w ścianę. Nie zadudniło, tylko dłoń Zygi pokryła się lepką mazią z wilgotnego tynku i przerastającego go grzyba. Kostki zaczęły krwawić, jednak taki ból lubił. Taki ból uspokajał.

– Przepraszam – nie tyle nawet szepnął, co pisnął buchalter.

– Ja też – burknął Zyga, kładąc się na swoją pryczę.

*

Lublin, 20 listopada 1936 roku

– Przepraszam. – Mężczyzna z zajęczą wargą podniósł się z pryczy.

Kapitan Korcz-Jasnocki nie zaszczycił go spojrzeniem. Wyjrzał przez zakratowane okno dawnej klasztornej celi na kościół Karmelitów Bosych. Milczał, lecz bynajmniej nie dlatego, że wizyta w Wojskowym Więzieniu Śledczym numer 2 nastroiła go kontemplacyjnie.

– Panie kapitanie – Obrok zrobił krok w jego stronę – to tak zdarzyło się… Ja przecież mogę się jeszcze przydać.

– Przydać? – Lotnik odwrócił się błyskawicznie i chwycił swojego dawnego agenta za pysk, boleśnie wbijając mu palce w policzki. – Do czego ty się możesz przydać? Bydlę! – Odepchnął go pod ścianę.

– Nastraszyłem tę dziewczynę, to prawda, ale przecież sąd mnie zwolnił, gliny co mi mogą? Przecież ja zawsze byłem na pańskie rozkazy, a teraz to i w ogień pójdę, przysięgam!

Korcz-Jasnocki spodziewał się skomlenia, ale spodziewał się również, że sprawi mu ono choć odrobinę satysfakcji, choć odrobinę stępi zadrę, która pozostała po jego własnym upokorzeniu. Wprawdzie stojąc na baczność w gabinecie szefa

Referatu „Zachód" w centrali Dwójki, nie musiał aż tak się płaszczyć, jednak że widoki na awans czy jakiekolwiek odznaczenie poszły właśnie z dymem, zakomunikowano mu nadto wyraźnie.

– Zakończy pan to tak, żeby śladu nie było! A jeszcze jedna kompromitacja, wróci pan do Referatu Studiów – usłyszał na koniec kapitan. – Bo że pilota już z pana nie będzie, chyba obaj wiemy.

– Tak jest, panie majorze – odpowiedział, chociaż wszystko się w nim gotowało.

Dobrze pamiętał manewry nad Muchawcem w 1930 i siebie, młodego porucznika, który posadzony w nowym Lublinie R VIII, dostał rozstroju nerwowego. Wciąż brzmiało mu w uszach uporczywe wołanie mechanika: „Pilot gotów?!". Chciał, naprawdę chciał móc odkrzyknąć: „Gotów!", ale za żadne skarby nie był w stanie położyć ręki na drążku, a co dopiero sięgnąć manetki iskrownika.

– Panie kapitanie, w ogień pójdę! – Huknął się w pierś Obrok.

– Pójdziesz, pójdziesz w ogień… – obiecał mu Korcz--Jasnocki. – Do samego piekła – dodał pod nosem już na korytarzu, podczas gdy kapral żandarmerii z hałasem zamykał drzwi pojedynczej celi.

Dzień zwycięstwa

Lublin, 16 grudnia 1936 roku

Róża Marczyńska, przytrzymując kolanem ciężką torbę z zakupami, wydobyła klucz z torebki. Ukochane mieszkanie w oficynie przy Szpitalnej powitało ją czystością, porządkiem, ale też niepokojącym chłodem. I ciszą. Szpitalną ciszą. Podobna panowała tego dnia w sali numer 14, w której Róża spędziła cały dzień.

– Siostro, wystarczy, ktoś panią zmieni – namawiał doktor Gilanowicz, ale Marczyńska kręciła przecząco głową.

Marysia z sierocińca Lubelskiego Towarzystwa Dobroczynności była już prawie zdrowa, zapalenie płuc minęło, pozostał tylko smutek. Róża doskonale go rozumiała, ona także spędziła kilka lat w sierocińcu, w tych samych ponurych celach klasztoru dominikanów. To jednak nie koniec świata... Marczyńska była tego najlepszym dowodem, i dlatego próbowała zarazić nadzieją Marysię.

Niestety dziewczynka zaraziła się czymś całkiem innym. Najpierw nagle pojawiła się u niej odma samoistna, którą doktor zlikwidował punkcją i drenem. Wszystko wydawało się już tylko niepokojącym, ale przeszłym wypadkiem, gdy niespodziewanie dziecko dostało gorączki, zaczęło łykać powietrze jak ryba wyciągnięta z wody, a tętno przyspieszyło do dwustu na minutę.

Jak Róża mogłaby odejść od tej małej, która nie tylko wychowywała się w tym samym sierocińcu, ale w dodatku w maligne szeptała do niej: „mamusiu"?!

– To posocznica. – Gilanowicz nachylił się do ucha Marczyńskiej. – Nic nie poradzimy. Kto sterylizował narzędzia?

– Przed punkcją? Ja... Mój Boże! – przestraszyła się Róża.

– Jeśli pani, to musiało być wszystko dobrze. Jestem przekonany. Po prostu nie daliśmy rady.

A Marysia dawała radę do 16.37. Potem ostatni raz ścisnęła palce pielęgniarki, ostatni raz powiedziała „mamusiu" i umarła. Nie przez źle wysterylizowane narzędzia, Gilanowicz sprawdził to w dokumentacji. Umarła nie wiadomo dlaczego.

„Gdy zajmujesz się pacjentem, ma być twoim całym światem. Minutę później musisz o nim zapomnieć", powtarzano Róży na kursie. Widocznie była kiepską uczennicą, bo rzuciła zakupy na stół w kuchni i nawet nie chciało jej się ich rozpakowywać. I tak nie była głodna. Może gdyby miała z kim zjeść kolację?

Zapomnieć, zapomnieć. Wyjęła poranny „Express", którego nawet nie przejrzała, i usiadła przy radiu. Warszawa nadawała wiadomości, Lwów koncert symfoniczny, a Róża ani na jedno, ani na drugie nie miała ochoty. Wyłączyła odbiornik, rozłożyła gazetę.

„Kiwasz, wisielca nie okiwasz!", brzmiał głupkowaty tytuł, kojarzący się Róży z futbolem, którego nie rozumiała i nie miała ambicji zrozumieć. Co też interesującego Zyga widział w tej grze?, przemknęło jej przez myśl. I zła, że zawraca sobie głowę mężczyzną, dla którego straciła kilka lat życia – najlepszych lat! – zaczęła czytać. Żeby zapomnieć o wszystkim.

W dniu wczorajszym nieopodal lotniska w Radawcu Adam Kiwasz, robotnik firmy „Hodowla Nasion Buraczanych" Buszczyńkiego i Łążyńskiego w pobliskim Motyczu, odkrył częściowo zjedzone przez ptaki zwłoki powieszonego mężczyzny. Kiwasz, mimo śniegu, wybrał mało uczęszczany skrót przez leśny zagajnik, bojąc się spóźnienia do pracy i utraty dniówki. Przy nieszczęsnym desperacie znaleziono dokumenty na nazwisko Feliks Susek. Czy to kolejna ofiara kryzysu, który podobno jest już za nami?

Zamiast wzruszyć się dolą nieszczęśliwca, znów pomyślała o Maciejewskim. Pewnie bada tę sprawę… Dlaczego nie zadzwoni, drań, nie spróbuje jej przeprosić!

Nie poczuła, że zaczęła płakać. Gdy pierwsze łzy spadły na rozłożoną gazetę, myślała, że to przecieka z poddasza. Potem już ryczała jak bóbr.

*

Podkomisarz Zygmunt Maciejewski, ściskając pod pachami pół kilo szynki, paczkę kawy Bohma, dwa pęta kiełbasy jałowcowej i okrągły bochenek chleba, minął ostatni przystanek autobusowy na Rurach Jezuickich. Kołnierz zimowego płaszcza obwiązał szalikiem, bo tego ranka górny guzik urwał się i potoczył pod szafę ogniotrwałą, gdy komisarz, tuż po wejściu do gabinetu, zaczął przeglądać świeżą prasę. „Przy nieszczęsnym desperacie znaleziono dokumenty na nazwisko Feliks Susek…". To nie wyglądało na dobrą wiadomość, więc Maciejewski tym spieszniej zaczął szukać urzędowych punktów zaczepienia.

Posterunek policyjny w Konopnicy powiadomił Wydział Śledczy niezwłocznie, zgodnie z przepisami, jednak papiery nie przedarły się jeszcze na biurko komisarza. To akurat Zygę ucieszyło, bo oznaczało, że w kwitach to i owo można będzie poprawić. Natomiast kto podłożył mu tę świnię w postaci kolejnego wisielca o znajomym imieniu i nazwisku, Maciejewski nie miał wątpliwości...

Jednakże tym razem Korcz-Jasnocki wybrał kiepskie miejsce. Do zagajników, w których nie rośnie ani jedna choinka, o tej porze roku nie było po co chodzić, więc mimo że wcale niedaleko od wsi, gdyby nie Adam Kiwasz, zwłoki mogłyby wisieć do świąt albo dłużej. Zyga raczej czuł, niż miał pewność, że tym razem był to trup prawdziwego Suska, a dokładniej Obroka, zresztą nie to go najbardziej interesowało. Ważniejsze, że twarz nie nadawała się do rozpoznania, a to, co w gazecie nazwano „dokumentami", okazało się rozmiękłym i zatartym miesięcznym biletem kolejowym wystawionym na nazwisko Feliks Susek. Bilet można znaleźć lub ukraść, a imię i nazwisko, bez daty urodzenia albo adresu zamieszkania, to wciąż nie jest człowiek... Zatem jeszcze tego samego dnia komisarz zdążył skierować do umorzenia dochodzenie w sprawie samobójcy zupełnie przypadkowo nazywającego się jak inny desperat sprzed miesiąca. Sędzia śledczy podpisał, żaden pismak nie naciskał na dodatkowe informacje, zwłaszcza że tego samego dnia pewna pensjonarka truła się z miłości, co dla każdego czytelnika „Expressu" i „Głosu Lubelskiego" było o wiele wdzięczniejszym tematem.

Tę pensjonarkę komisarz z miejsca pokochał platoniczną miłością. Żeby wiedziała, niebożątko, jak bardzo mu pomogła przeżyć ten dzień i mieć niezłe widoki na kolejny! Po służbie zrobił nawet zakupy na kolację, ale kiedy dochodził już do domu, z daleka zobaczył światło w kuchni i ulatujący z komina dym. Róża?! Niemożliwe, to mogła być tylko Kapranowa.

Nacisnął łokciem klamkę i wszedł. Jego dawna gospodyni zdawała się… szczuplejsza? Nie, w jej wypadku nie było to odpowiednie słowo: raczej mniej gruba. Albo przez rozpacz po nieboszczyku, albo co bardziej prawdopodobne, z powodu czarnego wdowiego stroju.

– Pan komisarz tak prędko? Toż jeszcze knajpów nie pozamykali! – ucieszyło się babsko, jakby było z czego. – Sznycle smażę panu komisarzowi.

– Miło ze strony Kapranowej, ale kupiłem coś do jedzenia. – Położył zakupy na stole i zaczął zdejmować okrycie.

– Do jedzenia? – Kobiecina opadła na stołek, niezgrabnie rozstawiając opuchnięte nogi z żylakami widocznymi mimo wełnianych pończoch. Wzięła do ręki szynkę i powąchała. – Od Widlaka, tego z rogu? Jutro będzie już ją czuć, stary oszust. Kiełbasa też od niego? – skrzywiła się. – Toż psu strach dawać!

Przynajmniej kawa nie wzbudziła w gospodyni odrazy, ale Zyga miał dość wyobraźni, by przedstawić sobie jakiegoś nieszczęśliwego inspektora Hernandeza z Brazylii albo Kolumbii i jego tamtejszą Capranovą. „Kawę pan kupuje od Vidlaca na rogu? Toż to ni smaku, ni zapachu! Nie dalej jak wczoraj była u sąsiadów kobieta ze wsi. Señor by powiedział, tobym od niej wzięła dla señora inspektora kawy jak się patrzy!". Zajrzał do paczki, powąchał, wtedy z opakowania wypadł obrazek – tym razem trafił się Bolesław Śmiały.

Zabójca biskupa krakowskiego i pierwszy pederasta na polskim tronie, sięgając przezornie po miecz, spoglądał ostrożnie, czy nikt nie zachodzi go z tyłu. A widzisz, Bolek, po co było robić sobie wrogów?, pomyślał do niego Maciejewski, wrzucając obrazek do kubła ze starymi gazetami na podpałkę. Oczywiście Kapranowa natychmiast go rozwinęła i obejrzała, ale też nie doceniła kunsztu reprodukcji. Pospiesznie wróciła do patelni, by odwrócić kawałki cielęciny na drugą stronę. W tym czasie Zyga zapalił papierosa i urwał z pęta kawałek kiełbasy. Co to babsko od niej chciało? Smakowała jak należy.

– Z chlebem pan będzie jadł? – Po chwili Kapranowa postawiła przed nim talerz z ociekającymi tłuszczem sznyclami. Bez pytania wyjęła mu z ręki papierosa i cisnęła do ognia.

Najrozsądniej byłoby zostawić je i odgrzać, kiedy baba sobie pójdzie, inaczej będzie musiał znosić przy jedzeniu wzrok sąsiadki i te namolne pytania, czy smakuje.

Ku jego zdziwieniu tym razem urządziła inny teatr.

– A gdzie pan pójdzie na Wigilię, panie komisarzu kochany? – zapytała nagle.

Na Wigilię? W ogóle się nad tym nie zastanawiał. Gdyby nie tradycyjny śledzik Rodziny Policyjnej, gotów by nawet nie zauważyć, że idą święta. Swoją drogą w tym roku, po tym jak komendant demonstracyjnie ominął go z opłatkiem, usłyszał wyjątkowo mało łgarstw na temat swojego zdrowia, szczęścia i powodzenia. Tylko Przygoda zatelefonował z ludzkim słowem, a spośród miejscowych oficerów jedynie Kraft odważył się złożyć mu życzenia.

– Pewnie do komisarza Krafta – skłamał.

– Bój się pan Boga, do lutra na takie święto?! – fuknęła stara. Zaraz jednak przypomniała sobie o godności wdowy i ze smutkiem pokiwała głową. – Takie czasy, że może i luter z nas najporządniejszy… Pan się nie gniewa, panie komisarzu, ale to grzech.

– Co grzech? – mruknął Zyga. – Co Kapranowa taka religijna się zrobiła?

– Jak to zrobiła? Jak to zrobiła?! – Babsko podskoczyło na krześle. – Zawsze żyłam jak Pan Bóg przykazał. Pana świętej pamięci ciotka to by panu powiedziała, że i za młodu... Ale nie będę się z panem kłócić... – Chlipnęła i wyciągnęła z rękawa zmiętoszoną chustkę. – Teraz oboje sami jesteśmy, sieroty. Pan nie może przecież zostawić mnie samej, to wielki grzech...

Zyga dojadł sznycel, wytarł tłuszcz chlebem i przełknął.

– Pani Kapranowa kochana – zaczął ugodowo, sięgając po kolejnego papierosa – przecież pani nie będzie sama, pojedzie sobie na święta do rodziny...

– A tam do rodziny! – Machnęła pogardliwie ręką. – Toż to krewni nieboszczyka, powinowaci, nie żadna rodzina. – Przerwała na chwilę, nachylając się konfidencjonalnie nad stołem. – No i wsiowi, a ja do wiejskich smrodów nie przywykła.

– No niby tak... – Maciejewski dobrze znał kwaśną woń rozchodzącą się zawsze po kuchni Kapranów, ale ugryzł się w język.

– Ano właśnie, panie komisarzu kochany, ano właśnie. Ja tak bardzo pana proszę! – Spojrzała na Zygę ze łzami w oczach. – Zrobię lina, śledzie, taki barszczyk, który lubiła pańska ciocia, świeć Panie nad jej duszą... W takim dniu, jeżeli zostawi mnie pan samą, to ja nie wiem, ja nie wiem... Chyba nic, jak pójść za nieboszczykiem!

– Nie wiem, naprawdę, pani Kapranowa... – Zyga zaczął szukać w pudełku niespalonej zapałki, a w głowie dobrego argumentu.

– Na stypie po nieboszczyku pan nie był – wypomniało babsko.

– Przecież Kapranowa wie, że nie mogłem. Miałem służbę i...

– Służbę! Pan to zawsze jak nie służba, to wódka, jak nie urok, to sraczka! – Wdowa gniewnym gestem zabrała jego pusty talerz, ale po chwili zamarła nad nim dramatycznie. Do resztek tłuszczu zaczęły kapać łzy.

– No dobrze, dobrze, niech Kapranowej będzie. – Maciejewski wstał i nieporadnie poklepał po plecach swoją gospodynię, która trzęsła się od niepohamowanego szlochu. – No, dziękuję Kapranowej.

– Tylko niech pan ubierze wizytowy garnitur. – Spojrzała na niego krytycznie. Oczy miała czerwone, jednak suche. – U mnie nie żadne salony... Chociaż gdyby nieboszczyk tyle nie pił, Boże odpuść, to inaczej ja bym żyła... Trudno się mówi! Ale to święto, a w święto musi być wizytowy garnitur. Będzie pan pamiętał?

– Będę pamiętał. – Komisarz westchnął. Już zaczął żałować, że ustąpił. – Czy czegoś jeszcze Kapranowa potrzebuje?

– Z piętnaście, nawet dwadzieścia złotych. – Spojrzała na niego z poważną miną. – Bo to i jak łowić nie ma komu, to ryby przyjdzie kupić. I warzywa teraz drogie...

Wiedział, no wiedział, że tak to się skończy. Sięgnął po portfel.

– Ma tutaj Kapranowa dwadzieścia pięć złotych. – Zanim podał jej pieniądze, podniósł groźnie palec. – Ale przyniesie mi Kapranowa coś do wypicia.

– Pan mnie starą po wódkę wysyła? – Zrobiła taką minę, jakby się miała rozpłakać. – Sklepy zaraz pozamykają.

– A kto powiedział, że to ma być wódka z monopolu? Pójdzie Kapranowa do sąsiadów, a do których, to ja nie muszę i nie chcę wiedzieć.

Lublin, maj 1945 roku

– Co pan właściwie zeżarł? – warknął Maciejewski.

Duski, zielony na twarzy, znowu kucał nad kiblem. W celi było gęsto od smrodu, chyba gorzej niż w karcerze. A odgłosy, jakie wydawał współwięzień, bardziej przypominały szczanie niż sranie.

– Cebulę – jęknął księgowy.

– Kara boska, żeś się pan nie podzielił. – Zyga odwrócił głowę. Nie mógł już na niego patrzeć.

Niestety żarówka nad drzwiami celi, ta wieczna lampka oświetlająca stale otwartego judasza, złościła go jeszcze bardziej. Od kilku dni migała co chwila, ale nie chciała się cholera przepalić.

Ile to już dni bez przesłuchania? Grabarz bawi się nim jak kot myszą, skurwysyn!

– Boże, niedługo koniec wojny, może amnestia, a ja umrę na biegunkę! – Duski powtórzył chyba po raz setny. Osuszył dupę skrawkiem gazety i nie zapinając spodni, usiadł na stołku bliżej kibla.

– Klapa! – przypomniał mu komisarz.

– Przepraszam. – Księgowy z wysiłkiem podniósł pokrywę i przekręcił ją, jak sam kiedyś uczył Maciejewskiego. Smród jednak nie ustał. – Poda mi pan wody?

Zyga zaczerpnął pół kubka i wcisnął mu w ręce. Duski pił małymi łykami jak dobrze wychowana panna.

– Boże, żeby chociaż dzisiaj nie wzywali! – Pokręcił głową. – On mnie ostatnio pytał o przedwojenne sprawy. O tę naszą z trzydziestego szóstego – dodał ciszej.

Słysząc „naszą", komisarz zacisnął pięści. Między nim a Duskim nie było nic „naszego". Może tylko „nasza cela" i „nasz kibel". I jeszcze ten „on", jakby samo wymówienie nazwiska śledczego przynosiło pecha!

– Nie bój się pan, Grabarzowi chodzi o mnie – powiedział, bawiąc się strachem księgowego. – Major Grabarz jest ciekaw, nad czym ja pracowałem. Ten skurwysyn Grabarz ma nadzieję, że czymś mnie zaskoczy.

– Ale ja mu nic nie powiedziałem. – Duski spojrzał z miną zbitego psa. Psa z podbitymi oczami. Czy psu da się podbić oczy?, przemknęło przez głowę komisarzowi.

– A co pan mogłeś powiedzieć? – Zyga zasłonił ręką oczy, przywołując w myślach obraz powabnej Krystyny Kusik. Niestety jej twarz przybrała smutne, zagubione rysy Róży... – Pan nic nie wie. Zresztą kogo może obchodzić jakiś wisielec sprzed dziewięciu lat? Jakiś samobójca z miłości – skłamał.

Księgowy westchnął. Maciejewski wstał i zaczął chodzić od drzwi do pryczy, chcąc odgonić rozpaczliwe myśli. Żarówka zamigotała, na moment zmieniając twarz Duskiego w iście ekspresjonistyczną grę światła i mroku. Komisarzowi coś to przypominało... Jakiś film z lat dwudziestych?

– Przez te kilka miesięcy ja pana dobrze poznałem. – Pokiwał głową buchalter.

– I co? – mruknął Zyga. – Padniemy sobie w objęcia?

– Pan to jak zwykle... – Duski spojrzał na niego z pretensją. Zdjął okulary, widocznie jednoczesne patrzenie jednym okiem przez szkło, a drugim przez pustą oprawkę bardzo go męczyło. Zmrużył oczy. – A ja już wtedy chciałem panu powiedzieć prawdę. O mój Boże kochany!

Brzęknęła o posadzkę pokrywa kibla. Księgowy w ostatniej chwili zdążył zsunąć spodnie. Maciejewski miał ochotę kopnąć go, żeby upadł razem z kubłem na podłogę. Tylko wtedy dopiero by śmierdziało!

– Jezu, Jezu… – wystękał buchalter – Pamięta pan, jak przyszedłem na komisariat?

– A to ci temat do konwersacji przy sraczce! – burknął Zyga. Pamiętał, że przesłuchiwał Duskiego w fabryce… Nie, był też komisariat! Księgowy sam przyszedł, a Maciejewski, zajęty sprawą narkotyków i skacowany, nie miał zamiaru słuchać mędzenia. Teraz zresztą też nie.

– Muszę to panu powiedzieć, bo jeżeli umrę, a pan… Jezu! – Ten chlupot w kiblu i smród! A nie sposób zatkać sobie równocześnie nosa i uszu. – Chciałem wtedy powiedzieć panu prawdę o Krystynie Kusik.

Były komisarz zacisnął zęby. Skąd Duski o niej wie? Przecież ani wówczas, ani przez te kilka miesięcy w jednej celi nie powiedział mu ani słowa o młodej krawcowej. A może to jednak kapuś, prowok cholerny! Tylko w takim razie dowiedzieć się mógł wyłącznie od Grabarza, a Grabarz?… Od Anińskiej? Anińska nie wiedziała. Od Fałniewicza? Ale po co by go pytał akurat o to? Było wiele ważniejszych i bardziej obciążających spraw: konspiracja, wyrok na oficerze bezpieczeństwa, strzelanina z milicją… Zresztą Fałniewicz nie sypał, co do tego Zyga nie miał wątpliwości.

Żarówka znowu ostrzegła, że wkrótce się przepali, i gdy w jej kolejnym błysku Maciejewski zobaczył udręczoną twarz Duskiego, nagle przypomniał sobie, gdzie już widział ten ekspresjonistyczny obrazek. Rysunek Krystyny Kusik!

– To ty dałeś jej pierścionek! – Komisarz doskoczył do współwięźnia.

– Niech pan nie bije! – Duski cofnął się odruchowo. Dno kibla zgrzytnęło ostrzegawczo na posadzce.

Zyga złapał księgowego za koszulę, a gdy ten odzyskał równowagę, puścił ze wstrętem, jakby dotknął zimnego gada.

Kręcąc głową, cofnął się ku drzwiom. Jak mógł nie zauważyć tego wcześniej? Ta sama gęba, dokładnie ta sama.

– I chce pan oczyścić sumienie, tak? – zaniósł się śmiechem Maciejewski. – To będzie spowiedź, tak? Taka pańska duchowa sraczka?

– Niech pan nie bluźni! – Do kibla znów pociekło z chlupotem. – Ja od razu chciałem się przyznać, ale się bałem! Ten lotnik, kapitan, by mnie zabił, ale wtedy na komisariacie... powiedziałbym, gdyby mnie pan nie odesłał!

Księgowy wciągnął spodnie i zatkał kubeł klapą. Nie tak dokładnie jak zwykle, ale dla Zygi nie miało to już znaczenia.

– Niech pan mnie wysłucha jak człowieka! – jęknął Duski, opadając na stołek. – Bardzo pana proszę! Przecież ja też wiem, że nie będzie żadnej amnestii. Obaj niedługo umrzemy i...

I to cuchnący gównem, jak przystało na nawóz historii, pomyślał Zyga. Głośno jednak tego nie powiedział.

– Gdy przyjechał pan wtedy, w trzydziestym szóstym, do LWS-u, kapitan Korcz-Jasnocki...

*

Lublin, 24 grudnia 1936 roku

Gdyby Zyga zawiązał krawat jeszcze za dnia, miałby potem spokój, ale odłożył tę torturę do pierwszej gwiazdki. I teraz mordował się z węzłem przy wątłym świetle lampy naftowej, bo żarówka jak na złość psyknęła i zgasła, ledwie się ściemniło. Niby osram, a tandeta – tylko osrać, zgodnie z nazwą producenta.

Zza okna dobiegł odgłos sań kruszących lód na zamarzniętych kałużach, mignęły światła dorożki. Węzeł krawata komisarza wreszcie zyskał jako taki kształt. Zyga włożył kapelusz, narzucił na ramiona płaszcz i zabrał z kuchennego stołu obwiązaną wstążką paczkę. Niech Kapranowa ma ten swój prezent, skoro się napraszała, pomyślał. Ciepła chusta na ramiona to nic nadzwyczajnego, ale staremu babsku się przyda. Maciejewski nie miał rozeznania w cenach sklepowych, bardziej już w knajpianych, ale wyszło mu, że za te dwadzieścia pięć złotych minus bimber sfinansował też Kapranowej, jak na tę dzielnicę, nader wykwintną kolację.

Kiedy zamykał drzwi, woźnica powoli cofał sanie na wąskiej drodze. Koń niechętnie szedł do tyłu, puszczając nozdrzami kłęby pary.

Komisarz przepuścił zimową dorożkę i odciskając głębokie ślady w brudnym śniegu, podszedł do drzwi sąsiadki. Zapukał.

– Dla Kapranowej, z życzeniami – mruknął, podając pakunek. Zawsze czuł się niezręcznie, gdy sytuacja zmuszała go do patetyzmu. Sam nie wiedział, co gorsze: święta państwowe czy rodzinne. – No, przybieżeli do Betlejem…

– A ja też mam niespodziankę dla pana komisarza! – Babsko uśmiechnęło się chytrze. – Proszę, proszę, bo zimnem ciągnie.

Przeszedł przez kuchnię, o dziwo zamiecioną. Na fajerkach parowały trzy garnki, z duchówki czuć było smażoną rybą.

– Ktoś jednak przyszedł do Kapranowej. – Maciejewski wskazał przymknięte drzwi do pokoju, za którymi poruszył się cień.

– Ano niespodziewany gość! – Sąsiadka zatarła swoje małe, tłuste dłonie. – Pan komisarz da płaszcz. I proszę, no proszę dalej!

Na niedużej, rzadkiej choince paliło się kilka świeczek, rzucających refleksy na kolorowe bombki. Pod drzewkiem nie leżał żaden prezent. Zyga jednak szybko zrozumiał, co miało na myśli babsko, mówiąc o niespodziance. Za stołem zastawionym półmiskami ze śledziem, kapustą i pierogami, bawiąc się skrajem białego obrusa, siedziała Róża.

– Oj, bo barszcz wykipi! – pisnęła Kapranowa i wybiegła do kuchni, zamaszyście zamykając za sobą drzwi, aby nawet kompletnie zdumiony komisarz zauważył, że stara zostawia ich samych.

– Dobry wieczór. – Pocałował Marczyńską w rękę. Rozejrzał się za wolnym krzesłem naprzeciwko, lecz sąsiadka i to przewidziała: jedyne stało tuż obok. – Jak ona cię tu sprowadziła? – zapytał, siadając.

– Zrobiło mi się jej żal. – Na twarz Róży wypłynął nerwowy uśmiech. Strzepnęła niewidoczny pyłek z białej bluzki, poprawiła wiszący na szyi złoty sekretnik; źle zapięła czy co, bo zaczął ją strasznie uwierać. – Przyszła do mnie i płakała, że nie chce być sama w tym świątecznym dniu.

– Forsę wyłudziła?

– Dałam jej chyba dziesięć złotych. Co to są za pieniądze? – Marczyńska wzruszyła ramionami.

– Ładnie wyglądasz. – Nie mając pomysłu, jak rozwinąć ten całkiem zasłużony komplement, poruszył dłonią przy jej głowie. Na jasnych włosach Róży grało światło choinkowych świeczek.

– A ty dbasz o siebie, Zyga?

Nie odpowiedział, bo do pokoju wkroczyła Kapranowa z białym talerzem, na którym leżało siano i opłatek. Jak groteskowe skrzyżowanie starej rajfurki z księdzem niosącym ślubne obrączki.

– Obiecywała Kapranowa barszcz – przypomniał złośliwie Zyga.

– Nie psuj jej radości – szepnęła mu do ucha Róża.

Kiwnął głową i oboje wstali, a sąsiadka, z miną uroczystą już do obrzydliwości, podała im opłatek.

– Kochani państwo – połknęła łzę – wy jesteście dla mnie, wdowy, jak jedyna rodzina. Dziś taki dzień… Bóg się rodzi… Nie zrobicie mnie starej takiej przykrości, pocałujecie się na zgodę.

Jeżeli chciała coś naprawić, to teraz wszystko zepsuła. Maciejewski był tego pewien, nawet bardziej, niż że młotkiem nie naprawia się spłuczki klozetowej. Spojrzał na Różę, ale ta wcale nie zbierała się do wyjścia. Przeciwnie, objęła dłońmi jego ramię.

A Zyga uzmysłowił sobie, że przez swój cholerny krawat i przepaloną żarówkę znowu zapomniał umyć zęby.

*

Kraków, 30 grudnia 1936 roku

Kapitan Henryk Korcz-Jasnocki powierzył narty i walizki bagażowemu, a sam rozsiadł się na miękkim skórzanym siedzeniu luxtorpedy. Perspektywa nocy sylwestrowej w Zakopanem nastrajała go brylantowo, a i nie od rzeczy było umówione przez kuzynkę spotkanie z Ireną Iłłakiewiczową, alpinistką i poliglotką, która w swym erotycznym karneciku odfajkowała nawet księcia Kurdystanu. Lotnik miał nadzieję, że Tatry też usposobią ją romantycznie, a jeśli to by się nie udało, to może chociaż pozyska ją dla Dwójki.

Naprzeciwko kapitana zajął miejsce łysiejący mężczyzna z oficersko przystrzyżonym wąsem, w cywilnym garniturze, z jakimś czasopismem pod pachą i aparatem fotograficznym na ramieniu. Po chwili dosiadło się jeszcze dwóch panów, z wyglądu skromnych urzędników; pewnie musieli oszczędzać na urlopowy luksus przejechania się luxtorpedą.

Ekspres już miał ruszać, gdy z jedną z walizek Korcza-
-Jasnockiego wpadł zdyszany bagażowy.

– Proszę wybaczyć, ale czy tę walizkę życzył sobie pan
kapitan mieć pod ręką? – wysapał.

– Wyraźnie mówiłem, żeby wszystkie dać na bagaż. – Lotnik nastroszył brwi.

– Tak, oczywiście, jak pan kapitan rozkazał. Tu jest kwit! –
Mężczyzna w znoszonym uniformie wręczył mu numerek
bagażowy. – Ale tę walizkę…

– Co tę walizkę?

– Już nie zdążę, pociąg zaraz rusza. Proszę o wybaczenie
pana kapitana. Jeśli pan rozkaże, zwrócę zapłatę.

Korcz-Jasnocki łaskawie machnął na to ręką i przepraszając
współpasażerów, umieścił walizkę pod oknem. Na szczęście
była to ta najmniejsza, z bielizną i osobistymi drobiazgami.
Pozostałe dojadą zwykłym pociągiem osobowym, akurat by
kapitan zdążył się przebrać na kolację.

Ekspres ruszył cicho i miękko i gdyby nie głęboki dźwięk sy-
reny kolejowej, można byłoby pomyśleć, że siedzi się w szybkim aucie. Za Krakowem pociąg nabrał prędkości, a mężczyzna z wąsikiem odłożył „Tajnego Detektywa" i przyjrzał się
lotnikowi.

– Pan kapitan na urlop? – zagadnął z uśmiechem. – O ile
to nie tajemnica wojskowa!

– Na urlop – przytaknął oficer, chociaż nie miał wcale
ochoty na rozmowę. Co innego, gdyby miejsce naprzeciwko
Korcza-Jasnockiego zajęła jakaś ognista piękność, ostatecznie
nawet smutna myszka porzucona przez narzeczonego…

– Chyba dość długi? – Mężczyzna zmierzył go badawczym
spojrzeniem. – Sądząc po ilości bagaży…

– O co panu chodzi?! – przerwał mu lotnik.

Natręt jednak nie popuścił:

– Dwie duże walizki, narty, no i ta, powiedzmy, podręczna – wskazał bagaż obok nóg oficera.

– A pan co? Jak grecki filozof? – zakpił Korcz-Jasnocki. – *Omnia mea mecum porto?*

– Rzeczywiście, wszystko, czego potrzebuję, mam ze sobą – pokiwał głową nieznajomy. – Ale żaden ze mnie filozof, panie kapitanie – powiedział, wyjmując z kieszeni małą blaszkę z godłem i numerem służbowym. – Policja. Pan zechce otworzyć walizkę?

Lotnik poderwał się, ale siedzący przy nim, milczący dotąd pasażer chwycił kapitana za nadgarstek. Drugi urzędas dyskretnie pokazał wyjęte z kieszeni kajdanki.

– Komisarz Przygoda – przedstawił się mężczyzna z wąsem. – Zanim dzięki panu z Nowym Rokiem obejmę zaszczytne stanowisko w Rawie Mazowieckiej, kończę jeszcze swoje warszawskie sprawy. Niech pan nie robi zamieszania i otworzy walizkę.

– Chce pan zobaczyć, czym różnią się wojskowe kalesony od policyjnych? – warknął Korcz-Jasnocki.

Niestety walizkę trzeba będzie otworzyć, uznał. Albo to, albo afera i kompromitacja, o której już za kilka godzin będzie mówić całe Zakopane. Położył bagaż na kolanach, sięgnął do zatrzasków i na chwilę stracił mowę. W środku nie było ani jednej pary kalesonów, tylko pedantycznie ułożone opakowania morfiny, kokainy, nawet buteleczki eteru, chociaż z tym akurat narkotykiem kapitan nigdy nie miał nic wspólnego…

Kto podrzucił? Z miejsca pomyślał o Maciejewskim, no ale on był daleko…

Siedzący przy nim tajniak nagłym ruchem odwrócił walizkę w stronę komisarza. Pstryknął aparat fotograficzny.

– Ma pan nakaz? – Lotnik zatrzasnął wieko.

– Nie, ale mam zdjęcie. *Kapitan kontrwywiadu i narkotyki*, taki pewnie będzie tytuł w „Kurierze Warszawskim". Spodziewa się pan, że pańscy przełożeni pana osłonią? Odetną się jak od panny z dzieckiem.

– Czego pan chce? – warknął wojskowy.

– Ja? – zaśmiał się Przygoda. – Ja niczego szczególnego, jedynie by nikt mi nie przeszkadzał w powrocie na stanowisko w warszawskim Urzędzie Śledczym. Ale pewnemu oficerowi w Lublinie obiecał pan awans, nieprawdaż?

– Maciejewski! – syknął Korcz-Jasnocki. – Tak myślałem. To on pana nasłał?

– Maciejewski, jeśli chce pan wiedzieć, czeka w Krakowie z resztą pańskich bagaży. – Policjant nachylił się i dodał ciszej: – Czeka na mój telefon z Zakopanego. Więc jak będzie, kapitanie, wóz czy przewóz?

*

Lublin, 6 sierpnia 1939 roku

W odpowiedzi na pismo Pańskie z dnia 20 lipca b. r. Dowództwo Lotnictwa M. S. Wojsk. w porozumieniu z Dep. Uzupełnień powiadamia, że nie dysponuje wolnymi przydziałami w służbie liniowej ani też sztabowej odpowiadającymi Pana kwalifikacjom, wyszkoleniu lotniczemu oraz stopniowi wojskowemu. Z powyższych względów utrzymujemy w mocy wcześniejszą decyzję o pozostawieniu Pana w stopniu pułkownika-pilota w stanie spoczynku, zaznaczając równocześnie, iż wszelkie inne decyzje powzięte w trybie mobilizacyjnym oraz zażalenia z nich wynikłe mieszczą się wyłącznie w kompetencjach D. O. K. Nr. II w Lublinie.

Jerzy Rossowski odłożył list na biurko i spojrzał przez okno na startujące z lotniska lws-u trzy lubliny trzynastki. Właśnie te samoloty jak na złość musiały mu przypomnieć upokorzenie sprzed ośmiu lat! Mimo duchoty zamknął okno i skrzypiąc dawno nienoszonymi oficerkami, podszedł do szafy.

Chociaż kierowany nadzieją, że w obliczu wojny ministerstwo zmieni zdanie, kazał sobie uszyć mundur według nowego wzoru, stalowoszary pod krawat, teraz wybrał stary: zielony, z żółtymi patkami na sztywnym kołnierzu. Wciąż leżał dobrze, a nawet po kilku latach poza służbą okazał się nieco za luźny.

Sięgnął na wieszak po biały żabot. Kiedyś w jego szafie wisiało takich kilkanaście, a w takie ciepłe dni jak ten sierpniowy pułkownikowi zdarzało się zmieniać je kilka razy dziennie. Owinął go dwukrotnie wokół szyi i zawiązał jednym machinalnym ruchem.

Po krótkim namyśle sięgnął jeszcze po agrafkę: zależało mu, by biały pas materiału wystawał ponad krawędź kołnierza dokładnie na grubość słomki, bo potem trudno będzie go poprawić. Lustrzane odbicie lotnika zareagowało na tę myśl cynicznym uśmiechem.

Cofnął się kilka kroków, by sprawdzić, jak leży koalicyjka, i wyrównać pas. Mimo żabotu wysoki, sztywny kołnierz już zaczął uwierać jego szyję, przyzwyczajoną do cywilnych koszul i krawatów. Rozpiąć chociaż górną haftkę?

A może w ogóle darować sobie cały ten teatr? Włoski wąsik pułkownika drgnął nerwowo. Rossowski pokręcił głową. Zamknął szafę i wrócił do biurka.

Pudełka z odznaczeniami leżały w lewej szufladzie. Gdy wyjął je wszystkie na blat, na dnie zobaczył zapomniany kartonik z ręcznym dopiskiem:

Zygmunt Maciejewski

PODKOMISARZ POLICJI PAŃSTWOWEJ
KIEROWNIK WYDZIAŁU ŚLEDCZEGO W LUBLINIE
UL. STASZICA 3

21–91 (dyżurny)

TELEFON 12–04

Zatelefonować? I co powie temu facetowi, który przez chwilę był prawie jego przyjacielem? W końcu od trzech lat nie zamienili ani słowa, bo i nie było o czym. Zapalił zapałkę i patrzył, jak kolejne litery trawi ogień. Róg, za który Rossowski trzymał wizytówkę, syknął cicho, spalając się w popielniczce, a dym zapachniał przez moment jak silnik na tej subtelnej granicy tuż przed zatarciem.

Pułkownik starannie przypiął nad lewą kieszenią Polową Odznakę Pilota, niżej Virtuti Militari i Krzyż Walecznych z nieco wytartą już wstążką i delikatną patyną, która zdążyła pokryć trzy poprzeczne listewki z brązu. Czterokrotnie odznaczony, i co z tego? Mozolił się chwilę z francuską Legią Honorową, ale nie chciał jeszcze raz podchodzić do lustra i patrzeć w oczy własnemu odbiciu. Wstrzymując oddech, zapiął na szyi wstęgę krzyża Korony Rumuńskiej.

Zwalczył ochotę, by zejść do salonu i wypić jedną, a może dwie wódki. Zrezygnował nawet z ostatniego papierosa. Żal mu było jedynie Jadwisi, służyła u niego tyle lat, a za godzinę wróci z kościoła i zobaczy krew... Może wybaczy, kiedy znajdzie swoją książeczkę PKO, a w niej wpłaconą wczoraj pensję za trzy lata z góry.

Gdy jednak Rossowski sięgał do prawej szuflady po browninga, czuł tylko ulgę, a chłodny dotyk lufy na skroni był prawie przyjemny.

W to upalne niedzielne południe ulice willowej dzielnicy Dziesiąta opustoszały, a sąsiedzi pułkownika, jeśli nie byli akurat na mszy w kościele św. Michała Archanioła, to bawili w Truskawcu albo Juracie. Wystrzału nikt nie usłyszał.

*

Lublin, maj 1945 roku

Prowadzony nocą do Grabarza, słyszał strzały, chyba też z pistoletów maszynowych. Rozstrzeliwują? Jeśli nawet, to więźniów z innych oddziałów. Na jego korytarzu, gdy mijał drzwi cel, czuł napięcie, jednak nic się nie działo. A szkoda...

Rozwałka to byłoby proste i szybkie rozwiązanie. Oszczędziłaby komisarzowi kolejnego przesłuchania, podczas którego obawiał się, pęknie. Róża, dziecko... Na myśl o nich ściskało go w gardle. A kula w potylicę? Niemalże honorowa śmierć; po takiej kto pomyśli, że Zyga był o krok od zrobienia z siebie szmaty?

Poza tym koniec końców powinien się czuć spełnionym człowiekiem, jak myślał z ironią. Oto w sowieckim pierdlu zamknął sprawę, która w trzydziestym szóstym nie dawała mu spokoju.

Oczywiście, księgowy powiadomił dyrektora Sipowicza i o przesłuchaniu w fabryce, i że on sam jest na każde skinienie tak przełożonych, jak i kapitana Korcza-Jasnockiego. Sądził wtedy co prawda, że używa wyłącznie urzędniczej figury retorycznej, tymczasem lotnik rzeczywiście na niego skinął. Duski był w strachu, gdy przekupywał Krystynę Kusik pierścionkiem za fabryczne pieniądze, zdjął okulary i nawet próbował zmienić głos jak na filmach. Policja zabrała ciało samobójcy i w zakładzie zapanował spokój, więc i skromny buchalter przestał się bać... dopóki nie przeczytał w gazecie o katastrofie „Żubra". Już widział plajtę fabryki oraz siebie pobierającego zasiłek dla bezrobotnych. Dlatego w pracy usprawiedliwił się wizytą u dentysty, a tak naprawdę poszedł do Wydziału Śledczego, lecz jeszcze bardziej niż dalej milczeć, bał się rozmawiać z kimś innym niż Maciejewski. Wiadomo to, kto z policji może donieść, gdzie nie trzeba? Gdy więc trafił do tego elegancika, zmyślił jakieś bzdury o dziwnym zachowaniu Feliksa Suska przed śmiercią, które tajniak zanotował z obojętną miną, bardziej przejęty swoim katarem niż zeznającym do protokołu Duskim.

Otwiedu tiebia ja k dubu,
no jebat' tiebia nie budu,
nie choczu tiebia ja jet',
pust' tiebia jebiet miedwied'.

Zanim Zyga dotarł do pokoju majora, klawisz zdążył złożyć i wyśpiewać nową czastuszkę.

– Siadaj, Maciejewski. – Grabarz uśmiechnął się na powitanie, mrużąc nabiegłe krwią ślepia. – Wiesz, co to za dzień dzisiaj?

Pierwszy maja, przyszło do głowy dawnemu komisarzowi. Było ciepło, w celi nad kiblem unosiły się roje much, stopy miał twarde, czarne i brudne, ale już tak nie marzły bez butów. Mógł być maj.

– Nie wiem – powiedział.

Oficer bezpieczeństwa wyjął z papierośnicy dwa biełomory. Jednego rzucił Maciejewskiemu, drugiego, miażdżąc palcami ustnik, włożył sobie do ust. Zazgrzytała zapalniczka z przerobionej łuski rusznicy ppanc, oficer podał też ogień więźniowi.

Zyga zaciągnął się i poczuł upojny zawrót głowy. Że tak może działać nikotyna, przez lata nałogowego palenia zupełnie zapomniał. Pewnie dlatego nie od razu do niego dotarło, co powiedział major.

– Przed godziną bohaterska Robotniczo-Chłopska Armia Czerwona zgniotła opór hitlerowski. Wygraliśmy wojnę, Maciejewski.

– My? – wypsnęło się komisarzowi.

– Nie, my. – Grabarz zarechotał. – Ty, póki co, wciąż jesteś mierzwą historii. *Znaczyt'* nawozem. – Nachylił się i wyjął z szafki pod biurkiem litrową butelkę mętnego płynu i dwie szklanki. – Ale dziś będę z tobą pił.

Maciejewski z wahaniem podniósł stakana. Bimber pachniał dobrze, ale Zyga czuł, że wystarczą dwa łyki, by się upił. Był słaby, ciągle głodny, nawet i bez wódki czuł dziury w pamięci. Nie chciał jednak znów siedzieć na nodze od stołka.

– Zdrowie obywatela majora!

Zamoczył usta. Popękane wargi zaczęły go palić żywym ogniem, po chwili eksplodowały bólem ruszające się zęby, mimo to uderzenie mocnego alkoholu wszystko mu wynagrodziło. Jakie z ciebie bydlę, Zyga, pomyślał.

– No, porządnie, do dna! – zachęcił Grabarz. – Nie jak wróbelek!

Były komisarz gwałtownym, samobójczym ruchem wlał do gardła resztę bimbru. Bał się. Nie bólu, ale że straci nad sobą kontrolę. Jednocześnie jakiś drugi Zyga na klęczkach błagał o jeszcze, choć o pół... nawet ćwierć szklaneczki. Był przecież koniec wojny! Maciejewski chciwie zaciągnął się papierosem.

Major podniósł się i hojnie nalał mu po brzegi.

Drżąca ręka Zygi ledwie doniosła stakana do ust, roniąc tylko kilka kropli.

– Jesteś moim oczkiem w głowie, Maciejewski – powiedział Grabarz. – Pracuję nad tobą już prawie pół roku i coraz mniej rozumiem.

Były komisarz spojrzał na niego mętnym wzrokiem. Żeby tak dał czymś zakąsić. Byle nie twardym, bo zęby…

– Ty przecież – ciągnął bezpieczniak – jesteś w głębi duszy socjalista, czerwony, niemal jak ja. To wychodzi z prawie wszystkich twoich życiorysów, a i ta Anińska powiedziała trochę, jak cię sanacja prześladowała. Teraz się skończyła wojna, to skończy się i prawo wojenne. Przydałbyś się nowej władzy. Kapitan Zygmunt Maciejewski, ha?

– Mnie to mówił już jeden taki. – Dawny śledczy nie bez trudu opanował plączący się język. – W trzydziestym dziewiątym… po niemiecku.

– I zgodziłeś się współpracować ze szwabem… – Grabarz pokiwał głową. – Wiem, mam to w aktach. Ty jesteś jak kurwa, Maciejewski, ale my kurew też będziemy potrzebować. Przecież nie za darmo, uczciwie, jak kurwie. Ja wcale nie chcę, żebyś mi koniecznie kogoś sypał. My tu mamy akowców, winowców, piątą kolumnę hitlerowską, skurwysynów *skolko ugodno*. I wszyscy śpiewają jak z nut. A ty, Maciejewski, inna sprawa. Wyjdziesz i będziesz łapał bandytów, jak lubisz.

– Jestem zużytą… kurwą. – Papieros komisarza zgasł. Zyga ukradkiem schował niedopałek do kieszeni.

– A mnie się i tak podobasz! – zarechotał major. Jego czerwona gęba wydawała się wielka, świecąca, blizny żywe, pełzające po policzkach. Sztuczna dolna szczęka oderwała się na chwilę od resztek jego własnego uzębienia. – I nie ma się co gniewać za kurwę, my przecież możemy mówić ze sobą otwarcie. Szczerze, Maciejewski! Ty tylko pomyśl! Dałem ci wygodną celę? Dałem. Pisał ci Fałniewicz, że daliśmy mu spokój? Pisał. I jeszcze coś mam dla ciebie – sięgnął do szuflady – żebyś dobrze wspominał dzień zwycięstwa.

Trzęsącymi się dłońmi Maciejewski zbliżył do oczu małoformatowe zdjęcie. Zyga poznał, to był plac Litewski z pomnikiem Braterstwa postawionym tuż po wejściu Sowietów. I Róża, Róża z dziecinnym wózkiem! Zupełnie nie było po niej widać, że dobiega czterdziestki. Zdawała mu się młodsza i ładniejsza niż przed ciążą.

– Twój syn ma na imię Olek. *Znaczit' Saszka*, Aleksander.

– Aleksander… – powtórzył Zyga.

Przypomniał sobie jedną z ostatnich kłótni z Różą. Powiedziała, że jeśli urodzi się dziewczynka, nazwą ją Aniela, od aniołka. Maciejewski, który tropił mordercę Aniel, wściekł się. Wtedy zresztą ciągle się wściekał i prawie nie trzeźwiał. I przyszła mu do głowy Aleksandra. Nie pamiętał żadnej kurwy ani ofiary o tym imieniu. Nie sądził, że Róża weźmie sobie do serca tę propozycję

Zyga ledwie zdołał wlać w zaciśnięte gardło bimbru, którego znów hojnie dolał mu major.

– Żeby się zdrowo chował? – zaproponował Grabarz. – Przy matce… – zawiesił głos, uśmiechając się wrednie.

– W Polskiej Republice Sowieckiej? – Były komisarz odłożył zdjęcie, chociaż wiele go to kosztowało. Mógłby patrzeć na nie całą noc, żeby zapamiętać każdy szczegół. Może dopatrzyłby się małej rączki albo fikającej nóżki?

– W demokratycznej ojczyźnie wyrwanej ze szponów sanacji i wyzwolonej spod jarzma hitlerowskiego okupanta – sprostował bezpieczniak tonem cierpliwego nauczyciela. Wiara więźnia w nieuchronność nowej władzy była już dość mocna, nadzieja zaczęła kiełkować za sprawą fotografii. Tylko miłości skurwysynowi brakowało…

– Czy można jeszcze bimbru, obywatelu majorze? – zaskoczył go Zyga.

– Pij na zdrowie. – Ubowiec nalał. – Podpiszesz deklarację współpracy?

– Podpiszę – kiwnął głową więzień, z rozpaczliwą determinacją wlewając w siebie alkohol.

Uśmiech satysfakcji jeszcze bardziej zeszpecił nieforemny pysk Grabarza. Major podsunął byłemu komisarzowi pióro i przygotowane zawczasu oświadczenie. Zyga drżącą ręką zaczął pisać.

– Co tak długo? Wystarczy twoje nazwisko – zniecierpliwił się bezpiecznik, sięgając po papier. – Co?! Co to jest? – ryknął, widząc bazgroły Maciejewskiego:

Sigmunt Matschejewsky
Kriminalkommissar

Зиґмунд Мацьеёвский
комиссар II-го ранга криминальной полиции

– Pokreśliłem, przepraszam. – Zyga czknął. – Przez ten bimber okupacje mi się pomyliły.

Szklanka w dłoni Grabarza rozprysła się na kawałki, bimber chlusnął na biurko i telefon. Major wychylił się i precyzyjnym prawym prostym trafił Maciejewskiego w szczękę.

Były komisarz uderzył głową w ścianę i poczuł w ustach całą serię eksplozji. Kiedy nadstawił rękę, zaczęły na nią kapać oblepione śliną i krwią zęby: siekacz, kieł, któryś większy, pewnie trzonowy… Dotąd trzymały się jakoś, mimo bicia, a w dzień zwycięstwa wszystkie naraz…

– I czego rżysz, skurwysynu?! – wrzasnął Grabarz.

– Ffyskie… Ffyskie nalas – wyseplenił Zyga, wciąż zanosząc się wariackim śmiechem.

Od autora

„Latające trumny", tak w latach dwudziestych xx wieku prasa pisała o lubelskich samolotach z fabryki Plagego i Laśkiewicza. „Wytwórnia [...] powstała i rozbudowała się kosztem Skarbu Państwa", puentował swój memoriał do wiceministra spraw wojskowych szef Departamentu iv Żeglugi Powietrznej, gen. François-Leon Léveque.

Fatalna opinia towarzyszyła Zakładom Mechanicznym Plage i Laśkiewicz przez długie lata, mimo że już w drugiej połowie lat dwudziestych zaczęły w nich powstawać konstrukcje bardzo dobre, a nawet wyprzedzające swoje czasy. Autorami tego sukcesu byli głównie dwaj inżynierowie: szef działu lotniczego fabryki Władysław Świątecki i szef biura konstruktorskiego Jerzy Rudlicki. Pierwszy specjalizował się w wyrzutnikach bombowych, drugi był między innymi wynalazcą redukującego opór powietrza usterzenia motylkowego. Dokładnie takiego samego, jakie miał supertajny amerykański bombowiec z lat osiemdziesiątych f-117 Nighthawk, a które po raz pierwszy zostało przetestowane pięćdziesiąt lat wcześniej w Lublinie! W dalszych próbach, już na lotnisku mokotowskim w Warszawie, brał udział między innymi pułkownik Jerzy Kossowski (który posłużył za pierwowzór postaci pułkownika Rossowskiego). „Żadnej różnicy w sterowaniu przy użyciu sterów normalnych czy skośnych – napisał w raporcie po szczęśliwym lądowaniu – jedynie samolot leniwie i niechętnie wchodzi w korkociąg i samoczynnie z niego wychodzi, przechodząc w lot ślizgowy". Przekładając te słowa na bardziej naziemny język: trudniej go rozbić. Mimo to pułkownik (niedługo później generał) Ludomił Rayski, chociaż popierał śmiałe eksperymenty w Państwowych Zakładach Lotniczych, innowacjom z prywatnej firmy postanowił ukręcić łeb. „Jeśli się nie ustatkuję i nie przestanę tworzyć dziwolągów, będę wylany z posady", tak inżynier Rudlicki streścił jedną z rozmów, jakie odbył w Wojskowym Zakładzie Zaopatrzenia Aeronautyki. Dostało się też jego dyrektorowi i Kossowskiemu, któremu Rayski w krótkich żołnierskich słowach wyjaśnił, że pilot oblatywacz nie jest powołany do samodzielnego wyrażania opinii o samolotach. A wkrótce przeniósł go w stan spoczynku.

To, co działo się później, najstarsi Czytelnicy być może pamiętają z czasów walki klasowej z prywaciarzami, nieco młodsi z czasów piętnowania spekulantów, a zupełnie młodzi z politycznych pyskówek na temat prywatyzowania i nieprywatyzowania. Dla wszystkich jest zatem jasne, że przekręty dzielimy na dwa rodzaje. Pierwszy jest wtedy, kiedy jakiś prywatny, umówmy się, przedsiębiorca czyni zamach na cudzą własność. Taki przekręt nazywa się kradzieżą. Jednakże, jak powiedział Kwinto w moim ulubionym filmie Juliusza Machulskiego: „Wolę już kraść *par excellence* jako złodziej". *Par excellence*, dobrze powiedziane, ponieważ drugi rodzaj przekrętu jest wtedy, gdy administracja państwowa czyni zamach na własność obywatela. O, to wtedy nie jest kradzież – niezależnie, czy mamy do czynienia z przedwojennym upaństwowieniem, czy z komunistyczną nacjonalizacją – to działanie w interesie ogółu, a że ktoś mniejszy i mniej ważny niż ogół zostanie wysiudany z interesu, nie powinno nas przecież obchodzić. Ostatecznie skoro coś miał, musiał komuś ukraść, a że dał sobie odebrać, tym słuszniej jest mierzwą, o przepraszam, nawozem historii.

Skrzydlata trumna dotyka drugiego rodzaju przekrętu, bardzo zresztą patriotycznego. Otóż gdy w dobie wielkiego kryzysu i centralizacji państwa w latach trzydziestych rodził się Centralny Okręg Przemysłowy, a II Rzeczpospolita szykowała się powoli do nieuchronnej wojny, w Ministerstwie Spraw Wojskowych powstał śmiały projekt przejęcia przez państwo słabujących prywatnych fabryk samolotów. Wówczas zniszczony został dorobek pierwszych zakładów lotniczych niepodległej Polski, Zakładów Mechanicznych E. Plage i T. Laśkiewicz w Lublinie. Nie była to w żadnym wypadku jedyna fabryka świadomie doprowadzona do upadku i wykupiona za półdarmo, lecz na jej przykładzie szczególnie wyraźnie widać, co się dzieje, gdy w fotelach przemysłowców siadają urzędnicy. Fakt, pracownikom lubelskiej fabryki krzywda się nie stała: zwolnieni z upadającej firmy, z dnia na dzień zostali zatrudnieni w jej spadkobierczyni Lubelskiej Wytwórni Samolotów (LWS), i nawet drugorzędna praca w tej firmie oznaczała przynależność do robotniczej elity. Potwierdzają to liczne relacje, a co tworzy dodatkowy literacki kontekst, jednym z tych zadowolonych pracowników LWS-u był cioteczny dziadek znanego pisarza Marka Krajewskiego. Nie stało się to jednak udziałem wszystkich. Przy biurku głównego konstruktora miejsce inżyniera Jerzego Rudlickiego, pilota praktyka, weterana I wojny światowej i wojny polsko--bolszewickiej, zajął inżynier Zbysław Ciołkosz, konstruktor wysoce wykwalifikowany, niemniej w latach trzydziestych obsesyjnie oddany idei przegranego, a kosztownego projektu samolotu bombowego „Żubr". Przyznać, że zmarnował już kilka milionów państwowych – i to przedwojennych! – złotych, po prostu nie wypadało. Można było jedynie brnąć dalej. Więc brnięto.

Należy oddać sprawiedliwość inżynierowi Ciołkoszowi, który dla LWS-u opracował dwie udane maszyny: sanitarkę LWS-2 i szybką rozpoznawczą „Mewę". Pytaniem dla *historical fiction* pozostanie jednak, czego dokonałby inżynier Rudlicki, gdyby nie został ukazem państwowym usunięty z wpływu na polskie lotnictwo i zamiast gospodarzyć w Olbięcinie, projektował nadal. Faktem jest, że obaj po II wojnie światowej odnaleźli się świetnie na zachodnim rynku lotniczym, podobnie jak przecież i to, że przed wojną Rudlicki nikogo w swej maszynie nie zabił tak spektakularnie i międzynarodowo jak Ciołkosz.

O te właśnie pytania zaplatam moją retrokryminalną fikcję.

Pisząc tę powieść, z zainteresowaniem wertowałem książkę Mariusza W. Majewskiego *Przemysł lotniczy w Lublinie 1919–1939*, jedyną monografię na ten temat. Cenne inspiracje zawdzięczam także lekturze forum internetowego dws.org.pl oraz Jeremu Duninowi-Kozickiemu, który jest co prawda muzykiem, ale stanowczo powinien był zostać pilotem. Dziękuję również Michałowi P. Wójcikowi *vel* Fujcikowi, pomysłodawcy facebookowej społeczności Aj law LUBLYN, za koleżeńską pomoc researcherską. Za cenne uwagi historyczne i wiele interesujących rozmów winien jestem wdzięczność Robertowi Kuwałkowi, Markowi Krajewskiemu dziękuję za uważną lekturę brudnopisu tej powieści, zaś redaktorowi Filipowi Modrzejewskiemu za wiele literaturotwórczych dyskusji, w których raz on, a raz ja byłem majorem Grabarzem.

Na koniec winien jestem dwa słowa jednemu z moich Czytelników, panu Wojciechowi Patronowiczowi, który po przeczytaniu *Kina Venus* napisał do mnie niecodzienny mejl o swoim pradziadku Wojciechu Koszałce, lubelskim policjancie z lat trzydziestych i czterdziestych ubiegłego wieku. Z wdzięcznością przyjmując ów okruch małej historii, w *Skrzydlatej trumnie* wplatam przodownika Koszałkę w życiorys służbowy mojego bohatera, bo jakkolwiek większość opisanych tu zdarzeń jest czystą fikcją, by było git (jak mawiano na Lubartowskiej), nawet fikcja powinna mieć twarde fundamenty.

Spis rzeczy

Desperat   7

Dezinformacyjna rola prasy   41

Widoki na awans   71

Pracownik umysłowy   117

Koniak i wiśniówka   150

Wenus z ulicy Chlewnej   168

Jak szpicel ze szpiclem   200

Qui pro quo   227

Incydent dyplomatyczny   249

Dzień zwycięstwa   276

Od autora   303

Redaktor serii: Filip Modrzejewski

Redakcja: Katarzyna Arbaczewska-Matys
Korekta: Małgorzata Kuśnierz, Ewa Baranowska
Redakcja techniczna: Izabela Gołaszewska

Projekt okładki i stron tytułowych: Krzysztof Rychter
Projekt typograficzny: Robert Oleś / d2d.pl
Logo cyklu: aorta.com.pl
Logo serii: Marek Goebel
Fotografia Marcina Wrońskiego: © Filip Modrzejewski
Fotografia na okładce: archiwum rodziny Rychterów
archiwum.rychter.com

Skład i łamanie: d2d.pl s.c., Kraków
Druk i oprawa: LEGA, Opole
Grupa Wydawnicza Foksal Sp. z o.o.
00-372 Warszawa, ul. Foksal 17
tel. 22 828 98 08, 22 894 60 54
biuro@gwfoksal.pl

ISBN 978-83-280-0887-8